W0464572

# LA MAISON DE CHARLOTTE

## DU MÊME AUTEUR

CHEZ LE MÊME ÉDITEUR

*La Forge au Loup,* 2001, nouvelle édition 2015
*La Cour aux paons,* 2002, nouvelle édition 2011
*Le Bois de Lune,* 2003, nouvelle édition 2015
*Le Maître ardoisier,* 2004
*Les Tisserands de la Licorne,* 2005
*Le Vent de l'aube,* 2006, nouvelle édition 2019
*Les Chemins de garance,* 2007, nouvelle édition 2017
*La Figuière en héritage,* 2008, nouvelle édition 2014
*La Nuit de l'amandier,* 2009
*La Combe aux Oliviers,* 2010
*Les Bateliers du Rhône,* 2012
*La Maison du Cap,* 2016
Edition collector *La Combe aux Oliviers* suivi de *La Nuit de l'amandier,* 2017
*A travers la nuit et le vent,* 2018
*La Fontaine aux Violettes,* 2019

CHEZ RTL ÉDITIONS

*Les Dames du Sud,* 1986

AUX ÉDITIONS OMNIBUS

*Les Dames de Meuse,* 2012
*Romans de ma Provence,* 2014
*La Provence comme ils l'ont aimée,* 2019

AUX ÉDITIONS CALMANN-LÉVY

*Le Moulin des Sources,* 2010
*Le Mas des tilleuls,* 2011
*La Grange de Rochebrune,* 2013
*Retour au pays bleu,* 2013
*Le Fils maudit,* 2014
*Les Sentiers de l'exil,* 2015
*Les roses sont éternelles,* 2016
*Le Maître du Castellar,* 2017
Edition collector *En Provence,* 2018
Edition collector *Retour en Provence,* 2019
*Le Secret de Belle Epine,* 2019

Françoise Bourdon

# LA MAISON DE CHARLOTTE

Roman

*Terres de France*

PRESSES DE LA CITÉ

92, avenue de France – 75013 Paris
ISBN 978-2-258-15279-3
Dépôt légal : octobre 2020

Presses de la Cité
un département **place des éditeurs**

place des éditeurs

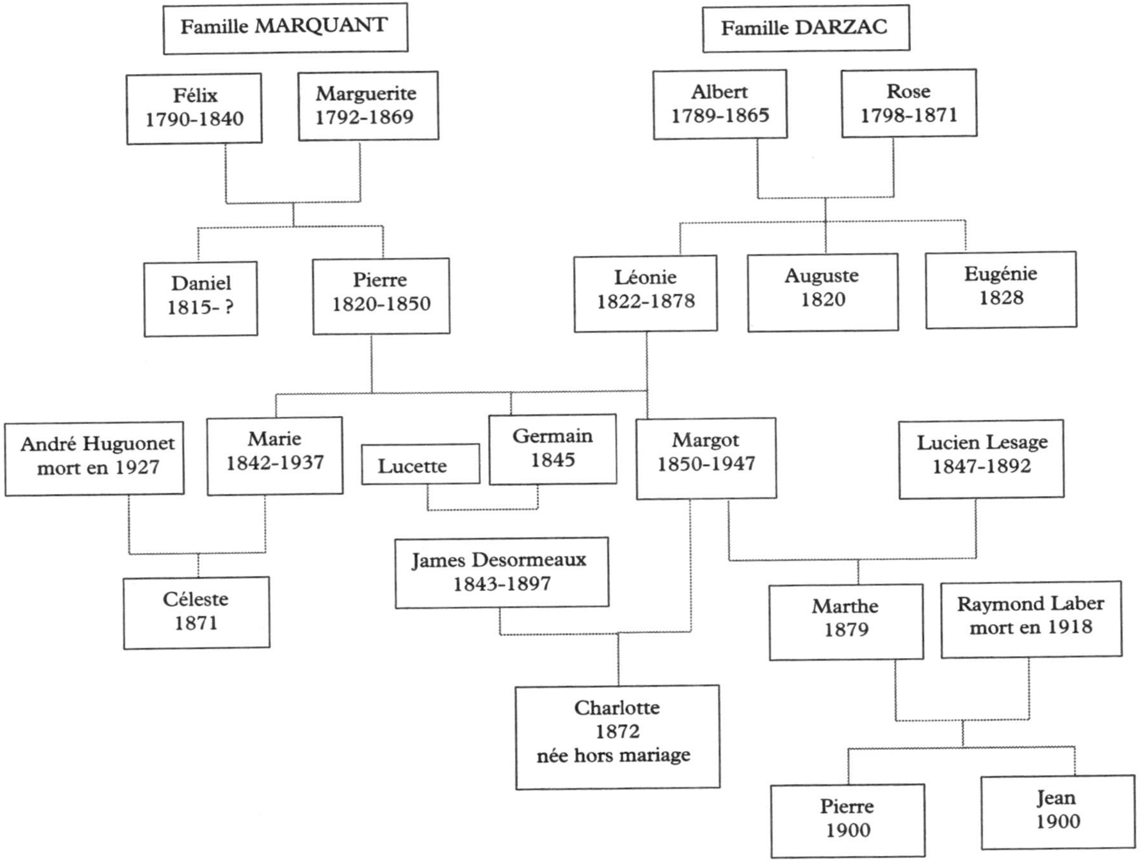
Famille MARQUANT
Famille DARZAC
Félix 1790-1840
Marguerite 1792-1869
Albert 1789-1865
Rose 1798-1871
Daniel 1815- ?
Pierre 1820-1850
Léonie 1822-1878
Auguste 1820
Eugénie 1828
André Huguonet mort en 1927
Marie 1842-1937
Lucette
Germain 1845
Margot 1850-1947
Lucien Lesage 1847-1892
Céleste 1871
James Desormeaux 1843-1897
Marthe 1879
Raymond Laber mort en 1918
Charlotte 1872 née hors mariage
Pierre 1900
Jean 1900

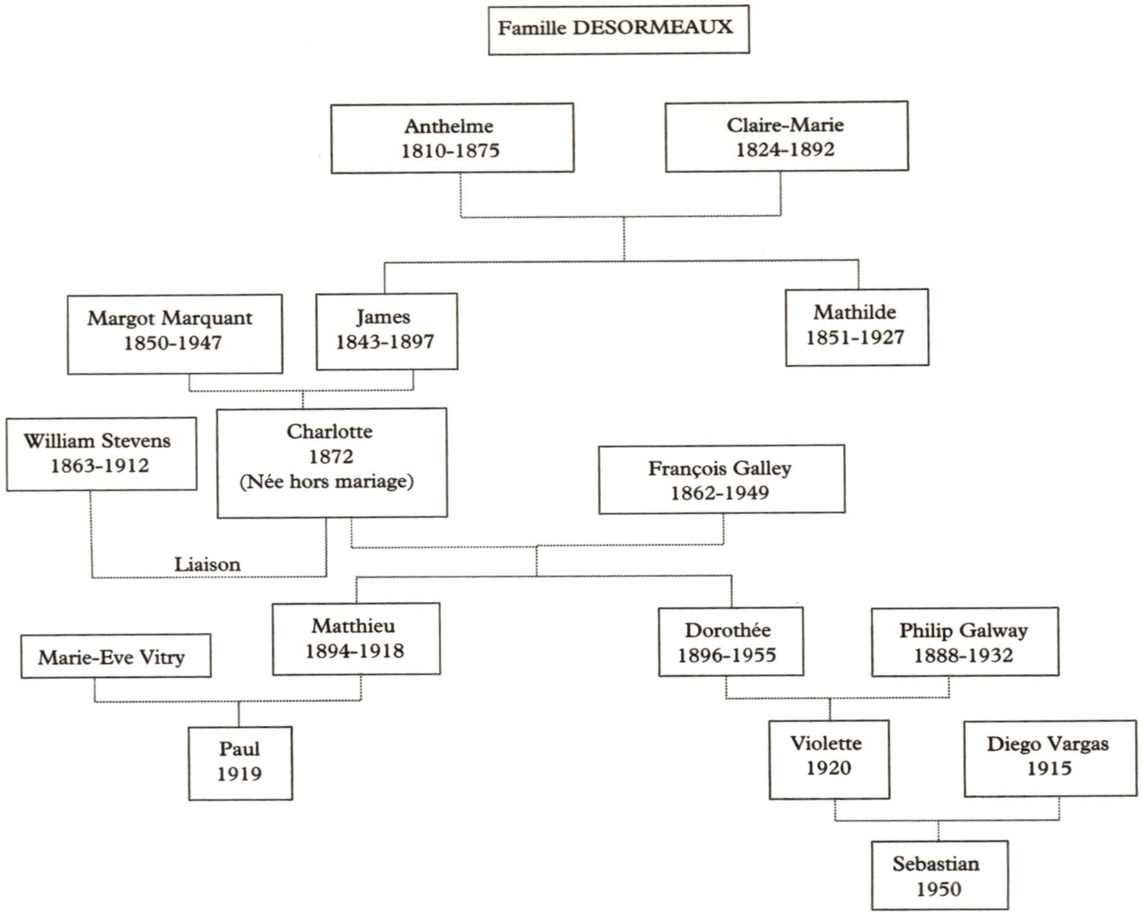
Famille DESORMEAUX
Anthelme
1810-1875
Claire-Marie
1824-1892
Margot Marquant
1850-1947
James
1843-1897
Mathilde
1851-1927
William Stevens
1863-1912
Charlotte
1872
(Née hors mariage)
François Galley
1862-1949
Liaison
Marie-Eve Vitry
Matthieu
1894-1918
Dorothée
1896-1955
Philip Galway
1888-1932
Paul
1919
Violette
1920
Diego Vargas
1915
Sebastian
1950

# Prologue

*1965*

Combien de temps encore pourrai-je tenir ? s'interrogea Charlotte Galley. A son âge – quatre-vingt-treize ans –, elle avait la chance de ne pas souffrir de handicap majeur. Elle avait gardé une bonne vue, se déplaçait sans canne et conduisait toujours sa 2 CV, au grand dam de sa petite-fille Violette. Seule son ouïe lui posait quelques problèmes, mais elle se débrouillait pour lire sur les lèvres de ses interlocuteurs. Non, elle n'avait pas le droit de se plaindre, en dépit de l'angoisse qui la rongeait. Qu'allait-il advenir de la Maison du Cap ? Parviendrait-elle à la sauver ? Mon ultime combat, pensa-t-elle.

Mue par une impulsion, elle avait roulé jusqu'à la Corniche, d'où le regard embrassait la Grande Dune, les passes, le banc d'Arguin et la pointe du cap Ferret. En fin d'après-midi, le soleil irisait l'eau du Bassin, étale, comme s'il n'avait jamais connu de tempête. L'endroit, d'une beauté sublime, l'émouvait toujours.

Elle eut une pensée pour son grand-père, pêcheur, mort dans les passes, comme nombre d'Arcachonnais, et se rappela sa grand-mère Léonie toujours vêtue de noir. Un sacré personnage, grand-mère Léonie, une « bas rouge » qui gagnait quelques sous en collectant des sangsues dans les marais d'Audenge, il y avait de cela fort longtemps.

Le temps... Seigneur ! Le temps avait passé si vite. Margot, sa mère, le lui avait confié, un jour : « Tu verras... quand on avance en âge, on ne veut pas croire qu'on est devenue une pauvre vieille chose dépendante des autres. »

Héritière d'une belle lignée de femmes, Charlotte avait de qui tenir. Elle se redressa. Elle était si attachée à son indépendance ! Après la mort de son époux, le médecin François Galley, elle était restée dans la villa Séréna du Pyla le temps de faire son deuil. Par la suite, elle était retournée à la Maison du Cap quand sa petite-fille Violette avait eu besoin d'elle, naturellement, tout en estimant normal de la laisser prendre les décisions au sujet de la propriété.

Vis-à-vis de Jérôme, cependant, c'était différent. Son sang battait à ses tempes chaque fois qu'elle évoquait son petit-neveu, le petit-fils de sa sœur Marthe. Ne s'était-il pas mis en tête de vendre sa maison à un promoteur immobilier qui la raserait et édifierait à la place une résidence de plusieurs étages ? C'était inconcevable ! La Maison du Cap devait être transmise à ses descendants, tout comme le portrait de Margot réalisé par Edouard Manet en 1871.

Elle y emploierait ses dernières forces.

# 1

*1965*

Un soleil léger effleurait les façades du cours de l'Intendance, leur conférant une douce patine. D'habitude, Iris, sensible à la beauté de l'ordonnance classique des hôtels particuliers, en éprouvait une sensation de bonheur, comme une invitation à savourer une belle journée. Ce jour-là, cependant, il n'en était rien. Elle se dirigeait sans entrain vers le cabinet qu'elle partageait avec son associé, Pierre-Loup Sauvan, dans le Triangle d'Or, comme les Bordelais aimaient à nommer le territoire allant des allées de Tourny au Grand Théâtre et se poursuivant cours Clemenceau jusqu'à la place Gambetta.

D'un geste instinctif, elle posa la main sur son ventre, pour la retirer aussitôt. Le bébé – son bébé – aurait dû avoir six mois. Ses proches avaient beau lui recommander de tourner la page, Iris ne parvenait pas à oublier.

Seul Pierre-Loup avait su trouver les mots pour la réconforter. « Une fausse couche constitue toujours un drame et un arrachement, lui avait-il dit le soir où elle s'était effondrée en larmes dans ses bras. Je ne te dirai pas d'oublier. Tu porteras toujours cet enfant en toi mais tu dois en faire une force. » Pierre-Loup avait su la comprendre. Pas Xavier, son mari. Celui-ci estimait qu'on ne pouvait pas pleurer un fœtus sans nom. Iris ne lui avait pas pardonné d'avoir laissé les services de la maternité se charger de son enfant alors que, victime d'une hémorragie, elle était clouée sur son lit d'hôpital. Elle aurait tant souhaité lui donner une tombe sur laquelle se recueillir. Or, pour Xavier, il fallait agir comme si rien ne s'était passé. Enfouir le drame pour n'y plus penser et avancer. C'était une règle de vie chez sa belle-famille, les Veyradier. Une attitude à l'anglaise commandant de ne jamais se plaindre. Sa belle-mère, Gisèle, maîtrisait fort bien cette façon de vivre. Iris, entière et passionnée, ne la supportait pas.

Elle s'efforça de respirer avec calme afin de maîtriser les battements précipités de son cœur. Elle souffrait souvent de crises de tachycardie, qui l'épuisaient. « Vous êtes trop nerveuse, avait conclu son médecin après lui avoir fait subir une batterie d'examens. Allez nager, faites de longues marches. »

Elle esquissa un sourire. Comme si elle en avait le temps ! Son métier d'architecte était particulièrement prenant, ce qui lui avait permis de relever la tête. C'était une vieille leçon transmise par Joris

Lalande, son cher grand-père : « N'oublie jamais ça, ma chérie : le travail constitue le meilleur remède contre la plupart des maux. » Douze ans après sa mort, elle pensait encore à lui chaque jour. Et il lui manquait beaucoup.

Elle se dirigea vers l'entresol où leur cabinet était installé ; marqua un arrêt devant la plaque de cuivre : *Iris Veyradier, Pierre-Loup Sauvan, Architectes DPLG,* et se demanda une nouvelle fois si elle reprendrait son nom de jeune fille une fois le divorce prononcé. Xavier n'avait pas accepté sa décision, et lui reprochait de sacrifier leur couple à son métier. Cela n'avait pourtant rien à voir, regrettait Iris, même si elle était incapable de se consacrer à la gestion ou à la promotion de l'exploitation familiale Veyradier. C'était ce que ses beaux-parents attendaient d'elle, mais cela n'intéressait pas Iris. A trente-six ans, elle estimait ne plus avoir à faire de concessions. Elle avait toujours désiré être architecte. Adolescente, elle dessinait les plans de sa maison idéale, soutenue par son aïeul qui avait lui-même suivi l'enseignement des Beaux-Arts, des lustres auparavant.

Mais Joris Lalande avait dû se dévouer au domaine familial, Chantecler, à la mort prématurée de son propre père. La légende – certainement trop belle pour être véridique ! – racontait qu'Edmond Rostand avait été invité dans la vaste demeure bâtie entre la forêt et l'océan, et qu'il y avait eu l'idée d'écrire sa fameuse pièce *Chantecler.* Lorsqu'elle entendait Anna Lalande, la fille de Joris, faire référence à cet épisode, Léopoldine, la gouvernante, haussait les épaules. « Sottises et calembredaines, marmonnait-elle. C'est Esther, la mère de Joris, qui adorait la pièce de Rostand et se prenait pour la poule faisane, voilà tout ! » A l'évocation de ce souvenir, Iris esquissa un sourire attendri. Il y avait longtemps, trop longtemps, qu'elle n'avait pas serré contre elle sa chère Léo.

Le temps lui faisait toujours défaut. De plus, Xavier ne supportait pas le domaine. « Parle-moi de la vigne, déclarait-il avec un dédain non dissimulé, mais des hectares de forêt landaise... qui cela peut-il intéresser ? » Iris avait aimé Chantecler, bâtisse au style si particulier. Passionnément. Par la suite, cependant, elle avait eu de la peine à y retourner.

— Hello, belle blonde !

Iris sourit à Pierre-Loup, déjà installé à son bureau. Il portait avec élégance une chemise bleu Klein et un costume gris. Il n'était pas très grand, avait des cheveux grisonnants bien qu'il ait seulement trente-huit ans, et des yeux d'un bleu intense.

Elle l'embrassa sur les deux joues.

— Tu ne chômes pas, dis-moi !

— Je te rappelle que nous devons rendre notre projet dans moins d'un mois.

— Pourvu qu'ils l'acceptent ! J'ai parfois l'impression que les promoteurs désirent innover tout en redoutant les réactions du grand public.

— Ça, ma petite Iris, c'est le drame des architectes !

Ils échangèrent un regard complice. Leur amitié était profonde, réconfortante depuis l'époque où ils fréquentaient tous deux l'Ecole des Beaux-Arts de la rue Bonaparte. L'un et l'autre avaient dû affronter des problèmes personnels qui les avaient soudés. Xavier en prenait parfois ombrage. Et ne comprendrait jamais les liens l'unissant à Pierre-Loup.

Elle se dirigea vers son bureau.

— Je m'y mets. On déjeune ensemble ?

Plongé de nouveau dans ses dossiers, il acquiesça d'un hochement de tête.

— A douze heures trente, chez Pascal. Ça te va ?

— Entendu.

Si le téléphone ne la dérangeait pas trop souvent, elle avait une chance de bien avancer dans son travail. Elle décapuchonna sa machine à écrire, et entreprit de taper la première lettre d'une liste assez longue. Pierre-Loup et elle avaient choisi de se partager la part de travail de secrétariat afin d'économiser leurs frais. Le loyer du cabinet était onéreux, mais il s'agissait de leur vitrine. Leur situation dans le Triangle d'Or leur conférait une visibilité certaine, attirant une clientèle potentiellement aisée.

Le téléphone sonna. Réprimant un soupir, Iris décrocha et reconnut la voix de Xavier.

— Y a-t-il une chance de te faire changer d'avis ? attaqua-t-il d'emblée.

Elle crispa la main sur le combiné.

— Xavier, nous en avons déjà suffisamment discuté. Toi et moi, ce n'est plus possible.

— Tu es trop catégorique, reprocha-t-il. Je t'aime, moi.

Cette dernière précision l'exaspéra. Lui, toujours lui ! C'était là justement que le bât blessait. Egocentrique, Xavier n'avait pas compris que sa femme avait besoin d'indépendance et avait voulu la retenir au château Veyradier, le vignoble familial. Or, Iris n'avait pas la moindre aptitude en matière de viticulture. Pis, cela ne suscitait en elle aucun intérêt. « Une simple question de géographie, lui avait-elle dit un jour. Je viens des Landes, pas du Médoc. »

Elle n'avait jamais trouvé sa place au château Veyradier, ne s'y était jamais sentie chez elle. De plus, Gisèle n'avait pas su, ou pas voulu, accueillir chaleureusement sa belle-fille orpheline. Née hors du sérail, Iris ne l'intéressait guère. Une jeune femme architecte choquait son sens des convenances. Exercer un métier loin de la sphère familiale, n'était-ce pas déchoir ?

Iris prit une longue inspiration.

— Xavier, je suis au cabinet, je n'ai pas le loisir de discuter de choses personnelles. De plus, cette conversation est totalement stérile. Je ne reviendrai pas sur ma décision, je te l'ai déjà répété maintes et maintes fois.

Il y eut un silence. La jeune femme se raidit, dans

l'attente de sa réplique. Il allait la blesser, elle le pressentait. Il en avait toujours été ainsi avec lui. Quand il n'obtenait pas ce qu'il désirait, il savait faire mal.

— Stérile, comme notre mariage, laissa-t-il tomber, glacial. Tu as peut-être raison, après tout.

Dring ! Il venait de raccrocher brutalement. Hébétée, Iris contempla le combiné avant de le reposer sur sa fourche.

— Espèce de… sale type ! articula-t-elle.

Cependant, il avait atteint son but. Sa pique lui faisait mal, si mal. Elle se rappelait avoir été marquée par un ouvrage de Thyde Monnier, *Le Figuier stérile*, alors qu'elle dévorait à vingt ans la saga des Desmichels. C'est tout à fait ça, se désola-t-elle, amère. Avant de s'effondrer en larmes.

# 2

*1965*

C'était pour Violette le meilleur moment de la journée. Installée sous la treille, face au Bassin, elle savourait son petit déjeuner en guettant l'écureuil familier qui effectuait des cabrioles dans le grand pin. Les oiseaux s'en donnaient à cœur joie. Un voilier s'éloignait nonchalamment en direction des passes.

Le ciel, clair, laissait augurer une belle journée de juin. Son regard fila, loin, vers l'autre côté de l'eau, sans réelle nostalgie car elle avait toujours préféré la presqu'île. Je suis enracinée à la Maison du Cap, pensa-t-elle, à la fois fataliste et vaguement irritée. A la différence de sa mère, l'aviatrice Dorothée Galway, Violette n'avait jamais eu envie de découvrir d'autres continents. Sa vie au Cap Ferret lui convenait tout à fait. Même si…

Elle referma le pot de confiture de cerises d'un

geste sec. Violette ne prisait guère l'introspection. Elle s'en défiait, d'ailleurs, comme si elle avait eu peur de ce qu'elle pourrait découvrir. Elle jeta un coup d'œil à sa montre. Déjà sept heures ! Madame Pascaline, sa première patiente, devait faire les cent pas derrière sa porte. Violette se leva, débarrassa la table en bois cérusé, patinée par plusieurs générations, et, après s'être lavé les mains, saisit sa mallette d'infirmière.

— Sebastian, debout, tu as cours dans deux heures ! cria-t-elle au pied de l'escalier.

Un grognement inintelligible lui répondit. L'ours dans sa caverne, se dit-elle. Instruite par l'expérience, elle avait réglé deux réveils, l'un dans la chambre de son fils, l'autre sur le palier, afin de les faire sonner à sept heures quinze. Avec un peu de chance, Sebastian serait au lycée d'Arcachon pour son cours de neuf heures. Mais à quinze ans, n'était-il pas capable de se débrouiller seul ?

Avant de partir, Violette prit le temps d'ajuster sa robe trapèze, de couleur mandarine, et d'attacher ses cheveux mi-longs. Sa 2 CV, un peu plus résistante que celle de sa grand-mère, démarra sans se faire prier. Alléluia ! pensa Violette, qui n'avait pas les moyens d'en racheter une autre. Deux ans auparavant, au terme d'une période particulièrement difficile, leur médecin de famille, le docteur Virieux, lui avait diagnostiqué une sclérose en plaques. L'annonce lui avait causé un choc. Dans sa famille, les femmes étaient vaillantes et ne souffraient d'aucune maladie. En effet, depuis son arrière-arrière-grand-mère Léonie, toutes faisaient montre d'un dynamisme et d'une vitalité exceptionnels.

Souffrant de douleurs paralysantes et de vertiges, elle avait dû cesser son activité d'infirmière durant plusieurs semaines avant de reprendre progressivement sa tournée, tout en se ménageant des temps de repos. Elle, si attachée à son indépendance, l'avait fort mal vécu. D'autant plus qu'elle avait refusé de tenir informé son époux, Diego Vargas, alors en reportage au bout du monde, de l'épreuve qu'elle traversait. Seule sa grand-mère savait. Il était impossible de lui cacher quoi que ce soit : Charlotte Galley était dotée d'un sixième sens pour tout ce qui concernait la petite-fille qu'elle avait élevée. « Si ton grand-père avait été encore parmi nous… » avait-elle soupiré.

Elle avait toute confiance en son mari, François Galley, l'un des premiers médecins hygiénistes à s'investir dans le développement de la station arcachonnaise. Souffrant de problèmes cardiaques, il était mort en 1949, sereinement, dans son sommeil. Il manquait encore à Violette, qui avait trop peu connu son propre père.

Elle haussa les épaules, comme pour chasser ces pensées qui la submergeaient alors qu'elle arrivait chez sa patiente. Concentre-toi sur madame Pascaline, s'exhorta-t-elle. La vieille dame, diabétique, avait besoin d'être contrôlée une fois par mois. Elle accueillit Violette en jetant un coup d'œil appuyé à sa pendule.

— Je vous attendais, lança-t-elle d'un ton belliqueux.

— C'est très bien, vous avez tout préparé, fit Violette sans paraître avoir entendu le reproche.

Elle effectua le prélèvement, nota avec soin le nom de sa patiente sur le tube à essai, remplit la feuille de maladie. Radoucie, madame Pascaline lui proposa un café. Offre que Violette dut décliner.

— Merci mais, si je bois chez chacun, je ne pourrai plus faire de piqûres tant mes mains trembleront.

Elle affectait le ton de la plaisanterie quand bien même, en son for intérieur, elle redoutait les effets pervers de la maladie, à plus ou moins long terme. Si seulement Diego avait été là ! regretta-t-elle. Mais il était parti depuis plusieurs semaines afin de couvrir le débarquement des troupes américaines à Saint-Domingue.

Elle détestait son métier de reporter-photographe, tout en sachant qu'il l'exercerait tant qu'il serait en état de le faire. On n'imaginait pas Diego sans son appareil photo, son cher Leica, en bandoulière. Violette ne supportait pas non plus l'idée de le savoir sillonner le monde.

Elle prit congé de la vieille dame après avoir tout rangé.

— A dans un mois, murmura madame Pascaline d'une voix chevrotante.

Ses patients âgés suscitaient chez elle compassion et désir de protection. Elle savait qu'ils comptaient sur elle. Il y avait un seul médecin au Cap Ferret, mais les habitants de la presqu'île n'auraient jamais accepté de quitter leur maison comme leurs terres. Violette la première.

Elle soupira. Certes, le progrès était bienvenu mais certains Ferretcapiens se plaignaient déjà de ne plus être entre eux. A les entendre, de trop nombreux touristes envahissaient la côte Noroît dès les premiers beaux jours. Charlotte, elle, en souriait : « Le tourisme nous fait vivre ! »

« Pourquoi t'obstines-tu à vouloir rester à la Maison du Cap, accrochée comme une moule à son rocher ? » lui répétait Diego avec insistance.

Certes, à cause du régime de Franco, il n'était pas question pour lui de retourner en Espagne, mais il aurait préféré qu'ils aillent s'installer tous les trois à Paris ou, même, à Bordeaux.

« Là-bas, au moins, la vie a un sens ! » proclamait-il.

Violette le laissait dire. Il suffisait qu'un nouveau conflit éclate dans le monde pour qu'il s'y précipite, son Leica à la main. Il parcourait les continents pour ne pas évoquer ses failles comme ses blessures, et Violette souffrait parce qu'il ne se confiait pas à elle.

Cependant, elle savait aussi que la Maison du Cap n'était pas faite pour un homme comme Diego. C'était son cocon, l'endroit où elle avait grandi, où elle avait tenté de se reconstruire après le suicide de son père. Là aussi qu'elle avait réappris à vivre après la trahison de Diego. Celle dont elle avait appris l'existence cinq ans auparavant…

Elle refusait de partir vivre ailleurs. Malgré les manœuvres de Jérôme.

# 3

*1965*

J'aurais dû demander à Pierre-Loup de m'accompagner, se dit Iris au volant de sa voiture, en ayant l'impression que la forêt allait se refermer sur elle. Pourtant, après son entrevue avec maître Corbin, le notaire des Lalande, elle n'avait eu qu'une hâte, revenir à Chantecler.

Elle avait volontairement cadenassé ses souvenirs depuis plusieurs lustres. N'était-ce pas préférable ? Grand-père Joris le lui avait conseillé : « Mon petit chat, la vie, la vraie vie, est ailleurs. Tiens-toi éloignée de Chantecler, je t'en conjure. » Il l'avait emmenée à Bordeaux, dans le vaste appartement de la rue Montaigne appartenant à la famille Lalande depuis plus d'un siècle. C'était là que tous deux avaient attendu en vain le retour des parents d'Iris. Son père était mort dans les combats de Colmar, alors qu'il participait à la libération du territoire dans le 24$^{e}$ bataillon de marche de la 1$^{re}$ division française libre. Sa mère, Amélie, n'était jamais rentrée de Ravensbrück où elle avait été déportée en 1944 pour faits de résistance. Lorsqu'elle avait appris la vérité, à tout juste seize ans, Iris avait pensé toucher le fond. Toutes ces années passées à espérer revoir bientôt ses parents, tous deux résistants…

Son grand-père l'avait aidée à reprendre goût à la vie. Il l'avait encouragée à poursuivre ses études aux Beaux-Arts, l'avait soutenue financièrement et moralement.

Mais, d'un commun accord, Iris avait évité de retourner à Chantecler, le domaine familial situé au milieu de la forêt landaise. « C'est mieux ainsi », avait décrété son grand-père. Elle n'avait pas le cœur de discuter ses décisions. N'était-il pas son unique famille, désormais ? Excepté sa tante Anna, bien sûr. Mais Anna, c'était différent. Elle ne voulait plus penser à elle.

Or, vingt ans après, c'est Anna qui se rappelait à elle par l'intermédiaire d'une lettre de maître Corbin.

*J'ai le regret de vous informer que votre tante, madame Anna Lalande, est décédée il y a un mois à Madrid. Elle vous lègue le domaine de Chantecler.*

Iris avait dû relire à deux reprises le courrier du notaire pour réaliser ce qui se passait. Elle n'avait pas revu Anna depuis les années de guerre. Celle-ci ne s'était pas déplacée pour l'enterrement de grand-père Joris, et quand bien même elles se seraient revues, leurs relations seraient restées dépourvues de chaleur. Iris ne se rappelait plus si elle avait adressé un faire-part de mariage à sa tante. Elle n'en avait certainement pas vu l'utilité…

Elle hésita à un embranchement, finit par tourner à droite. Les pins lui parurent plus hauts, plus impressionnants que dans sa mémoire. « Mes chers et tendres », disait Joris. Il lui avait appris à enserrer leur tronc pour y puiser de la force. Son grand-père était un humaniste, et croyait en la nature. A ses côtés, Iris avait développé son sens de la beauté et de l'harmonie. Avec le recul, elle mesurait combien il l'avait influencée. Il était resté pour elle une référence intangible. Elle reconnut l'allée sinuant entre les pins, et la silhouette de la demeure, un mélange de maison de maître landaise et de villa à l'italienne. Construite à pans de bois, exposant sa longue façade à l'est, elle était précédée d'un auvent offrant un superbe jeu de poutres blanchies à la chaux. Chacune des deux ailes était flanquée d'une véranda soutenue par des piliers d'ordre ionique. L'ensemble, de style éclectique, affirmait la légende familiale, était surprenant. Son cœur manqua un battement. Lorsqu'elle était enfant, Chantecler représentait pour elle une sorte de domaine enchanté, là où ses parents et elle venaient l'été retrouver grand-père Joris, et Léo. Anna, elle, vivait alors à Bordeaux où elle tenait une librairie.

Iris gara sa Mini au pied de la volée de marches menant à la galerie couverte.

Elle reconnut le grand fauteuil d'osier de grand-père Joris. Il y sacrifiait au rituel de la sieste, une petite demi-heure, le temps de recharger ses batteries, comme il disait.

Elle gravit les marches, souleva le heurtoir en forme de pomme de pin et s'écria : « Léo ! C'est moi ! » La vieille femme apparaissant dans le vestibule lui parut plus petite que dans ses souvenirs, plus marquée aussi, depuis la dernière fois qu'elles s'étaient vues, il y avait au moins deux ans. Mais lorsqu'elle se jeta dans ses bras, c'était bien la même Léo, avec son sourire tendre, son grand tablier bleu, et le parfum d'eau de Cologne qui l'enveloppait.

— Oh ! Iris, ma grande, il y a si longtemps... Laisse-moi te regarder. Que tu es belle !

Elles s'étreignirent longuement.

— Léo, pourquoi ne viens-tu jamais me voir à Bordeaux ?

— Parce que je suis une irréductible campagnarde trop attachée à cette vieille maison pour la quitter, voilà tout ! Viens boire un bon café, ma chérie, j'avais justement préparé mon pastis.

Il faisait sombre dans le vestibule mais la cuisine de Léo, toute en bois blond et batterie de cuisine de cuivre, chaleureuse à souhait, n'avait pas changé et fleurait toujours bon les herbes et les épices.

Elle invita Iris à s'asseoir.

— Le notaire t'a prévenue, toi aussi ? Pauvre Anna... depuis le temps qu'elle souhaitait revenir à Chantecler.

Iris ne répondit pas. Chaque fois que le nom

d'Anna était prononcé, elle éprouvait un sentiment de malaise diffus.

Le pastis de Léo – trois cents grammes de farine, trois œufs, quatre-vingts grammes de beurre, cent grammes de sucre, un demi-verre de lait, une cuillère à soupe de rhum, une pincée de sel et des grains de sucre concassés – avait le goût de l'enfance. Iris y fit honneur, tout comme au café à l'arôme incomparable.

— Tu es de passage ou tu restes quelques jours ? s'enquit sa vieille amie.

La jeune femme marqua une hésitation.

— A vrai dire, je ne sais pas. J'ai mon travail à Bordeaux. Il fallait que je vienne te voir. Je pense dormir là cette nuit, si cela ne te dérange pas.

Léo leva les yeux au ciel.

— Ta chambre t'attend, ma belle ! Depuis des années et des années. Mais... ton mari ne te rejoint pas ?

Je te vois venir, ma Léo, pensa Iris, amusée. Elle soutint le regard de la vieille Landaise.

— Xavier et moi divorçons.

Léo eut un battement de paupières mais s'abstint de tout commentaire. De toute manière, Iris devinait ce qu'elle se retenait de dire : « Xavier et toi, c'était voué à l'échec dès le début. L'eau et le feu... » Léo n'appréciait pas Xavier, et c'était réciproque. Le jour de leur mariage – très chic, avec réception au château Veyradier –, elle s'était tenue à l'écart des mondanités, faisant peser sur les invités son regard sombre.

Par la suite, Xavier n'avait pas encouragé son épouse à se rendre à Chantecler. Sa mère n'était pas loin de considérer la Landaise comme une arriérée. Mais qui pouvait trouver grâce à ses yeux, à l'exception de son fils aîné ?

Iris secoua la tête, comme pour chasser ses pensées. Elle devait tourner la page.

— Ce n'est pas trop difficile de rester ici seule ? questionna-t-elle.

Léo se mit à rire.

— Ai-je l'air d'une vieille impotente ? J'entretiens toujours la maison, et je m'occupe de mon potager. Régis vient me couper du bois et se charge des gros travaux. Pour le reste, je me débrouille.

— Régis ? Le fils de Raymond ?

— C'est cela. Il habite la maison de ses parents, non loin du lac de Sanguinet. Je peux compter sur lui.

Ces mots dits, la vieille Landaise se redressa, comme pour signifier : « Tu vois, je me débrouille. » Iris connaissait la fierté des gens de la Grande Lande. Fiers, oui, et durs à la tâche. Elle posa sa main sur la main ridée et tavelée de Léo. Toute sa vie, celle-ci s'était consacrée à Chantecler, où elle avait été placée à l'âge de quinze ans.

— Anna se rendait-elle compte que tu es l'âme de cette maison ?

— Oh ! Anna… soupira Léo. Elle ne venait plus ici depuis longtemps. Elle vivait dans son monde en Espagne.

— De quoi est-elle morte ?

— D'un cancer du sein foudroyant, comme sa mère.

Un silence tomba. Iris ressentit soudain l'ombre d'Anna planer sur elle. Elle se leva pour chasser cette idée dérangeante.

— Je monte mon sac de voyage dans ma chambre, Léo. Non, ne bouge pas. Je redescends tout de suite.

L'escalier était dans l'obscurité, toutefois l'œil exercé d'Iris releva l'usure des marches en leur milieu. Elle eut l'impression de remonter le temps en pénétrant dans sa chambre. Le papier peint, bleu pastel ligné de blanc, était toujours le même, le lit bateau recouvert d'un couvre-lit ivoire au crochet également, tout comme les coussins que Leo avait brodés au point de croix.

Elle s'approcha de la fenêtre qui donnait sur l'arrière. Le jardin aurait eu besoin d'un bon débroussaillage. Une pluie fine avait commencé à tomber, accentuant la mélancolie de la jeune femme. Une légère odeur d'humidité flottait dans la pièce. Iris fronça le nez.

Elle se rapprocha du bureau Charles X, l'effleura de la main. Le sous-main en cuir fauve lui rappelait les moments passés à écrire de longues lettres à sa mère. Lettres qu'elle ne pouvait lui envoyer, Amélie vivant dans la clandestinité. Au-dessus du bureau, elle découvrit une photographie en noir et blanc de Jean Marais, certainement découpée dans *Cinémonde*, la revue consacrée au cinéma qu'elle lisait chaque semaine. L'épicière de Biscarrosse la commandait rien que pour elle.

« Souvenirs, souvenirs », murmura-t-elle.

Elle posa son sac sur une chaise Restauration, puis en sortit quelques vêtements avant de suspendre son geste. Elle avait déjà envie de fuir, de tourner le dos à un passé qu'elle refusait de toute son âme.

# 4

*1965*

Le soleil illuminait les eaux du Bassin, les pailletant d'argent liquide.

— C'est le meilleur moment de l'année, souffla Charlotte Galley, assise sur le ponton de son petit-fils, ostréiculteur à L'Herbe, village de pêcheurs.

Des liens privilégiés les unissaient parce qu'il était le fils de Matthieu, tombé au front en septembre 1918, et que tous deux partageaient le même amour inconditionnel pour le Bassin.

Charlotte avait soutenu la bataille juridique de Marie-Eve, la jeune femme que Matthieu aimait, afin d'obtenir le droit à un mariage posthume. Ainsi, Paul, né quatre mois après le décès de son père, était bel et bien un Galley. Elevé par sa mère institutrice en Charente, il venait passer ses vacances à la Maison du Cap. Tout naturellement, il s'était passionné pour les parcs à huîtres de son arrière-grand-oncle André et avait appris les secrets du métier. A l'âge de sept ans, il avait décrété qu'il serait ostréiculteur et qu'il ne quitterait jamais la presqu'île. Programme qu'il avait en tous points respecté.

A quarante-six ans, Paul Galley était un ostréiculteur renommé, fournissant de nombreux restaurants cotés et expédiant ses huîtres jusqu'à Paris. Paul tendit à sa grand-mère l'huître charnue qu'il venait d'ouvrir pour elle. Il avait versé dessus un simple trait de jus de citron. Charlotte la saisit et la goba avec un plaisir non dissimulé.

— Hum ! fit-elle, ravie. Un pur délice, mon chéri.

— Je vous en apporterai une bourriche à la Maison du Cap. Sebastian a besoin de phosphore pour ses études.

— J'ai peur que nous ne pensions plus à ses études qu'il ne le fait lui-même !

— Détrompe-toi, mamée. Sebastian est un angoissé, comme son père, mais il ne veut pas le montrer.

Le visage de Charlotte se ferma. Elle ironisa :

— Angoissé, Diego ? Je suppose que c'est pour cette raison qu'il se rend systématiquement dans les endroits les plus dangereux de la planète ?

Paul esquissa un sourire.

— Je ne crois pas que nous puissions comprendre Diego. La guerre d'Espagne, l'exil, la Résistance, sa déportation à Mauthausen ont fait de lui un écorché vif. Pour ne pas mourir, ou, peut-être, pour expier le fait d'être encore en vie, il a choisi de se mettre en danger en permanence. Cela correspond à son caractère.

— Peut-être, mais Violette supporte de plus en plus mal cette situation.

— Mamée ! Violette est une grande fille, elle a quarante-cinq ans. Tu ne peux pas vivre à sa place.

— Loin de moi cette idée ! se rebella Charlotte, blessée.

Certes, ses petits-enfants avaient largement dépassé l'âge de raison mais elle les savait fragiles. Violette comme Paul avaient eu une enfance compliquée, et Charlotte s'était efforcée de les protéger l'un et l'autre. Elle pressentait que Violette était malheureuse, même si sa petite-fille refusait de se confier.

« Tu n'es pas à ma place, mamée », lui avait-elle lancé un jour. Avant d'ajouter : « Les temps ont changé, tu sais. »

— J'ai peut-être tort, reprit Charlotte.

Les yeux baissés, elle joua avec sa bague, un saphir offert par François pour leur cinquantième anniversaire de mariage. Elle n'avait jamais été un modèle de sagesse. Cependant, même si elle avait commis des erreurs, elle les avait assumées. Le sourire aux lèvres, avec panache.

Paul esquissa un sourire.

— Mamée, tu sais pertinemment que Violette et moi sommes tes admirateurs inconditionnels. Ne rumine pas à propos des années écoulées, je t'en prie.

Si tu savais, mon petit... pensa Charlotte. Durant ses nuits d'insomnie, elle revivait le passé, se remettait en cause. Mais c'était son secret. Pour eux, elle devait rester la Charlotte un brin fantasque malgré les années. Derrière cette façade, il y avait l'autre Charlotte, plus profonde, plus torturée.

— C'est l'histoire de Jérôme qui me ronge, finitelle par avouer.

Paul soupira.

— Je lui ai téléphoné pour discuter avec lui. Il doit venir ici dimanche prochain. Avec un peu de chance, nous parviendrons à le faire changer d'avis.

Charlotte secoua la tête.

— Ne te fais pas trop d'illusions, Paul. Jérôme tient à se débarrasser de la Maison du Cap. Il veut de l'argent, naturellement, mais il y a autre chose. Tu as très peu connu ma sœur Marthe. Elle a changé du tout au tout à compter de la mort de son mari. Sa maison de Sceaux est devenue un véritable mausolée à la mémoire de Raymond. Ses fils, Pierre et Jean, se sont sacrifiés pour leur mère mais Pierre a fini par se marier sur le tard et a eu à son tour un fils, Jérôme. Celui-là même qui veut vendre la Maison du Cap à un promoteur immobilier.

Elle croisa les mains pour les empêcher de trembler. Chaque fois qu'elle prononçait le nom de Jérôme, elle avait envie de crier sa révolte.

Paul lui sourit à nouveau.

— Ne te mets pas martel en tête, mamée. Fais-moi confiance : je vais m'efforcer de savoir ce qu'il a dans le ventre. Après tout, nous appartenons à la même famille.

Charlotte prit le temps d'admirer au loin le bel horizon atlantique avant de poursuivre :

— C'est là que tu te trompes. Marthe et moi n'avions pas le même père. C'est le mien, James Desormeaux, qui a conçu et créé la Maison du Cap pour Margot, notre mère. A sa mort, Marthe et moi en avons hérité en indivision. Jérôme représente la part de sa grand-mère. S'il est décidé à vendre, il est en droit de le faire. Imagines-tu ? Ce serait une abomination !

Paul garda le silence durant plusieurs secondes. Jusqu'à présent, préoccupé par ses parcs à huîtres, il n'avait pas vraiment mesuré la gravité de la situation.

Charlotte était forte mais son grand âge la rendait vulnérable. De plus, elle ne supportait pas l'idée de voir sa chère Maison du Cap rasée. Comment ne pas la comprendre ? Cette maison faisait partie de sa vie. Elle symbolisait à la fois ses racines et les combats menés au long de son existence pour sauvegarder son indépendance.

— Je te raccompagne ? proposa-t-il après un silence.

— Merci, mon grand, mais j'ai ma brave Deux Pattes. Elle et moi, c'est une vieille histoire.

Il la regarda s'éloigner d'un pas tranquille mais

encore bien assuré vers sa 2 CV beige en éprouvant une bouffée de tendresse. A ses yeux et pour beaucoup d'autres, Charlotte était une femme exceptionnelle. A quatre-vingt-treize ans, elle avait à cœur de rester indépendante, de conduire, de maintenir coûte que coûte le flambeau familial. Depuis la plus tendre enfance de Paul, ses grands-parents paternels avaient constitué son point d'ancrage. Sa mère avait succombé à un infarctus vingt ans auparavant et Charlotte avait été là pour lui, tout comme Violette.

A cet instant, il se promit de tout faire pour sauvegarder la Maison du Cap.

Après le dîner, sur la terrasse, alors que le soir s'étirait, Charlotte et Violette contemplaient ensemble le coucher du soleil.

— Les plus longues journées de l'année... murmura Charlotte d'une voix rêveuse. Parfois, je me dis que c'est mon dernier été.

Devant le sursaut de sa petite-fille, elle enchaîna :

— Rassure-toi, cela ne dure pas longtemps ! Quand on a atteint mon âge, on finit par se croire immortelle !

— Arrête de parler de ton âge, mamée ! Je vais croire que tu recherches les compliments !

— Moi ? Quelle idée !

C'était vrai. Tout au long de sa vie, Charlotte s'était refusée à tricher. Devenue désormais une vieille dame, elle affrontait crânement son âge qu'elle ne paraissait d'ailleurs pas, avec ses cheveux blancs encore parsemés de mèches fauves, sa silhouette dynamique et ses vêtements clairs.

Violette saisit la main de sa grand-mère et la porta à ses lèvres.

— Mamée... Tu représentes tant pour moi... Je ne sais pas si je te l'ai déjà dit.

— Certaines choses n'ont pas besoin d'être dites, ma chérie.

L'espace d'un moment, l'ombre de Dorothée se glissa entre Charlotte et Violette. La jeune femme intrépide qui avait consacré sa vie à établir des records aériens et à relever des défis s'était écrasée au cours d'un vol de repérage au-dessus de l'Afrique du Sud dix ans auparavant.

« Elle est allée jusqu'au bout de ses rêves », avait déclaré Violette le jour de l'enterrement de sa mère. Charlotte, Diego, leur fils Sebastian, Paul se trouvaient à ses côtés. Elle savait que sa mère n'aurait pas voulu d'autre mort. Elle le savait tout en regrettant de n'avoir pu mieux la connaître. Par pudeur ou bien par crainte de fendre l'armure, Dorothée n'était pas femme à se confier facilement. Elle n'avait jamais évoqué en présence de sa fille le suicide de son époux, Philip Galway.

— Notre famille est ancrée là, au Cap, depuis près de cent ans, reprit Charlotte. Quatre-vingt-dix, pour être exacte. Nous y avons vécu tant de choses... Je n'imagine même pas que Jérôme puisse nous en chasser.

Face au soleil qui venait de disparaître dans l'eau du Bassin, Violette ne put réprimer un frisson. L'angoisse de Charlotte était contagieuse, la jeune femme réalisait soudain que leur situation était précaire et que rien n'était gagné. Elle avait peur.

# 5

Après une première nuit interminable, passée à se tourner et se retourner dans son lit, à guetter des bruits oubliés depuis longtemps, Iris renoua avec une habitude de son enfance. Descendue à pas de loup, elle retrouva son vieux vélo dans la grange, l'enfourcha et coupa à travers la pinède.

Le ciel bleu jouait à cache-cache avec la canopée. Elle humait l'odeur autrefois familière des pins qui s'insinuait en elle ; remarquait, presque malgré elle, qu'il y avait de moins en moins de résineux gemmés. Déjà, dès les années vingt, la chimie du pétrole avait condamné la résine. De toute évidence, Chantecler était laissé à l'abandon. La grande époque, à la fin du XIX^e siècle, durant laquelle le prix des pins avait doublé était révolue depuis longtemps. Elle tenta de chasser cette pensée dérangeante. De toute manière, elle n'avait ni la vocation ni les compétences pour prendre en charge le domaine.

Elle freina au sommet de la dune, sauta de son vélo

et courut vers l'Océan après s'être débarrassée d'un coup de talon de ses espadrilles. Elle ôta sa jupe, son chemisier et se jeta dans les rouleaux écumants. La fraîcheur de l'eau la saisit. Elle nagea vigoureusement vers l'horizon en éprouvant une délicieuse impression de renaissance. A Bordeaux comme au château Veyradier, elle se contentait de marcher, en ayant oublié combien elle aimait la mer. Pourtant, elle n'était pas si éloignée de Chantecler, mais le château Veyradier représentait un autre monde.

Elle bascula sur le dos, se laissa porter par les vagues avant de regagner le rivage d'un crawl assuré. L'eau lui parut attiédie, elle en ressentit un bien-être qui l'étonna. Elle nagea une petite demi-heure avant de sortir de l'eau et de s'ébrouer. Le soleil était chaud à présent, elle frissonna cependant. Il lui sembla que l'ombre de la pinède gagnait sur le sable. Elle se rhabilla ; remonta en selle. La magie de l'instant avait disparu. Ses angoisses la rattrapaient, ainsi qu'une sensation oppressante de danger latent.

Léopoldine Masson vivait à Chantecler depuis plus de soixante-cinq ans. Elle y était arrivée après avoir passé son certificat d'études, avait commencé comme bonne à tout faire avant de devenir la gouvernante de la maison. « Un véritable apostolat », disait-elle parfois. Pour la famille Lalande, elle était Léo, la figure tutélaire de la maison. Excellente cuisinière, elle n'avait pas son pareil pour confectionner son foie gras, préparer sa poularde aux champignons ou sa tourte aux asperges des sables. Joris Lalande l'avait surnommée jadis « le maître-queux ». Il appréciait tout particulièrement ses ortolans.

Elle se pencha pour tisonner le feu dans la cuisinière en fonte, une antiquité datant du début du siècle, à laquelle elle tenait parce qu'elle avait accompagné ses premiers essais culinaires. La grande cuisine de Chantecler était depuis toujours son domaine.

« Tu es la reine de ces lieux », lui disait Anna.

Léo se raidit. Elle ne voulait pas songer à Anna, cela lui faisait trop mal. Tant de vies gâchées… Elle tisonna plus fort. Devait-elle aborder le passé avec Iris ? Elle sentait sa jeune amie fragile, et ne savait comment l'aider. En revanche, bien que cette perspective lui déchirât le cœur, elle était certaine d'une chose : Iris devait vendre Chantecler, le plus vite possible. Anna l'appelait « la maison du malheur ». Sur ce point, elle n'avait pas tort.

Je ne tiendrai pas ici trois jours, pensa Iris, frappée par la mélancolie émanant des pièces désertes. Malgré ses efforts, Léo ne pouvait plus tout entretenir. La poussière avait gagné du terrain, il pleuvait dans les chambres mansardées. Les jours d'orage, Léo menait ce qu'elle appelait « la valse des bassines ». Des cuvettes en métal ou galvanisées dans lesquelles la pluie faisait « floc floc » sur un rythme lancinant.

Il fallait réparer le toit, refaire la plomberie, revoir

l'électricité, changer les fenêtres usées par l'humidité… Une entreprise titanesque. Iris manquait de capitaux et n'était pas certaine de désirer sauvegarder Chantecler. En même temps, elle ne se sentait pas la force de mettre la propriété en vente. Pas tout de suite. En mémoire de grand-père Joris.

Prenant sur elle, elle ouvrit la porte du domaine réservé de son grand-père, son bureau, demeuré en l'état. Elle s'approcha du meuble imposant de style Empire, impeccablement rangé, effleura de la paume le sous-main vert foncé. Joris Lalande traitait là ses affaires, y recevait le régisseur, Jules. Durant la guerre, il faisait travailler Iris dans la bibliothèque attenante.

Grâce à lui, elle avait obtenu son bachot avec mention, et pu intégrer l'Ecole des Beaux-Arts à une époque où les femmes architectes étaient rares. Heureusement, des personnes comme Charlotte Perriand avaient ouvert la voie. La jeune femme esquissa un sourire. Joris avait su encourager sa passion pour l'architecture. D'autant plus qu'il l'avait partagée.

Elle se pencha pour mieux observer les photographies jadis familières posées sur le bureau. Elle, Iris, entre ses parents, et avec son grand-père dans la pignada. Philippe et Anna, le frère et la sœur, debout au pied de la dune. Pauline, sa grand-mère qu'elle n'avait pas connue, gantée et chapeautée, au bord du bassin d'Arcachon… Tout le monde à Chantecler affirmait qu'Iris lui ressemblait physiquement : même front bombé, mêmes cheveux d'un blond argenté, mêmes yeux turquoise. Léo nuançait : « Pauline était amoureuse de sa petite personne. Dieu merci, tu n'as pas hérité de son caractère. »

La jeune femme se redressa. Elle aurait eu tant besoin du soutien de sa mère lorsqu'elle avait perdu son bébé ! Cet enfant symbolisait à ses yeux toute sa famille, celle qu'elle avait perdue au fil des ans. C'était l'enfant de la reconstruction, du renouveau, de l'espoir. Pourquoi Xavier manquait-il autant de tact ? Certes, Iris n'avait pas forcément envie d'en parler sans cesse mais un geste de la main, des mots réconfortants de son mari lui auraient fait du bien. Lorsqu'elle avait voulu l'expliquer à Xavier, il avait répondu d'un ton presque léger : « Qu'est-ce que cela changerait ? » Avant d'ajouter : « Tu sais très bien que cela me fait de la peine, à moi aussi. Mais nous sommes encore jeunes, toi et moi. Nous aurons un autre enfant. » Ces deux dernières phrases avaient à la fois profondément blessé et choqué Iris.

D'un pas résolu, elle quitta le bureau de son grand-père et rejoignit Léo dans la cuisine. La vieille dame pétrissait une pâte à tarte.

— Hum ! Je m'en régale à l'avance ! s'écria la jeune femme, retrouvant un certain allant.

Il aurait fallu pourtant qu'elle parle, qu'elle se confie à Léo. Mais elle ne parvenait pas à exprimer autre chose que des banalités.

Tout à coup, elle se lança :

— Tu sais, toi, ce qu'Anna avait fait de sa vie ?

Et sa vieille amie de répondre :

— Pas grand-chose, j'en ai peur. Elle n'a jamais pu surmonter le passé.

# 6

— Tant de beauté... murmura Violette pour elle-même en contemplant le Bassin, radieux sous le soleil du matin.

Trois pinasses à la file s'éloignaient en direction des Passes. Les premiers touristes ne tarderaient plus à arriver, à investir les terrains de camping. Violette appréhendait cette période durant laquelle les Ferretcapiens devaient partager leur presqu'île.

Je vieillis, se dit-elle avec une lucidité cruelle. Parfois, elle avait le sentiment que sa grand-mère était plus jeune d'esprit qu'elle. C'était certainement vrai, d'ailleurs ! Violette avait perdu une bonne part de son optimisme et de son dynamisme. Elle savait pourquoi, même si elle n'avait pas envie d'y songer.

Elle irait nager avant le déjeuner, quand l'eau serait plus chaude.

« Tu es enfermée – volontairement – dans tes habitudes, tu vis repliée sur ton petit monde », lui avait reproché Diego avant de partir pour Saint-

Domingue. Cette phrase l'obsédait encore. La Maison du Cap, où elle avait presque toujours vécu, constituait-elle un piège autant qu'un refuge ? Dorothée, sa mère, l'avait fuie. Violette, elle, en était incapable. A moins que Jérôme ne parvienne à ses fins ? Elle réprima un frisson. L'avant-veille, sa rencontre avec son cousin avait été éprouvante.

Le petit-fils de Marthe avait campé sur ses positions. Il n'avait pas l'intention d'être contraint à demeurer dans l'indivision, et, malheureusement, il était dans son droit. Il avait longuement évoqué ses projets immobiliers, sous le regard de Charlotte qui virait au noir. Elle l'avait écouté avec beaucoup d'attention, cependant, jusqu'au moment où, n'y pouvant plus tenir, elle lui avait intimé l'ordre de partir.

« Je reviendrai ! » avait lancé Jérôme en proférant des menaces.

Après son départ, Paul, Charlotte et Violette avaient tenu une sorte de conseil de guerre sur la terrasse. Paul n'était pas parvenu à calmer le jeu. Lui-même, pourtant enclin à l'indulgence, avait reconnu que Jérôme n'était pas un homme de dialogue. Il donnait l'impression d'avoir des comptes à régler avec la branche ferretcapienne de la famille. N'était-ce pas stupide ? Ils se connaissaient à peine. Charlotte, très remontée, lançait des flammes. « Raser la Maison du Cap ? Moi vivante, jamais ! »

Jérôme pouvait-il réellement parvenir à ses fins ? Cette perspective bouleversait Violette. Elle tenta de se concentrer sur les documents administratifs placés devant elle. Il y avait trop longtemps qu'elle n'avait pas mis à jour ses papiers. C'était le genre de tâche qui lui coûtait et qu'elle remettait toujours à plus tard. Diego n'était pas plus compétent qu'elle dans ce domaine. A vrai dire, il s'en moquait éperdument. Lui, l'aventurier, l'homme de terrain, était sans cesse en quête de la photo la plus expressive possible. C'était là son but, sa raison de vivre.

De nouveau, elle laissa son regard filer vers Arcachon, « l'autre côté de l'eau ». Son mari restait pour elle une source permanente d'interrogations. Elle savait qu'il ne guérirait jamais des séquelles de l'exil et de son emprisonnement au camp de Mauthausen, mais sa propre impuissance la désespérait. Si seulement il avait bien voulu se confier à elle ! Diego était persuadé qu'un homme se devait de ne pas extérioriser sa souffrance. De plus, ce n'était pas dans sa nature. Un horrible macho, voilà ce qu'il est ! pensa Violette non sans tendresse.

Elle entassa la paperasserie en souffrance, la glissa dans une chemise cartonnée sur laquelle elle inscrivit « Urgent », et soupira avec lassitude. Un peu plus de retard... elle n'était plus à un jour près. Elle mourait d'envie d'aller faire un tour du côté de L'Herbe. Travailler auprès de Paul l'apaisait, l'aidait à surmonter ses angoisses. Même s'ils n'échangeaient pas de grandes phrases, elle se sentait en confiance en sa présence. Elle prit conscience alors de ce qui péchait dans sa relation avec Diego. Elle l'aimait, mais il n'était pas son ami.

Descendue au jardin cueillir des roses, Charlotte manqua trébucher sur une pigne et effectua un rétablissement en réprimant un juron.

— Ce que c'est que de vieillir ! marmonna-t-elle.

Elle n'avait pas pour habitude de s'apitoyer sur son sort mais le délabrement de sa condition physique la rendait folle de colère. Elle avait beau songer à François et à leurs enfants, qui n'avaient pas eu la chance d'atteindre son âge vénérable, elle n'admettait pas pour autant d'entendre moins bien et de devoir mesurer ses mouvements. Je deviens comme ma mère ! se dit-elle, à la fois contrariée et moqueuse. A l'époque, une trentaine d'années auparavant, elle n'avait pas toujours compris à quel point Margot pouvait souffrir de ce qu'elle appelait sa « déchéance physique ». Elle fit la grimace. Son corps la lâchait et elle était totalement impuissante.

A cet instant, elle se demanda ce que François lui aurait conseillé. C'était curieux, et à la fois un peu déstabilisant, comme si les années avaient effacé jusqu'au souvenir de William, l'homme pour qui elle avait laissé mari et enfants. Par la suite, le remords ne l'avait jamais quittée, même si elle se refusait à l'admettre. François et elle s'étaient rapprochés avant la Seconde Guerre, au point de vivre à nouveau ensemble dans la villa Séréna, au Pyla. Des années d'un compagnonnage tendre et serein, durant lesquelles tous deux avaient appris à faire des concessions comme à s'écouter. François lui manquait, pensa-t-elle avec émotion. Il lui avait recommandé alors qu'il savait sa fin proche : « Utilise au mieux le temps qu'il te reste à vivre. » Il était ainsi fait, enclin à chercher pour elle le côté ensoleillé de la vie.

Or, pour elle aujourd'hui, c'était la Maison du Cap qui comptait. A cet instant, elle sut ce qu'elle devait faire. Se battre, encore, pour sauvegarder la demeure conçue par son père. Jérôme n'obtiendrait pas gain de cause, elle en faisait le serment.

Paul Galley ne s'imaginait pas vivre ailleurs que sur la presqu'île, et la perspective de devoir la quitter un jour le glaçait. Il n'en approuvait que davantage la réaction de sa grand-mère. Il mettait à profit la petite marée pour chauler ses tuiles et passer caisses et ambulances[1] au coaltar ou goudron de houille destiné à imperméabiliser le bois. Les ambulances recevaient les jeunes huîtres les plus fragiles. Celles-ci seraient ensuite déposées dans les parcs à huîtres. Certains trouvaient ce travail trop répétitif et dépourvu d'intérêt, pas lui. Il appréciait chaque tâche à accomplir, la reliant au cycle de l'ostréiculture. Il y avait toujours l'excitation de l'attente, la vie en plein air, parmi des personnes

1. Casiers de deux mètres sur un mètre, recouverts de grillage, destinés à abriter les jeunes huîtres des prédateurs.

qu'il connaissait depuis des lustres. Il y avait aussi les couleurs du ciel, douces et changeantes, comme la palette d'un pastelliste, et cette sensation d'être chez lui. A sa place.

Il savait parfaitement que son activité d'ostréiculteur lui avait permis de ne pas sombrer, après la tragédie. Il s'y était d'abord cramponné, avant de lui trouver un sens. Mais, pour ce faire, il lui avait fallu de longues années. Et il savait que cet équilibre était encore précaire.

# 7

Le ciel, d'un bleu pur, promettait une belle journée. Un temps idéal pour aller marcher dans la pinède, pensa Iris. Léo, informée de son projet, l'approuva.

— Emmène Puck avec toi, suggéra-t-elle. Le pauvre n'a plus guère d'occasions de se dégourdir les pattes.

Puck était un teckel à poil dur qui donnait de la voix un peu trop souvent au goût d'Iris, mais il tenait compagnie à Léo et, pour cette raison, la jeune femme était prête à lui pardonner ce travers. Elle s'éloigna à grands pas de la maison. Puck jappait et sautait d'enthousiasme à la perspective de la promenade.

Iris chemina à travers la pinède, admirant les jeux d'ombre et de lumière sur le sable gris couvert de pignes. Elle se rapprocha du pot en terre cuite d'un pin solitaire, se pencha pour humer le parfum entêtant de la résine, qui ravivait tant de souvenirs.

La première fois... c'était son père qui lui avait montré comment remuer la résine à l'aide d'aiguilles de pin pour ensuite l'inhaler. Elle se rappelait sa haute stature et sa voix grave, profonde. « Il m'a séduite grâce à sa voix de basse », lui avait confié un jour sa mère.

Amélie non plus n'aimait guère Chantecler. Née à Lyon, elle était restée une irréductible citadine. Iris se rappelait certaines tensions lorsque ses parents séjournaient sur le domaine. Puis la guerre avait tout emporté.

Elle siffla Puck, qui s'était éloigné vers un bosquet de fougères, poursuivit son chemin jusqu'à une cabane de résinier dont elle poussa la porte. L'intérieur, bien que spartiate, reflétait les conditions de vie de ces hommes qui s'y installaient jadis le lundi matin pour la semaine. La cabane était constituée d'une chambre et d'une cuisine dans laquelle une grande cheminée attirait le regard. Il y avait le traditionnel tas de bois sec près de l'âtre pour réchauffer l'occupant ou sécher ses vêtements. Les visiteurs qui l'utilisaient devaient le remplacer en repartant.

Elle passa la main sur la table poussiéreuse, avant de quitter la cabane.

— Qu'est-ce que vous faites là ?

La voix n'avait rien de cordial. Iris esquissa un sourire en direction du vieil homme qui venait de l'interpeller. Trapu, le cheveu grisonnant, il s'appuyait sur une canne. Il lui jeta un regard intrigué.

— Vous êtes sur les terres des Lalande, reprit-il. Une propriété privée.

Le sourire d'Iris s'élargit.

— Je m'appelle Iris Lalande et je suis la petite-fille de Joris.

Iris Lalande, et non Iris Veyradier... cela lui était venu spontanément. Elle refusa de s'appesantir sur ce point. Après tout, elle n'avait fait qu'anticiper la réalité de quelques mois.

Le vieux plissa les yeux.

— Bien sûr... Iris ! Je t'ai connue toute petite. Tu ne me remets pas ? Jean-Pierre, Jeannot pour tout le pays. Ton grand-père m'avait laissé la jouissance de ma cabane parce que je n'ai pas supporté la vie à l'hospice. Imagines-tu ? Les bonnes sœurs prétendaient me confisquer mes bouteilles de gnôle et me faire souper à six heures du soir ! Je te prie de croire que j'ai décampé vite fait ! C'était pas chrétien, leur conception de la vieillesse !

Iris rit de bon cœur.

— Oui, Jeannot, je me souviens de vous.

— Tu ne feras pas d'histoires, alors, pour la cabane ? Tu sais, il me faut mes pins, mes oiseaux, et l'odeur de la résine. Je ne peux pas rester enfermé, c'est trop dur pour moi.

— Ne vous faites pas de souci, promit-elle.

Il lui jeta un coup d'œil dubitatif, comme s'il s'interrogeait à propos de sa sincérité.

— On verra bien. Mais... il paraît... comme qui dirait, Anna serait morte ?

Une douleur soudaine coupa la respiration d'Iris. Elle avait tenté de ne pas songer à la mort d'Anna, pas en ces termes, en tout cas.

— C'est vrai, répondit-elle enfin. Elle est décédée à Madrid il y a maintenant plus d'un mois. Elle était jeune encore, elle n'avait pas cinquante ans.

Jeannot ôta sa casquette et se gratta la tête.

— Bien triste, tout ça, marmonna-t-il. Anna était une sacrée belle fille. Vous vous ressembliez, d'ailleurs, elle et toi.

Iris ressentit tout à coup un malaise, une vague qui l'aurait submergée et la laisserait sans forces sur le rivage. Elle passa une main hésitante devant ses yeux, comme pour chasser une vision insupportable. La voix de Jeannot lui parvenait de très loin. Elle perdit conscience.

— Tu te rends compte de la frayeur que tu m'as faite ? gronda Léo. Puck est venu me chercher dans ma cuisine et m'a emmenée jusqu'à cette cabane où le pauvre Jeannot tentait de te ranimer.

Iris ouvrit avec difficulté les yeux. Elle était allongée sur un lit de fer dépourvu de draps et apercevait un pan de ciel par la fenêtre ouverte.

Elle frissonna.

— Je ne sais pas ce qui s'est passé. Le malaise est monté et... je me suis évanouie.

— Ce n'est pourtant pas ton genre ! reprit Léo.

Quel était son genre ? Etait-elle une jeune femme trop moderne, comme le prétendait Xavier, parce que passionnée par son métier ? Sa belle-mère lui avait reproché de ne pas rester en place. Pour elle, il ne fallait pas chercher ailleurs la raison de sa fausse couche. Iris s'était contenue pour ne pas lui répondre vertement.

Elle prit une longue inspiration.

— Je ne sais pas... répéta-t-elle. Jeannot et moi parlions d'Anna et puis... tout a tourné autour de moi.

— Vraiment ?

Elle eut l'impression que le ton de Léo avait changé. Sa vieille amie paraissait soudain sur la défensive. Je me fais encore des idées, pensa Iris en plein désarroi. Elle était dotée d'une bonne santé et n'avait jamais connu ce genre de malaise, même durant les deux premiers mois de sa grossesse.

— Je dois aller chercher la carriole ou tu te sens capable de rentrer à la maison ? demanda Léo.

Sa voix révélait une pointe d'agacement. Iris se redressa.

— Ça ira très bien, affirma-t-elle.

Jeannot lui tendit un quart en aluminium dans lequel il versa deux rasades généreuses de gnôle.

— Bois, mon petit. Ça te remettra les idées en place.

Elle but du bout des lèvres, se mit à tousser. Le liquide lui brûlait la gorge. Léo se pencha et lui tapa dans le dos.

— Le vin Veyradier t'a gâché le gosier ? Chez nous, on tient l'alcool.

Mais je ne suis plus d'ici, pensa Iris. L'avait-elle jamais été, d'ailleurs ? Cette question n'avait pas fini de l'obséder.

De retour à Chantecler, elle but un thé et prit une douche. Excepté une curieuse sensation d'irréalité qu'elle n'avait jamais connue auparavant, elle se sentait déjà mieux. Elle se demandait ce qui avait bien pu provoquer son malaise. Léo, elle, avait son avis sur la question.

— Tu n'es plus habituée à marcher par cette chaleur, voilà tout ! Exactement comme quand tu étais petite… Tu ne voulais jamais mettre ton chapeau de toile. Testarde comme ton père et ton grand-père, refusant d'écouter les recommandations des anciens !

— J'ai trente-six ans, à présent, glissa Iris en souriant.

Remarque qui ne dérida pas Léo. Celle-ci répliqua :

— Ce qui ne t'empêche pas de commettre des imprudences !

La sonnerie du téléphone interrompit leur conversation. Léo décrocha et, après avoir répondu, tendit le combiné à Iris.

— C'est pour toi. Un certain monsieur Sauvan.

— C'est mon associé et, surtout, mon meilleur ami.

Ravie, la jeune femme lança un « Allô ! » joyeux.

— Pierre-Loup ! Quelle bonne surprise ! Que puis-je faire pour toi ?

— Rentrer le plus vite possible à Bordeaux. J'ai besoin de toi.

# 8

*Violette*

Je relis cette phrase de Musset : « L'absence ni le temps ne sont rien quand on aime », et je m'interroge. Ai-je eu raison de consacrer ma vie à un seul homme ? J'ai quarante-cinq ans cette année et il me semble que je gaspille mon existence à attendre.

L'attendre, lui. Alors que, de son côté, il vit ses passions intensément. La photographie, la guerre, les femmes… Parce que, fatalement, il y a eu d'autres femmes… Il y en aura toujours. Diego est ainsi fait. Il faut qu'il séduise pour se convaincre qu'il est toujours en vie. La mort l'a trop marqué de son empreinte, il la cherche, joue avec elle. Jusqu'à ce qu'elle le rattrape ?

Je lui en veux. D'avoir manqué la plupart de nos fêtes de famille, de m'avoir laissée élever seule notre fils, de me faire jouer Pénélope au bord du Bassin. Pourtant… comme me l'a déjà fait remarquer mamée, c'est l'homme que j'aime, avec qui j'ai voulu me marier, fonder une famille... Je suis allée jusqu'au bout de mon choix. Cependant... m'aime-t-il, lui ?

Toutes ces questions tourbillonnent dans ma tête. Je sais que je ne les lui poserai jamais. J'aurais bien trop peur de sa réponse.

Quand il rentre, c'est comme une tornade. Il lui suffit de poser son sac, de s'étirer, même légèrement, il occupe tout l'espace et la maison rétrécit. « Tu n'as pas changé », me répète-t-il invariablement, et je ne sais comment le prendre : « Tu n'as pas vieilli » ou bien « Je sais que tu seras là, toujours, à attendre mon retour » ? Mamée m'a souvent raconté que la Maison du Cap constituait son amer, son point de repère fixe et identifiable. Suis-je l'amer de Diego ? Amer, Pénélope... pas très attirant, tout ça !

Mais que peut-on attendre d'une femme atteinte de sclérose en plaques ? Il y a deux ans, quand j'ai commencé à ressentir les premiers symptômes, je n'y ai pas vraiment prêté attention. J'étais très fatiguée alors, sans imaginer que cela pouvait être un signe avant-coureur. Et puis, il y a eu cette vision floue, une fin d'après-midi, alors que j'avais nagé dans le Bassin durant de longues minutes. Sur le moment, cela m'avait préoccupée. Puis, le lendemain, je n'y avais plus pensé. Un coup de fatigue, voilà tout. On ne veut pas croire au malheur...

De plus, je traversais une période un peu difficile. Diego se trouvait aux Etats-Unis pour couvrir l'admission de deux étudiants noirs à l'Université de l'Alabama. Sebastian avait besoin de son père et multipliait les provocations. Je n'avais pas vraiment le temps d'écouter les signaux envoyés par mon corps. Il fallait avancer, toujours. Je me suis vraiment inquiétée le jour où j'ai été saisie de vertiges. Une autre fois, mes jambes se sont dérobées sous moi. J'ai pris alors rendez-vous avec notre médecin de famille, le docteur Virieux. Il n'a pas tergiversé ; m'a envoyée à Bordeaux passer des examens, dont une ponction lombaire. C'est là que le diagnostic est tombé. Sclérose en plaques. J'ai eu l'impression d'imploser, même si j'ai rapidement pris la décision de tout garder pour moi. Seuls mamée et Franck, mon kiné, partagent mon secret. Pas question de susciter la pitié ou la compassion. Je travaillerai tant que je le pourrai.

Si seulement j'avais pu me confier à Diego ! C'est plus fort que moi, je crains sa réaction. Son premier regard sur moi serait déterminant. S'il marquait une hésitation, ou un recul, je ne le supporterais pas et ne voudrais plus le revoir. Jamais ! Est-ce de l'orgueil de ma part, de l'amour-propre mal placé ? La crainte d'être blessée ? Au fond de moi, je crois que je sais. Je ne lui fais pas vraiment confiance. Nous aurions pu être heureux, Diego et moi.

Le Bassin est d'une beauté incroyable sous le soleil de juin. Depuis que mamée a quelque difficulté à monter les escaliers, nous avons échangé nos chambres. Elle dort au rez-de-chaussée et j'occupe le belvédère. Le Bassin m'appartient le jour et la nuit, il bat comme un cœur, et me rassure.

Parfois, et de plus en plus souvent, je me surprends à évoquer ma propre mort et à songer à mon père, que j'ai si peu connu. Son suicide a marqué notre famille, ses parents n'ont jamais souhaité en parler avec moi. Le silence, l'arme absolue... J'ai souvent peur que nous ne reproduisions les mêmes erreurs avec Sebastian. Alors je lui parle trop, je déverse un flot continu de paroles pour bien faire mais il part s'enfermer dans sa chambre. Raté sur toute la ligne !

Heureusement, il y a mamée. Positive, tonique, excepté pour ce qui concerne la Maison du Cap. Jérôme l'a déstabilisée et je ne suis pas près de le lui pardonner. Peut-il vraiment nous obliger à vendre ? Je ne veux pas y penser. Je sais, c'est lâche, mais je n'ai pas d'autre solution pour tenir.

Violette referma son carnet de moleskine sur lequel elle avait pris l'habitude de noter ses réflexions deux ans auparavant, à partir du moment où elle avait su pour « Séphora », ainsi qu'elle avait nommé sa maladie.

« Tu vois, avait-elle expliqué à Franck, son kiné, je pense à cette sublime fresque de la chapelle Sixtine représentant les filles de Jéthro[1] et notamment Séphora, la future épouse de Moïse, et cette fichue maladie me paraît moins angoissante. » Séphora était divinement belle et ressemblait à Simonetta Vespucci, l'illustre modèle de Botticelli pour *La Naissance de Vénus* et *Le Printemps*. Franck avait esquissé un sourire tout en continuant à lui masser les jambes. « Je ne suis pas un intellectuel, mais je crois comprendre ce que tu veux dire. »

Elle se raccrochait à ce subterfuge pour ne pas craquer.

— Violette ! Tu es là ?

La voix de Charlotte, impatiente, comme toujours... Envers et contre tout, la vieillesse, les épreuves, la solitude, la vieille dame avait gardé intacts son enthousiasme et sa capacité de révolte.

La jeune femme se leva, rangea son carnet dans le tiroir du haut de son bureau et descendit rejoindre sa grand-mère.

Celle-ci piaffait au pied de l'escalier.

— J'ai demandé un rendez-vous à un cabinet d'architectes bordelais. Nous n'allons tout de même pas rester là, les bras croisés, à attendre que mon petit-neveu nous spolie !

Seigneur ! Elle a quatre-vingt-treize ans et est plus combative que moi ! pensa Violette, sidérée. Charlotte l'étonnerait toujours. Elle n'hésitait pas à fumer une cigarette à la fin du dîner, nageait

1. Dans *La Jeunesse de Moïse*.

encore dans le Bassin et ne montrait aucun signe de vieillissement cérébral. « Je ressemble à ma mère », proclamait-elle non sans fierté.

Le portrait de Margot, cadeau d'Edouard Manet lorsqu'il était venu en 1871 séjourner à Arcachon, fascinait les visiteurs de la Maison du Cap. Après l'avoir longtemps gardé dans sa villa de la Ville d'Hiver, Margot l'avait offert à Violette juste avant de mourir. Charlotte y tenait comme à un symbole des générations de femmes de leur famille. De temps en temps, elle contemplait le portrait de sa mère, rayonnante à vingt et un ans, image même de la rébellion, et se sentait plus forte.

Bien sûr, il n'était pas assuré et la demeure n'était protégée par aucun système de sécurité. « Question de confiance, répliquait Charlotte, superbe, lorsqu'on le lui faisait remarquer. De plus, il n'y a pas de voleurs sur la presqu'île ! »

Et Jérôme ? s'interrogea brutalement Violette. Qu'est-il, au juste ? Elle n'était pas certaine de souhaiter connaître la réponse.

# 9

Iris avait toujours été sensible au charme de Bordeaux et plus particulièrement à celui émanant de son quartier. L'appartement hérité de son grand-père était situé entre la place des Grands-Hommes et les allées de Tourny. Au deuxième étage d'un immeuble du XVIII^e siècle dont la façade avait été récemment ravalée, son balcon était surmonté d'un fronton triangulaire. « Tu respires l'esprit des Lumières dans cet environnement ! » s'extasiait Joris Lalande d'un air gourmand.

A peine revenue de Chantecler, Iris se rendit donc rue Montaigne. Il n'y avait que deux prospectus glissés sous la porte, elle leur prêta un coup d'œil distrait. L'appel de Pierre-Loup lui avait permis d'échapper à l'atmosphère du domaine, qu'elle jugeait délétère. Mais dans ce cas, pourquoi Léo s'obstinait-elle à y rester ? Quand Iris lui avait posé la question, la vieille femme avait soupiré.

« Je suis attachée à cette vieille maison par des

milliers de liens, visibles et invisibles. De plus… tu te rappelles les tragédies classiques ? La nourrice, le confident jouaient un rôle primordial en faisant ressortir ce qui était caché dans l'inconscient, ou en permettant au personnage central de voir plus clair en lui-même. Ce doit être mon destin. »

Elle avait dit cela avec un large sourire mais Iris avait perçu sa tension. Devait-elle se considérer elle-même comme le personnage central ? Cette idée la mettait profondément mal à l'aise. Lâchement, elle n'avait pas cherché à en savoir plus.

Madame Jeanne, la concierge, avait aéré l'appartement. Iris appréciait de se retrouver chez elle. Après une douche rafraîchissante, elle enfila une robe bicolore rose indien et bleu canard, hésita avant de choisir des escarpins beiges plus adaptés à sa tenue que les espadrilles dans lesquelles elle se sentait si bien.

Il faisait chaud en ville. Iris se lança dans la fournaise après avoir pris une longue inspiration. Pierre-Loup l'attendait au cabinet. Elle avait hâte d'apprendre la raison pour laquelle il lui avait demandé de rentrer toutes affaires cessantes. Elle remonta à pas pressés le cours de l'Intendance, jetant distraitement un coup d'œil aux vitrines prestigieuses. Elle se rappelait que sa mère l'y avait emmenée, avant la guerre, pour choisir sa première robe « habillée », comme on disait alors.

— Iris ! Quelle surprise !

Le visage de la jeune femme se décomposa d'un

seul coup. Par le plus malheureux des hasards, elle se trouvait face à Gisèle Veyradier. D'une sobre élégance, comme à son habitude, la mère de Xavier portait une robe trois trous en soie grège, un sac Chanel et des escarpins assortis, beige et noir. Sa belle-mère lui tendit la joue, Iris l'effleura en lui glissant qu'elle était très pressée.

— Voyons ! protesta Gisèle. Vous pouvez bien m'accorder un petit quart d'heure. Et m'expliquer ce qui se passe entre mon fils et vous.

Nous y voilà ! se dit la jeune femme, accablée.

Elles avaient à peine pris place en terrasse, face au Grand Théâtre, que Gisèle attaquait :

— Vous savez, je pense, qu'on ne divorce pas chez les Veyradier. C'est tout bonnement inconcevable.

Iris s'efforça de garder son calme et posa les mains bien à plat sur le guéridon.

— Je ne suis pas une Veyradier, répondit-elle. Et, dans la famille Lalande, on ne s'obstine pas quand une union se révèle être un échec. Vous ne pouvez pas m'obliger à demeurer l'épouse de Xavier, Gisèle, et vous le savez fort bien.

Sa belle-mère crispa les lèvres. C'était une belle femme sophistiquée, maquillée, coiffée, toujours de façon impeccable. « Une jolie poupée de porcelaine », estimait Léo. Mais Gisèle était aussi une femme intelligente, et avait su faire du château Veyradier un domaine d'exception. La qualité du vignoble, les visites guidées de la cave, la beauté sereine des bâtiments du XIX^e siècle dominant une mer de vignes attiraient toujours plus de touristes. Elle se pencha légèrement vers Iris.

— C'est à cause du bébé, n'est-ce pas ? Pourtant, ce n'est pas juste de faire porter toute la responsabilité à Xavier. Après tout... si vous l'aviez écouté et arrêté de travailler... rien de tout cela ne serait arrivé.

Une bouffée de colère submergea Iris.

— Vous n'avez pas le droit de dire ça ! s'insurgea-t-elle.

Elle réprima l'envie irrésistible de retourner sur la tête de Gisèle la tasse de thé qu'on venait de lui servir. Se contint au prix d'un louable effort.

— Nous ne nous entendrons jamais, reprit-elle. Et je ne reviendrai pas sur ma décision. De toute manière, c'est de notre couple qu'il s'agit, à Xavier et à moi.

Il était important pour elle de faire cette mise au point. Gisèle, cependant, ne l'entendait pas ainsi. Son visage d'habitude serein se contracta sous l'effet de la colère.

— Croyez-moi, vous le regretterez ! siffla-t-elle.

Retrouvant toute son assurance, elle se leva, altière, jeta un billet sur la table et s'éloigna à grands pas. Sonnée, Iris demeura une demi-minute sans réagir avant de sourire. Après tout, la situation avait le mérite d'être plus claire désormais. Seul bémol : Xavier ne tarderait pas à l'appeler pour lui reprocher d'avoir malmené sa mère. Alors qu'elle n'avait fait qu'énoncer une vérité tout en restant polie, ce qui constituait un petit exploit vu les circonstances.

Elle but son thé en savourant la vue sur le Grand Théâtre, dont elle admirait toujours l'ordonnance classique, et se rendit aussitôt après au cabinet.

Pierre-Loup se porta à sa rencontre.

— Bonjour, ma belle. Alors, que penses-tu de ce retour aux sources dans les Landes ?

Elle fit la grimace.

— Je te raconterai. Cette plongée dans le passé a quelque chose d'un peu... dérangeant.

Malgré la chaleur, elle frissonna au souvenir du malaise dont elle avait été victime dans la cabane de Jeannot.

— Mais toi, Pierre-Loup... Raconte-moi, toi aussi, pour quelle raison j'ai dû revenir de toute urgence.

Pierre-Loup saisit une enveloppe sur son bureau et la tendit à son associée.

— Lis cette lettre. J'ai tout de suite pensé que cette affaire était pour toi.

Elle déplia la missive et découvrit une écriture élégante et déliée. Une certaine Charlotte Galley, domiciliée au Cap Ferret, les appelait au secours.

*J'ai quatre-vingt-treize ans,* écrivait-elle, *et je ne supporte pas l'idée que mon petit-neveu m'oblige à quitter la maison bâtie par mon père et où j'ai vécu la plus grande partie de mon existence.*

S'ensuivaient des détails techniques, et un dossier

comportant de nombreuses photos de la Maison du Cap.

— Cette propriété est superbe, déclara Iris. Mais je ne vois pas très bien ce qu'on peut faire pour cette dame…

— Cette dame, comme tu dis, a le projet génial de demander le classement de sa demeure, et a besoin pour ce faire de notre aide.

— Une maison originale, commenta à nouveau Iris. De quand date-t-elle ? Sa facture paraît étonnamment moderne.

— L'architecte, James Desormeaux, est mort prématurément mais sa fille, Charlotte Galley, donc, affirme que Le Corbusier est venu visiter la Maison du Cap dans les années vingt. Et la construction remonte à 1873.

— Incroyable ! s'exclama Iris.

Pierre-Loup esquissa un sourire en lisant la lueur d'intérêt qui venait de s'allumer dans ses yeux.

J'étais sûr que cela t'intriguerait, se dit-il en se gardant bien de formuler sa pensée à voix haute. Il se contenta de glisser, mine de rien :

— Pourrais-tu me dépanner en allant te rendre compte sur place ? J'ai des rendez-vous toute la semaine pour ce nouveau projet au port de la Lune.

Iris marqua une hésitation avant d'acquiescer :

— Si cela peut te venir en aide, c'est entendu. Cette vieille dame m'intéresse. A son âge, c'est beau de se battre.

Elle pensa alors à Léo, se demandant si sa vieille

amie pourrait elle aussi lutter avec acharnement pour sauver Chantecler. Mais Léo n'était pas madame Lalande et n'avait aucun titre de propriété. C'était Anna qui aurait dû sauvegarder le domaine. Un goût amer emplit sa bouche, comme chaque fois qu'elle évoquait sa tante.

# 10

Partir pour la Maison du Cap constitue une véritable expédition, songea Iris en donnant un nouveau coup d'œil à la carte déployée sur le siège passager.

Cependant, elle accueillait avec plaisir et soulagement cette diversion après avoir subi les foudres de Xavier.

Il était venu lui rendre visite chez elle, rue Montaigne, lui reprochant avec véhémence de s'être montrée agressive et discourtoise avec sa mère. Iris, qui s'y attendait, s'était néanmoins étranglée avant de protester :

« C'est Gisèle qui a été désagréable avec moi ! Apparemment, c'est de ma faute si j'ai perdu mon bébé. Je lui ai fait comprendre que cela ne concernait que notre couple.

— Pour ce qu'il en reste, de notre couple ! » avait rétorqué Xavier, blanc de colère.

Ce jour-là, Iris avait eu la confirmation du bien-fondé de sa décision. Il lui était impossible de rester l'épouse d'un homme aussi inféodé à sa mère. Elle faisait la triste constatation que tout ce qui avait été beau entre eux avait disparu pour laisser place à la rancœur et à l'amertume.

Elle avait mis fin à leur conversation, d'un ton ferme et sec, et l'avait informé que, désormais, ils communiqueraient par l'intermédiaire de leurs avocats respectifs. Elle en avait éprouvé un soulagement si intense qu'elle avait éclaté en sanglots dès qu'il avait claqué la porte. Si elle allait reconquérir sa liberté, Iris avait cependant le sentiment douloureux de l'échec.

Elle s'extasia face à la vue offerte depuis le débarcadère de Bélisaire qui assurait la liaison avec Arcachon et Le Moulleau.

C'était incompréhensible, mais elle n'était jamais venue sur la presqu'île. Née à Bordeaux, élevée à Paris, passant ses vacances à Chantecler, Iris n'avait pas d'attache particulière avec le bassin d'Arcachon. Aussi était-elle heureusement surprise de découvrir une nature préservée, un environnement authentique. Elle fit quelques détours, se perdit en chemin et finit par découvrir la Maison du Cap, bâtie sur un promontoire face au Bassin.

Elle fut tout de suite séduite par la finesse des lignes architecturales et l'impression d'harmonie se dégageant de l'ensemble.

Elle gara sa Mini à côté d'une 2 CV beige, en descendit. Un fox-terrier s'élança vers elle en jappant.

— N'ayez pas peur, surtout ! s'écria une voix féminine. Viking aboie beaucoup mais il n'est pas méchant.

En effet, le petit chien se calma dès qu'Iris se fut penchée vers lui. Il se laissa même caresser.

— Bon, les présentations sont faites, reprit la voix. A nous, à présent.

Une vieille dame aux cheveux blancs coiffés en chignon haut, portant un pantalon de toile bleu et un polo bleu et blanc, rejoignit Iris et lui tendit la main.

— Charlotte Galley. Bienvenue à la Maison du Cap, Iris. Je vous aurais reconnue même si nous nous étions rencontrées à Arcachon. Vous ressemblez à votre voix.

Iris sourit à la maîtresse des lieux.

— C'est la première fois qu'on me le dit. Vous avez beaucoup de chance, madame Galley, d'habiter un pareil endroit.

— Charlotte. Appelez-moi Charlotte, tout le monde le fait par ici.

Iris, surprise par une telle invitation, ne put s'empêcher de répondre :

— Je ne suis pas tout le monde. Il me faut un peu de temps.

Charlotte Galley hocha la tête.

— Je comprends. Venez donc vous asseoir sous la treille. Le soleil pique, aujourd'hui.

Une longue table, recouverte d'une nappe rayée de bleu et de blanc, des sièges en rotin et, toujours, cette vue magique sur le Bassin offert. Iris accepta la citronnade proposée, après s'être assise face à la jetée du Moulleau.

— Racontez-moi tout, suggéra-t-elle.

Après avoir écouté le récit de son hôtesse, Iris étudia les plans de la Maison du Cap. Elle éprouva une étrange sensation en découvrant les schémas de James Desormeaux, précis et étonnamment modernes pour l'époque.

Le regard de Charlotte pesait sur elle.

— Vous constituez mon dernier espoir, déclara la vieille dame.

Iris réalisait l'immense responsabilité qui lui incombait quand elle entendit le bruit d'une voiture arrivant dans l'allée de la propriété.

Une 2 CV plus récente se rangea à côté de la première.

Une femme séduisante en descendit. Des cheveux fauves, une silhouette élancée, une présence évidente, celle-ci sourit en apercevant Charlotte et Iris assises côte à côte sur la terrasse. Elle tendit une main décidée à la jeune architecte.

— Bonjour, je suis Violette, la petite-fille du phénomène qui vous a appelée au secours. Soyez la bienvenue à la Maison du Cap.

Elle embrassa sa grand-mère.

— Je vous laisse, mamée, je suis un peu fatiguée.

— Bien sûr, ma chérie.

Charlotte la suivit d'un regard inquiet.

— Violette est infirmière, expliqua-t-elle, et elle a une fâcheuse tendance à se dépenser sans compter.

— C'est une dynastie de femmes à la Maison du Cap ?

Charlotte opina du chef. Un peu de mélancolie voila ses yeux bleu foncé.

— On peut dire ça. Cependant, toutes les femmes de ma famille n'ont pas été aussi attachées que Violette et moi à cette demeure. Ma mère, Margot, pour qui elle a été créée, ne l'a jamais vraiment appréciée. Elle lui préférait Arcachon, et la Ville d'Hiver. Marthe, ma demi-sœur, n'y est plus revenue après son mariage. Et ma fille, Dorothée, ne rêvait que de battre des records aériens.

La voix de Charlotte se brisa. Mais après quelques secondes, elle releva la tête avec beaucoup de dignité.

— C'est le petit-fils de Marthe, Jérôme, qui désire vendre. Je pense qu'un promoteur lui a vanté un projet mirifique. Il ne connaît pas vraiment la Maison du Cap, n'y est pas lié comme Violette et moi.

— S'agit-il d'un désir de revanche ?

Charlotte haussa les épaules.

— Pour vous dire le vrai, je n'en sais rien. Jérôme et son père se tenaient à l'écart. Marthe vouait un culte à son époux disparu. Ses fils ont été élevés dans une ambiance mortifère, bien loin de la lumière qui baigne la presqu'île. Savez-vous que j'ai connu Jean Cocteau et Raymond Radiguet lorsqu'ils séjournaient à Piquey ? enchaîna-t-elle d'une voix vibrante. Cocteau écrivait à sa mère qu'il aurait aimé passer toute sa vie dans ce décor. Il adorait ce qu'il appelait le « rivage nègre » du Bassin, de Piquey au Cap Ferret. Je suis allée photographier Sarah Bernhardt à Andernos pendant la guerre de 14. Je ne vous ai pas dit ? Je suis photographe. Enfin... j'étais, il a bien fallu que je vende mon commerce. Cela ne m'empêche pas de me rendre aux alentours de l'île aux Oiseaux avec mon vieux Leica.

— J'aime les êtres passionnés, réfléchit Iris à voix haute.

Elle n'avait pas encore pénétré dans la Maison du Cap et, pourtant, elle était sensible au charme émanant de la demeure blanche. Et à celui de Charlotte Galley, pensa-t-elle. La vieille dame était l'âme de la demeure. A cet instant, Iris sut qu'elle se battrait pour empêcher sa destruction.

## 11

D'un geste trahissant une longue habitude, Diego Vargas rajusta la bandoulière de son sac reporter et leva le nez afin de vérifier sur le panneau l'horaire de départ de son train. Il disposait d'un petit quart d'heure de battement, ce qui lui permettait d'appeler Violette depuis une cabine téléphonique. Il avait vaguement mauvaise conscience, comme chaque fois qu'il partait pour une longue période. La sonnerie retentit une dizaine de fois, avant qu'une voix essoufflée ne lui réponde :

— Charlotte Galley à l'appareil.

Diego réprima une grimace. Il entretenait des relations parfois tendues avec celle qu'il considérait comme sa belle-mère, ayant fort peu connu Dorothée, la mère de son épouse. De temps à autre, Charlotte ne se gênait pas pour lui lancer ses quatre vérités, ce qu'il n'appréciait pas toujours. Tant s'en fallait.

— Bonjour, Charlotte, déclara-t-il. Diego. Violette est avec vous ?

— Elle doit rentrer tard, un nouveau patient qui exige des soins assez longs. Vous êtes de retour ?

— Oui, j'arrive à Andernos dans une heure et demie. Je me demandais si Violette pouvait venir me chercher.

— Je lui fais la commission dès qu'elle rentre. Vous l'attendrez en gare ?

— Si je ne puis faire autrement... coupa Diego, déjà agacé par ce qu'il considérait comme un interrogatoire.

Il raccrocha, un peu sèchement.

— Ça commence bien... soliloqua-t-il.

Depuis plusieurs années, il s'efforçait de convaincre Violette de partir s'installer à Bordeaux. Plus que réticente, elle lui opposait chaque fois une fin de non-recevoir. A l'en croire, elle ne pouvait vivre ailleurs que sur la presqu'île, et ne s'habituerait jamais à la capitale de l'Aquitaine. Il y avait une autre raison, naturellement, tous deux le savaient, même s'ils n'avaient pas envie d'en parler. « Le sujet est trop brûlant », estimait Violette.

Le train était prêt à partir, Diego grimpa dans le wagon et s'installa dans le compartiment. Il avait hâte, malgré tout, de retrouver sa femme et leur fils. Il avait écrit un article choc sur la guerre civile dominicaine puis sillonné l'île en s'attachant à restituer son climat délétère. On lui avait proposé d'écrire un livre sur cette affaire mais il devrait pour cela retourner à Saint-Domingue plusieurs semaines. Il imaginait déjà la réaction de Violette. Elle s'affolerait, prétendrait qu'il ne restait jamais plus de trois, quatre jours auprès d'elle et de Sebastian, lui reprocherait son manque de sens de la famille.

Lui se sentirait obligé de démontrer le contraire... Mais il y avait une part de vérité dans les reproches de Violette : il ne sacrifiait aucun de ses loisirs, ne renonçait pas aux missions lointaines et n'avait jamais annulé un déplacement si Sebastian était souffrant. Chacun avait ses priorités...

Violette lui pardonnait ses absences. Toujours. Parce qu'elle l'aimait. Cependant, il lui arrivait parfois de se rebeller. Diego avait alors une façon bien à lui de la regarder, de lui sourire, comme si cela n'avait pas eu d'importance, et de l'attirer vers lui. Elle n'avait pas la force de résister. Elle l'aimait. Elle prit son virage à la corde, freina brutalement et se rangea alors que le train entrait juste en gare.

Elle coupa le moteur, jaillit de la voiture et courut vers le quai. Quand Diego descendit du train, elle se jeta dans ses bras. Et se sentit perdue.

Ils pourraient être heureux... ne put s'empêcher de penser Charlotte, observant avec discrétion le couple assis à la table familiale. Diego parlait, évoquant son dernier périple, et Violette l'écoutait.

Sebastian, de son côté, participait peu à la

conversation. A quinze ans, il donnait souvent l'impression d'être ailleurs. Sebastian constituait une véritable énigme pour son arrière-grand-mère. Il était typiquement Vargas avec ses yeux et ses cheveux sombres, sa silhouette longiligne et son visage émacié. Charlotte n'était pas complice avec lui, parce qu'il décourageait ses approches. Passionné de mathématiques et d'astronomie, Sebastian vivait dans son monde. Sa mère elle-même peinait à deviser avec lui de tout et de rien. En revanche, seul avec son père, il partait dans de longues discussions scientifiques.

Charlotte se demanda une nouvelle fois si Violette et Diego étaient vraiment faits pour vivre ensemble. Mais ils ne sont pratiquement jamais ensemble, rectifia-t-elle aussitôt. C'était peut-être le secret de leur couple.

Elle s'inquiétait toujours beaucoup pour Violette, parce qu'elle l'avait élevée mais aussi à cause de la maladie dont souffrait la jeune femme. Combien de temps pourrait-elle encore exercer son métier et cacher la vérité à Diego ? Elle réprima un soupir. Elle ne jugeait pas, se bornait à ressasser ses inquiétudes. Parfois, elle était tentée d'inviter Marguerite, sa seule amie d'enfance encore en vie, et de s'écrier : « Basta ! qu'ils se débrouillent ! », mais elle en était incapable. Les siens constituaient l'essence même de sa vie. Avec la Maison du Cap.

A cet instant, elle croisa le regard pénétrant de Diego fixé sur elle, et le soutint crânement. Elle redoutait de disparaître et de ne plus pouvoir soutenir sa petite-fille. Elle crispa la main sur son couvert. Il fallait sauvegarder la Maison du Cap. C'était le refuge de Violette.

# 12

Dehors, le vent qui s'était levé depuis le début de la soirée s'amplifia. Une branche battit contre le volet de bois et la vieille femme se redressa pour la repousser. Léopoldine n'avait pas besoin d'allumer pour se déplacer dans la maison. Il lui semblait qu'elle faisait partie d'elle-même. Depuis son arrivée à Chantecler, plus de soixante-cinq ans auparavant, elle n'avait jamais quitté la demeure au charme prenant.

Elle avait connu madame Lalande, la mère de Joris, ainsi que Pauline, sa jeune épouse, si belle, et si peu faite pour vivre au milieu de la forêt. Par la suite, après le décès prématuré de Pauline, provoqué par un cancer foudroyant, Léopoldine avait pris en charge Chantecler. Joris lui accordait toute sa confiance. Ils étaient devenus amants au début des années trente, alors que Léopoldine était encore séduisante. Elle-même ne s'était jamais trouvée belle avec ses cheveux qui avaient grisonné trop tôt, sa silhouette épaissie et ses yeux trop pâles mais Joris ne l'entendait pas ainsi. Il affirmait que sa présence dans sa chambre le réconfortait et aimait parler avec elle des fermages et de la scierie. S'agissait-il vraiment d'un compliment ? Léopoldine n'en était pas certaine. Mais la vie lui avait appris à « faire avec » ce qui lui était donné.

Elle avait aimé Joris Lalande. Elle le revoyait encore, grand et bien bâti, portant beau dans son veston en tweed et son pantalon de velours. Au fond d'elle-même, elle redoutait qu'il ne finisse par se lasser d'elle ou par s'éprendre d'une autre femme. Léopoldine avait toujours douté de sa séduction, même si, au fil des années, elle avait fini par gagner un peu plus d'assurance.

Cela lui paraissait tout à coup si loin. Elle avait connu la guerre à Chantecler, y avait appris la mort de Philippe et celle de son épouse Amélie, ce qui avait brisé Joris. Les heures sombres avaient profondément marqué le maître du domaine. Léopoldine était restée dans son ombre, présence attentive qui le déchargeait des tâches d'intendance.

Et maintenant... se dit-elle. Iris devait vendre Chantecler, il n'y avait pas d'autre solution, même si cette perspective déchirait le cœur de la vieille gouvernante. Elle avait quelques économies et Joris s'était montré généreux à son égard, ce qui lui avait permis d'acquérir une petite maison à Biscarrosse mais, bien entendu, celle-ci ne pouvait être comparée à Chantecler.

Il est temps de passer la main, admit-elle en son for intérieur. A cet instant, elle songea à Anna. Elle avait eu une vraie affection pour la jeune femme fantasque et rebelle. Elle aurait tant désiré qu'elle soit heureuse.

— Vous êtes revenue au pays ? s'enquit Lucie, l'épicière, en tendant un kilo de cerises à Iris.

La jeune femme hocha la tête.

— Oh ! c'est juste pour quelques jours. Le temps de prendre une décision.

Elle devait vendre, c'était l'évidence. Pourtant, elle renâclait, se trouvait de mauvaises excuses alors qu'elle aurait déjà dû avoir pris rendez-vous avec le notaire. Parce que j'ai peur de franchir le pas, admit-elle. De me séparer de la propriété familiale, en quelque sorte de tourner le dos à mon héritage.

Etait-ce donc si difficile ? Elle aurait moins hésité si elle avait toujours été en couple. Les ponts étaient coupés entre Xavier et elle, désormais. Il lui avait fait porter le poids de la responsabilité de son altercation avec sa mère, elle ne l'avait pas supporté ou, plutôt, elle avait refusé de plier face à une Gisèle toute-puissante. La rupture était consommée, ce qui paraissait préférable à Iris. Une coupure nette, quasi chirurgicale. « Tout à fait ce qu'il te fallait », avait commenté Pierre-Loup lorsqu'elle le lui avait confié.

Même s'il restait très discret sur sa vie sentimentale, elle l'avait déjà aidé à surmonter des déceptions. Ostracisé par sa famille, Pierre-Loup s'était recentré sur ses amis fidèles et affirmait être heureux. Iris devinait cependant qu'il recherchait toujours l'âme sœur.

Elle salua Lucie avec chaleur et retourna vers la place où elle avait garé sa voiture. Au passage, elle jeta un coup d'œil distrait au vieil orme au tronc noueux. Une légende était associée à cet arbre. Vers 1450, une bergère prénommée Adeline avait été injustement accusée d'avoir trompé Pierre, son fiancé, berger de son état. L'accusation avait été portée par un officier anglais dont elle avait repoussé les avances. Afin de ne pas se mettre mal avec l'occupant anglais, le conseil des anciens avait condamné Adeline à être exposée nue une journée entière sous l'arbre de justice. Au coucher du soleil, la malheureuse était morte de honte et de chagrin. Or, le lendemain, était apparue sur le tronc de l'orme une couronne de fleurs blanches semblable à celle des jeunes mariées. Depuis, chaque année au printemps, une couronne blanche s'épanouissait au même endroit.

Elle fit un détour pour ne pas passer devant le vieil arbre, tout en se moquant d'elle-même. Elle n'avait plus l'âge de ce genre d'enfantillages ! Pourtant, rien n'y faisait, elle ressentait toujours un malaise indéfinissable. Elle monta dans sa Mini, s'empressa de démarrer. Il lui semblait qu'elle allait s'évanouir comme dans la cabane du résinier. Elle se concentra sur sa conduite, parvint à regagner Chantecler sans encombre. En posant son panier sur la table de la cuisine, elle lança à Léopoldine :

— J'appelle le notaire.

Maître Corbin croisa les mains sur son bureau en détaillant le visage tendu de l'élégante jeune femme assise en face de lui. La petite Iris, qui « promettait » déjà à quinze ans, était devenue ravissante. De plus, d'après ce qu'on racontait, elle était architecte à Bordeaux. Une réussite exceptionnelle, pour une femme...

— Je crois que vous avez choisi la meilleure solution, déclara-t-il d'un ton empreint de componction. La scierie, comme vous le savez, est à l'arrêt depuis longtemps. Le domaine, laissé pratiquement à l'abandon malgré les efforts de Léopoldine Masson, a perdu de sa valeur. Vous avez tout intérêt à vendre avant que la dépréciation ne s'accentue.

Elle éprouva la tentation de se lever et de quitter le bureau étouffant. Il parlait de Chantecler, le domaine de sa famille, et non d'un vulgaire bien immobilier ! Elle se ressaisit. Elle devait aller jusqu'au bout.

— Votre tante avait prévu que vous céderiez le domaine, reprit le notaire. Je dois d'ailleurs vous remettre ceci...

Il saisit sur son bureau deux carnets reliés par un élastique, les tendit à Iris.

— Apparemment, elle y accordait une grande

importance. Vous en disposerez comme bon vous semble.

Elle garda durant quelques instants les carnets serrés contre sa poitrine avant de les glisser dans son sac. Ses mains tremblaient. Anna... elle ne l'avait jamais revue.

Maître Corbin et elle se mirent d'accord sur une estimation. Elle signa les papiers nécessaires avant de prendre congé, en ayant l'impression de se sauver. Elle ne savait pas encore si elle détruirait les carnets sans les lire ou si elle en prendrait connaissance.

# 13

Violette sentit monter le malaise avant même de dire à Diego ce qui lui pesait sur le cœur. Les palpitations s'accéléraient, elle crispa les mains pour tenter de maîtriser sa crise de tachycardie.

« Trop de tension nerveuse, lui répétait le docteur. Il faut vous reposer, vous changer les idées. »

En courant partout pour visiter ses patients qui lui confiaient soucis et états d'âme ? En tentant d'apaiser les inquiétudes de Charlotte ? En se demandant si Diego lui était fidèle ? Sans relâche, son esprit était assailli de questions, de doutes ; elle craignait de devenir folle. A moins que Séphora ne gagne rapidement la partie...

Diego s'approcha d'elle, posa les mains sur ses épaules et la fit pivoter doucement.

— Tu m'as manqué, souffla-t-il en l'attirant contre lui.

Elle se dégagea d'un mouvement brusque.

— Vraiment ? C'est pour cette raison que tu t'apprêtes déjà à repartir ?

Et, dans un souffle, elle lui asséna pêle-mêle tous ses reproches. Il n'était jamais là, elle devait tout mener de front, les résultats scolaires de Sebastian étaient en chute libre, ils n'avaient plus de véritable vie de couple...

Il garda le silence tandis qu'elle parlait, vite, vite, puis laissa tomber :

— J'ai entendu tes griefs, Violette, mais toi, cherches-tu à me comprendre ? Penses-tu vraiment que ma seule ambition est de rester bloqué à la Maison du Cap, dans ton... ton bout du monde ?

Violette demeura sans voix sous l'attaque. Comment pouvait-il lui reprocher son attachement viscéral à la Maison du Cap alors qu'il connaissait tout de son histoire ?

— Tu savais que je ne peux, et ne désire quitter la presqu'île, articula-t-elle enfin.

La migraine vrillait sa tempe droite. Cette discussion n'était pas nouvelle. Diego exhala un long soupir.

— Je me demande parfois si tu grandiras un jour. A quoi cela sert-il de t'accrocher à cette bicoque comme une moule à son rocher ? Ta grand-mère n'est pas éternelle.

— Tu es devenu cruel, lui dit-elle avec un regard las. Je sais bien que mamée vieillit, mais je suis incapable d'envisager sa disparition. Elle est ma seule famille.

Elle s'empourpra aussitôt après avoir prononcé cette phrase. Bien entendu, il ne la laissa pas passer.

— Trop aimable ! ironisa-t-il. Sebastian et moi te remercions infiniment.

— Ce n'est pas ce que je voulais dire, tu le sais. Toi et moi formons un couple et avons un fils. Mamée représente mes racines.

Alors qu'elle avait à peine deux ans, Charlotte s'occupait déjà de Violette. Sa mère, Dorothée, ne vivait que pour battre des records aux commandes de son avion, tandis que son père ne parvenait pas à surmonter les traumatismes de la guerre. Charlotte avait élevé Violette, lui avait transmis sa passion pour la Maison du Cap.

Diego comprenait ce que sa femme avait voulu dire. D'ailleurs, lui aussi avait des reproches à lui adresser, mais il lut une telle détresse dans ses yeux qu'il y renonça. C'était bien là le problème, se dit-il, amer. Il éprouvait de la compassion pour Violette, mais plus vraiment de désir. Pourtant, il se rappelait si bien leur première rencontre dans la boutique de Charlotte. Il avait ce jour-là un besoin urgent de pellicules. Violette l'avait tout de suite séduit avec ses cheveux fauves et son regard franc. A cet instant, une douleur vive lui poigna le cœur. L'amour, le désir n'étaient pas éternels, il en avait eu souvent la prescience. Il se pencha, saisit la sacoche contenant ses appareils, et son sac à dos.

— Je vais prendre l'air, annonça-t-il sans préambule. Bonne nuit.

Violette sentit la colère bouillonner en elle. C'était toujours la même chose ! Diego fuyait les explications et s'évanouissait dans la nature dès qu'ils se querellaient. Déjà, le doute montait en elle. Aurait-elle dû poursuivre la discussion ? Pensait-il qu'elle refusait toute possibilité de dialogue ? Mais lui, Diego, n'avait-il pas toujours refusé d'aborder certains sujets particulièrement épineux… ?

Violette ferma les paupières. Elle ne pourrait jamais le lui pardonner. Elle avait essayé, pourtant, à maintes reprises. Elle connaissait son lourd passé, et ce besoin qu'il avait de plonger au plus profond d'un conflit armé comme pour exorciser ses propres démons. Elle pressentait que, pour fuir les horreurs de la guerre d'Indochine, il s'était épris d'une autre. Pourquoi, dans ces conditions, était-il revenu vers elle ? Lorsqu'elle l'avait interrogé, après avoir appris l'existence d'une belle Indochinoise prénommée Linh, il avait éludé.

« Tu me manquais. Et puis, je t'avais promis de te retrouver. »

Ce n'était pas la réponse qu'elle attendait. Mais il n'avait pas pu lui en donner d'autre. Parce qu'il était ainsi fait. Elle l'avait aimé dès le premier jour. En sachant qu'il ne se dévoilerait jamais tout à fait. Elle avait aimé, alors, également sa part d'ombre. Mais comment Diego avait-il pu lui faire ça ? s'était-elle longtemps demandé. Elle pensait avoir fini par lui pardonner, or ce n'était pas vrai. Cette trahison continuerait encore longtemps à lui empoisonner l'existence et à jeter un voile sombre sur son bonheur.

Le mythe classique de l'aventurier sans bagages, ironisa-t-elle. Les années avaient passé. Et Violette n'avait pas apprécié d'être seule pour accoucher, seule pour gérer la crise d'appendicite de Sebastian, seule pour tout...

« Je te fais confiance, tu es douée pour tout », lui disait-il au retour. Sauf pour le bonheur, pensa-t-elle, amère. Elle n'était pas l'épouse flamboyante dont il avait peut-être rêvé. Elle n'était pas une beauté exotique comme elle imaginait Linh. Elle était elle, Violette, une fille de la presqu'île. Comment aurait-elle pu rivaliser avec les jeunes femmes reporters qui sillonnaient la planète au gré de ses soubresauts ? Elle n'avait jamais cherché à accrocher la lumière. Sa mère, Dorothée, paraissait être née pour relever n'importe quel défi. Pas elle. Elle était une femme de l'ombre.

Un coup discret frappé à la porte la fit tressaillir.

— Entre, mamée, murmura-t-elle, persuadée qu'il ne pouvait s'agir que de Charlotte.

Elle connaissait assez son mari, en effet, pour deviner qu'il ne reviendrait pas de sitôt. A croire qu'il avait provoqué leur discussion afin d'avoir une bonne raison de partir. Il en était fort capable.

Charlotte poussa un long soupir.

— Oh, cet escalier, ma chérie ! J'ai été bien inspirée le jour où je t'ai proposé d'échanger nos chambres.

— Assieds-toi, mamée.

Violette soutint le regard tendrement attentif de sa grand-mère.

— Ça va ? questionna Charlotte sur la pointe de la voix.

La jeune femme esquissa un sourire empreint de mélancolie.

— L'éternelle histoire... Diego ne me soutient pas et ne partage pas mon attachement pour la Maison du Cap.

Charlotte fit la moue.

— A quoi t'attendais-tu ? Diego n'est pas fait pour la presqu'île, et réciproquement. Question de mentalité, de gènes... va savoir ! L'animal tient à conserver sa liberté. A toi de lui laisser une certaine longueur de longe.

— Mamée ! tu as une façon de présenter les choses !

— Eh, c'est la vie, ma chérie. Tu te languissais de lui après la guerre, et tu t'es jetée dans ses bras à son retour. Ce n'est pas un homme qu'on attache. C'est déjà beau qu'il ait accepté de s'engager en t'épousant.

— Quel sacrifice ! ironisa Violette.

Elle avait mal, même si elle reconnaissait le bien-fondé du franc-parler de Charlotte. Celle-ci, en effet, n'avait jamais cherché à enjoliver la vérité. Peut-être parce qu'elle avait payé au prix fort le choix de l'amour passion.

Le regard de la vieille dame s'attrista.

— Es-tu prête à te satisfaire de la vie que tu mènes ? Ou bien souhaites-tu te mettre en quête de l'homme idéal ? A ce sujet, je dois te prévenir : j'ai bien peur qu'il n'existe pas !

— Oh, mamée, pourquoi faire preuve d'un tel cynisme ? Grand-père et toi formiez un couple uni.

Charlotte secoua la tête.

— Sur le deuxième versant de la vie, peut-être. Mais tu n'as pas connu nos affrontements. Seigneur ! C'est si loin ! J'ai quitté ton grand-père pour vivre une folle passion avec l'écrivain William Stevens. Ta mère ne me l'a jamais pardonné. Car ton grand-père m'avait privée de mes enfants. C'était le prix à payer, je suppose... Avec le recul, j'ai compris que François était l'homme qui m'avait le plus aimée. Certainement plus que William.

La voix de Charlotte se brisa.

— Par la suite, reprit-elle avec effort, la situation s'est apaisée. Et puis, William a péri en mer. J'ai pensé ne jamais m'en remettre. C'était en 1912. J'ai survécu, malgré tout.

Elle s'interrompit. Elle n'avait pas l'envie, ni la force, de se confier plus avant. Il s'agissait de leur histoire, à William, à François et à elle.

— Si je te comprends bien, en amour, rien n'est jamais gagné, déclara Violette d'une voix incertaine.

— On peut dire ça, acquiesça Charlotte.

Elle aurait tant aimé rendre le sourire à Violette ! Pas question, cependant, pour elle de s'immiscer dans le couple qu'elle formait avec Diego. C'était déjà assez compliqué sans qu'elle intervienne.

— Il reviendra, souffla-t-elle.

Ils revenaient toujours. Jusqu'au moment où la femme se rebellait. C'était alors une autre bataille, à l'issue tout aussi incertaine. Mais Violette n'avait pas besoin de le savoir. Elle était déjà assez vulnérable.

## 14

## *Carnets d'Anna*

*1937*

J'ai toujours aimé les livres, mes plus fidèles amis. Enfant solitaire, née huit ans après mon frère Philippe, j'ai vite pris le pli de me réfugier dans la bibliothèque familiale et de lire, encore et encore. Cette habitude agaçait prodigieusement ma mère, qui se targuait de ne pas être une intellectuelle.

« Tu vas t'abîmer les yeux et tu devras porter des lunettes », me répétait-elle.

Avant d'ajouter : « Les femmes à lunettes font fuir les hommes, c'est bien connu ! C'est donc cela que tu cherches ? » Ses paroles me tétanisaient sans pour autant parvenir à me détourner des livres. Je pressentais qu'elle ne m'aimait guère. Je l'avais entendue confier un jour à Léo : « Avoir un fils, c'est la tâche première d'une épouse. Les filles ont si peu d'importance ! » Léo lui avait répondu : « Moi, si j'avais eu des enfants, je n'aurais jamais fait de différence entre eux ! » Ma mère avait ri et répliqué, avec une pointe de dédain : « Oh Léo ! vous êtes si… ordinaire. » Une injure suprême pour ma mère. J'avais eu mal, horriblement, pour ma chère Léo, qui m'avait élevée. En tout cas, j'avais retenu la leçon. En tant que fille, je comptais peu. Par chance, il y avait mon père ! Affectueux, cultivé, un véritable gentilhomme à l'ancienne, qui me donnait confiance et me valorisait.

Avec lui, j'étais en sécurité et, surtout, heureuse. Mais cela déplaisait à ma mère. Très belle, elle avait l'habitude d'attirer les regards masculins. Mon père devait être à son entière dévotion. Le temps qu'il m'accordait était pour elle du temps volé, qui aurait dû lui revenir de droit.

J'ai toujours essayé de retenir l'attention de ma mère, en vain. Ce fut pire lorsqu'elle tomba malade. En quelques semaines, sa beauté s'étiola. Elle, si brillante, perdit de son éclat. Notre médecin de famille l'envoya consulter à Bordeaux. Elle en revint encore plus pâle. Seul son regard exprimait une farouche détermination. Je la surpris un jour lançant à mon père : « Je ne me laisserai jamais mutiler ! » Et lui, hagard, de supplier : « Mais Pauline, ma chérie, si c'est le seul moyen de te sauver… »

Quatre mois après, elle mourait d'un cancer du sein. Je revois l'enterrement, au village, les habitants qui s'étaient tous déplacés, ainsi que nos cousins de Bordeaux.

Ma mère avait pour seule famille un frère aîné, Albert, qui mena le deuil avec mon père et Philippe. Les hommes d'abord, naturellement. Moi, j'étais reléguée de l'autre côté de la nef, en compagnie de Léo. Ce jour-là, je crois que j'ai pleuré ma mère idéale, celle que je n'avais jamais connue. J'aurais tant désiré remonter le cours du temps, me blottir contre elle, et penser qu'elle m'aimait telle que j'étais. Son unique fille.

★

Le cœur au bord des lèvres, Iris referma le carnet. Comment était-ce possible ? Anna, sa tante Anna, dont elle peinait à se souvenir, lui paraissait soudain étonnamment proche. Elle aussi avait eu une mère lointaine, plus préoccupée par son engagement politique que par sa fillette.

« Ce sont des affaires de grandes personnes », lui répondaient invariablement ses parents lorsqu'elle posait des questions au sujet de leurs absences. Sa mère militait contre la montée du fascisme, pour les droits des femmes, pour la paix. Son père était plongé dans ses dossiers et toujours distrait. Il lui semblait ne pas exister pour eux. De plus, lorsqu'ils prenaient conscience de sa présence, elle avait la nette sensation de les déranger. Mais elle avait grand-père Joris. Et Léo.

— Je vais partir pour le Cap Ferret, annonça Iris à Léo.

La vieille dame sourit.

— Ce dossier urgent que tu as évoqué hier soir ? Tu as raison, un changement d'air te fera le plus grand bien.

« Tu es beaucoup trop mince », disait son regard soucieux. Léo avait toujours eu pour principe de nourrir son petit monde. « Mange, lui disait-elle lorsqu'elle était petite. Mange, dors, et ça ira mieux ensuite. » Léo y croyait-elle seulement ?

Debout devant la table en bois patinée par plusieurs générations de Lalande, elle confectionnait son pâté en croûte, à base de pâte brisée et d'une farce composée de gorge de porc, quasi de veau, foies de volaille, œufs, trompettes-de-la-mort, persil et foie gras de canard. Sans oublier l'armagnac.

— Tu me préviendras, s'il y a des visites ? s'enquit-elle.

Iris hocha la tête.

— Maître Corbin te téléphonera directement. Je ne pense pas, cependant, que les amateurs vont se bousculer !

— Ça ! Il faut aimer la pignada pour venir s'isoler à Chantecler !

Les deux femmes échangèrent un coup d'œil complice. C'était l'une des phrases favorites de Joris. Lui aimait sa pinède et son domaine, d'un amour viscéral.

— C'est la meilleure solution, reprit Léopoldine comme si elle cherchait à s'en convaincre elle-même.

Iris la serra contre elle.

— Oh ! ma Léo, j'aurais tant voulu agir autrement, mais je n'ai pas les moyens d'entretenir la propriété.

— Je sais, ma grande, ne te tourmente pas. Tout est allé à vau-l'eau…

Elle s'interrompit. Iris pouvait deviner ce qu'elle pensait. La mort de ses parents, les blessures de la guerre avaient brisé les ambitions de Joris Lalande. Par la suite, il avait commencé à fuir Chantecler, s'était chargé de l'éducation d'Iris. D'une certaine façon, lui aussi avait contribué au déclin de Chantecler. Parce qu'il avait perdu le désir d'y vivre.

Léo releva la tête, repoussa une mèche échappée de son chignon.

— Ne te soucie pas de moi, ma grande. Ma vie est faite depuis longtemps. Toi, tu as à peine trente-six ans. Tu es beaucoup trop jeune pour t'enfermer à Chantecler.

— De toute manière, je n'en ai pas envie ! J'ai mon travail, Dieu merci.

Le regard de Léopoldine se voila.

— C'est ce que ton grand-père répétait à Anna : « Avec un bon travail, tu ne dépendras pas d'un homme. »

— J'ai commencé la lecture du premier carnet d'Anna. Je me suis très vite arrêtée, de crainte d'être indiscrète.

Léo secoua la tête.

— Si elle a confié ces carnets à maître Corbin, c'était pour que tu les lises. Anna n'était pas trop à l'aise pour s'exprimer. En revanche, elle écrivait, beaucoup. Prends ton temps pour découvrir ce qu'elle t'a transmis, ma grande, mais ne passe pas à côté. Anna était quelqu'un de bien, tu sais.

J'ai de la peine à parler d'Anna, pensa Iris. Cela faisait longtemps, sans qu'elle cherche à approfondir les raisons de cette réticence. Malgré l'insistance de Léo, elle n'était pas certaine de désirer poursuivre la lecture des carnets d'Anna. Peut-être bien parce qu'elle avait peur de ce qu'elle risquait d'y trouver.

# 15

La bouche sèche, Diego se leva et avança à tâtons en direction de la kitchenette. Il sortit du réfrigérateur une canette de bière qu'il but d'un trait.

Le cauchemar familier était revenu le hanter, mêlant des images de la guerre d'Espagne, les marches mortelles de Mauthausen, et les corps mutilés de la guerre d'Indochine. La guerre, toujours…

« Vous faites un métier de charognard ! » lui avait un jour lancé un philosophe sur un plateau de télévision. Il avait accusé le coup, avant de répondre : « Comment pouvez-vous vous permettre de me juger ? Vous ne connaissez rien de ma vie. »

De nouveau, il se demanda ce qu'il serait devenu s'il n'avait pas dû fuir son pays natal. Depuis cette date, il était et serait toujours un exilé, et même la famille qu'il avait formée avec Violette et Sebastian ne parvenait pas à combler le manque.

Il avait mauvaise conscience chaque fois qu'il

évoquait Violette. Il savait bien au fond de lui qu'il ne se comportait pas en époux rassurant et attentionné. Il en était de toute façon incapable ! Lui avait besoin d'évasion, d'adrénaline. S'il restait un peu trop longtemps dans un lieu, il se sentait prisonnier. De plus, la Maison du Cap ne correspondait pas à son caractère.

Qu'est-ce qui lui correspondait, d'ailleurs ? Habitué aux chambres d'hôtel souvent miteuses, il n'était pas exigeant question confort. Etre au plus près de l'action lui suffisait. Il concevait ses photos comme des témoignages de la situation à un instant donné, sans pour autant se prendre pour un artiste.

« Je suis juste un artisan », avait-il martelé à l'intention de la journaliste américaine qui se proposait de lui consacrer un ouvrage.

Elle avait paru étonnée.

« Un artisan, alors que vous avez remporté la médaille David Octavius Hill[1] et que vous avez été l'assistant d'Henri Cartier-Bresson ?

— C'est tout à fait ça, avait-il confirmé. Les prix… Des médailles en chocolat ! Pour moi, seule compte l'émotion que je peux transmettre. »

L'interview avait fait du bruit, suscité des critiques de la part de l'establishment. Diego n'en avait cure. A cinquante ans, il estimait ne plus avoir

1. Récompense photographique décernée depuis 1955 par la Deutsche Fotografische Akademie en l'honneur du photographe David Octavius Hill.

de temps à perdre avec les convenances. Il suivait son instinct.

Il posa la canette de bière sur le plan de travail, passa la main dans ses cheveux. Il n'avait plus sommeil. L'insomnie classique du petit matin... C'était l'heure à laquelle il s'autorisait à évoquer le passé. Et Linh.

Si Linh n'avait pas disparu, en 1947, Diego serait-il revenu en France et aurait-il épousé Violette ? Il ne prisait guère ce genre de question. Il avait éprouvé un coup de cœur pour l'Indochine dès qu'il avait mis le pied sur sa terre rouge, à nulle autre pareille.

On racontait tant de choses sur « l'Indo », à commencer par son charme sulfureux qui attirait irrésistiblement les Européens. Portant encore les stigmates de l'année passée au camp de concentration de Mauthausen, Diego avait cru que l'Indochine lui permettrait de surmonter ce qu'il avait enduré.

C'était une illusion, naturellement. Il avait très vite compris que cette guerre-là ne serait pas plus « propre » que les précédentes.

Là encore, la Seconde Guerre mondiale avait aggravé la situation. Depuis des décennies, les mouvements patriotes indochinois s'étaient développés et Nguyên Aï Quoc, dit Hô Chi Minh, avait pris leur tête. Or, à partir de l'été 1940, les Japonais avaient pris le pas sur les autorités coloniales françaises. La résistance antijaponaise et antifrançaise du Viêt Minh d'Hô Chi Minh s'en était considérablement accrue. La famine de l'hiver 44-45 avait fini de démontrer l'incapacité française à gérer les situations de crise.

Dès l'automne 45, le général de Gaulle avait envoyé en Indochine un Corps expéditionnaire Français d'Extrême-Orient (CEFEO) sous les ordres du général Leclerc. Le 6 mars 1946 était signée une convention reconnaissant le Vietnam comme « un Etat libre avec son gouvernement, son Parlement et ses finances, faisant partie de la Fédération indochinoise et de l'Union française ».

Cependant, sous la pression des colonialistes, l'amiral Thierry d'Argenlieu avait fait proclamer le 1er juin 1946 une République de Cochinchine, ce qui était une parfaite contradiction avec la convention du 6 mars. Dès novembre, une crise éclatait dans le port d'Haïphong. Face à des échauffourées et à la résistance armée du Viêt Minh, le colonel Dèbes avait ordonné le bombardement d'Haïphong, qui s'était soldé par environ six mille morts civils vietnamiens. Dès lors, la guerre d'Indochine avait commencé.

Diego avait été frappé par l'appel à la résistance lancé par Hô Chi Minh : « Que celui qui a un fusil se serve de son fusil, que celui qui a une épée se serve de son épée... Que chacun combatte le colonialisme. »

Malgré le contexte, les paysages de l'Indochine l'avaient séduit d'emblée. La foule cosmopolite de Saïgon opposée aux constructions typiquement montagnardes de Dalat, station climatique d'altitude... Il n'avait fait que transiter par Hué, avait eu un aperçu de la baie d'Along à l'aspect fantomatique sous la brume. Il s'intéressait aux hommes plus qu'aux paysages. « Je ne suis pas un photographe de cartes postales », affirmait-il à son rédacteur en chef.

Il avait fréquenté les ports, les plantations de colons et même les BMC, les bordels militaires de campagne. Il s'était lié avec un lieutenant gersois et un vieux planteur né du côté de Dalat. Il avait été souvent invité aux Flamboyants, la plantation d'hévéas d'Henri Fournier, qui était l'une des figures marquantes du pays. Tous deux refaisaient le monde autour d'une bouteille de cognac.

C'était Henri qui lui avait présenté Linh, la fille de sa congaï. Depuis les débuts de la colonisation, les Français avaient pris le pli d'installer une concubine, ou congaï, chez eux. D'abord bien vue, pour favoriser l'intégration des colons et limiter le recours à la prostitution, cette pratique n'avait pas tardé à être contestée. On craignait en effet que les hommes « encongaïés » ne finissent par perdre leur dynamisme et ne succombent aux paradis artificiels. Rien de tel avec Henri Fournier qui, malgré ses soixante-dix ans, parcourait son domaine à cheval chaque matin, était en liaison régulière avec ses clients européens et organisait souvent des fêtes destinées à réunir les Français, civils et militaires.

Diego était tombé sous le charme de Linh, silhouette gracile vêtue du traditionnel ao dai, ensemble comprenant une robe en soie fendue des deux côtés jusqu'à la taille, et un pantalon ample. Sa mère, Anh Li, veillait à ce que chaque réception soit parfaite. Encore belle, avec son visage aux traits fins et son chignon tiré, elle paraissait seulement préoccupée du bien-être d'Henri.

Celui-ci avait confié au photographe : « La femme asiatique, mon vieux, une merveille ! Elle est toute dévouée, et d'une beauté exquise. » Diego avait souri par politesse. Il ne tenait pas à poursuivre ce genre de conversation. Diego aimait les femmes, mais ne les réduisait pas à de simples objets de désir. De toute façon, il repartait dès le lendemain pour Saïgon.

Contre toute attente, rien ne s'était déroulé comme prévu. Il était bien parti dès l'aube. Mais pas seul. Durant la nuit, Linh, qui s'était glissée dans sa chambre, l'avait supplié de l'emmener à Saïgon. Il avait cédé, dans un moment d'égarement, mais aussi parce qu'elle était belle, et que sa peau était douce. Il préférait ne pas chercher à savoir comment elle avait acquis cette science de l'amour. Cette première nuit avait marqué leur relation future. Linh prenait les initiatives, s'imposait dans sa vie tout en adoptant une attitude discrète, à la limite de la soumission.

A Saïgon, Diego logeait à l'hôtel Continental, rue Catinat. Il y avait partagé plusieurs nuits torrides avec Linh avant de partir pour le Nord en compagnie d'une section du 4e Bataillon de Marche d'Extrême-Orient.

Il n'oublierait jamais la scène d'horreur découverte en arrivant dans le village où il avait rendez-vous avec un indicateur. Hommes, femmes, enfants... tous avaient été décapités. Un seul homme avait encore la tête sur les épaules. On l'avait ligoté à un arbre et on lui avait ouvert le ventre d'une fine entaille, juste assez pour extraire un morceau d'intestin, et l'attacher à la queue d'un buffle qui cherchait de l'herbe. L'infortuné supplicié avait été vidé de ses entrailles.

Diego, qui pensait avoir déjà assisté à nombre de tragédies, avait réussi à dominer son malaise, son dégoût, pour ne pas aller vomir derrière le tronc d'un banian. Il avait hésité avant de prendre des clichés pour, en définitive, renoncer à photographier les corps martyrisés, se contentant d'une photo du village déserté, peut-être plus parlante que tout le reste. Unique rescapé, un enfant, six ans à peine, fixait sur l'objectif un regard dans lequel l'horreur le disputait à l'hébétude. Diego aurait voulu le serrer dans ses bras, le réconforter, lui dire qu'il fallait vivre, malgré tout. Il n'osa pas. A cet instant, il sut qu'il avait envie de revoir Violette et d'avoir un enfant d'elle. Si Linh le rendait fou de désir, c'était Violette qu'il aimait.

# 16

La journée serait superbe, les cigales stridulaient déjà, et leur bruissement rappelait à Iris les périodes de grosse chaleur à Chantecler, avant la guerre. La jeune femme avait choisi de s'installer à l'hôtel de la Plage à L'Herbe. Elle avait en effet décliné l'offre de Charlotte de l'héberger à la Maison du Cap. Elle préférait résider à l'extérieur, afin de garder un jugement objectif.

Face au Bassin, elle se surprit à songer qu'il devait être agréable de vivre là.

J'y mourrais d'ennui au bout de deux jours, se morigéna-t-elle sans en être pour autant tout à fait convaincue.

Seuls Pierre-Loup et Léo savaient où elle se trouvait. Lasse de recevoir des appels désagréables de Xavier, elle avait donné pour consigne à ses amis de ne pas lui transmettre les coordonnées de l'hôtel. Elle avait besoin de ce répit. Elle avait besoin, aussi, de se passionner pour son travail. Et la Maison du Cap l'avait séduite dès qu'elle l'avait découverte.

Elle but son thé, savourant la lumière qui illuminait le Bassin. Un groupe de cygnes tuberculés s'ébroua à grand renfort de battements d'ailes. L'air était doux, imprégné de senteurs balsamiques.

Elle marcha jusqu'au Bassin, suivit avec intérêt le manège des ostréiculteurs qui profitaient de la maline, la grande marée, découvrant les parcs à huîtres.

L'un d'eux la héla.

— Bonjour ! Ça vous dit de m'accompagner ?

Elle reconnut Paul Galley, le petit-fils de Charlotte. Elle marqua une hésitation.

— Venez ! insista-t-il.

Elle le rejoignit sur une impulsion, sauta à bord de son embarcation. Elle l'observa tandis qu'il manœuvrait la pinasse après l'avoir chargée de caisses passées au coaltar, de longs piquets et de filets. Il lui expliqua alors qu'il fallait protéger les parcs à huîtres contre leurs prédateurs, crabes, daurades et tères[1], qui brisaient les coquilles d'huîtres. Les pignots, longs piquets de jeunes pins qu'il allait planter à la verticale, rempliraient cet office tout en délimitant les parcs. Il lui décrivit brièvement le cycle de l'huître. Les larves étaient collectées sur des tuiles romaines chaulées, sur lesquelles elles se fixaient pour devenir le naissain. Six mois plus tard,

1. Grosses raies, ou pastenagues.

on détachait le naissain des tuiles. C'était l'opération de détroquage. On disposait ensuite les jeunes huîtres dans des poches grillagées déposées dans les parcs. Au bout d'un an, les huîtres étaient déplacées vers d'autres parcs proches des chenaux afin d'être nourries en plancton. A l'âge de trois ans, on les lavait, les triait, les emballait dans des bourriches.

— Ça paraît simple, quand on vous regarde, commenta-t-elle au terme d'une longue observation.

Ce n'était pas son élément mais elle appréciait la sensation du soleil sur sa peau, la brise légère qui dénouait ses cheveux, et le calme émanant de Paul.

— Vous avez toujours mené cette vie ? s'enquit-elle, curieuse.

Paul secoua la tête.

— J'en rêvais mais, avec ma mère institutrice, c'était : « Passe ton bac d'abord. » J'ai ensuite poursuivi des études d'histoire, par goût mais sans réelle conviction. Je ne m'imaginais pas enseigner par la suite, et la vie m'a donné raison. Je passais toutes mes vacances sur la presqu'île, avec des amis ostréiculteurs. Ça faisait sourire ma grand-mère. « Tu as hérité de ton arrière-grand-tante Marie et de ton arrière-grand-oncle André », me disait-elle. Au fond, cela lui plaisait, pour elle, rien ne vaut la presqu'île.

— Votre grand-mère est un véritable personnage.

— Elle en joue. C'est une célébrité, aussi bien à Arcachon qu'au Cap Ferret. En tout cas, si vous pouvez faire quelque chose pour sauvegarder la Maison du Cap, n'hésitez pas. Si Jérôme mène son projet à bien, elle en mourra et Violette sera inconsolable.

— Vous ne dramatisez pas un peu ?

Il soutint son regard turquoise.

— Pas le moins du monde. Vous l'avez d'ailleurs compris, sinon vous ne seriez pas là.

Elle esquissa un sourire.

— Je ne peux rien refuser à Charlotte.

— En confidence, moi non plus !

Elle l'aida à décharger les pignots destinés à protéger les parcs à huîtres.

Lorsqu'il rapporta la pinasse à L'Herbe, il suggéra :

— Je vous invite ?

Sa maison lui ressemblait, discrète et chaleureuse. Elle était peinte en blanc, avec des volets bleus et des roses trémières roses et rouges grimpant à l'assaut des murs chaulés. Le village paraissait hors du temps. On y déambulait le long d'une rue parallèle au Bassin, ou de venelles bordées de lauriers-roses et de belles-de-jour descendant vers le rivage. Il se dégageait de l'endroit une impression de beauté indéfinissable mais bien réelle.

Il la fit asseoir sur la terrasse ayant vue sur le Bassin, avant d'apporter un plateau d'huîtres, du pain beurré et une bouteille de vin blanc.

— Du pessac-léognan, s'écria-t-elle. J'aime !

— Réservé aux amis.

Elle lui décocha un coup d'œil aigu.

— Sommes-nous amis ?

— J'espère que nous le deviendrons. Tenez, goûtez-moi ces huîtres bien charnues.

Elle accepta de bon cœur tout en réalisant qu'elle aurait dû commencer à travailler depuis déjà un bon moment. Mais elle ne pouvait résister aux huîtres de Paul, délicieuses. Elle leur fit honneur, ainsi qu'au pessac-léognan au goût minéral.

— Bel accord, apprécia-t-elle.

Elle était bien, face au Bassin d'une beauté intemporelle et éprouvait à nouveau une curieuse impression de sérénité.

— Il faut vraiment que j'aille rendre visite à votre grand-mère, se décida-t-elle après avoir terminé son en-cas.

— Elle doit vous attendre avec impatience. Bonne journée, Iris.

La jeune femme pensa, à regret, qu'il était déjà en train de l'oublier. Ce qui lui déplut… Elle aurait aimé pouvoir s'attarder un peu en sa compagnie. Elle le remercia, le salua d'un geste de la main, s'éloigna à pas pressés vers le parking de l'hôtel où elle avait garé sa Mini.

A la Maison du Cap, elle ne trouva que Violette, plongée dans ses comptes.

— Mamée a dû partir pour Arcachon, lui indiqua-t-elle. Un rendez-vous à la banque. Elle vous laisse carte blanche pour préparer votre dossier. Elle m'a d'ailleurs chargée de vous remettre ceci.

Il s'agissait d'un document cartonné.

— Ces papiers regroupent les ébauches réalisées par mon arrière-grand-père, James Desormeaux. Vous pouvez les consulter à loisir.

Elles attendent trop de moi, pensa Iris. Qu'arrivera-t-il si je déçois leurs espérances ? Elle ne voulait pas y songer. Elle mettrait tout en œuvre pour sauvegarder la Maison du Cap. Elle s'installa sous la treille, étala les différents plans sur la table. Elle ne tarda pas à se lever pour prendre des photographies de la demeure sous tous les angles. Pierre-Loup lui avait rapporté d'un voyage aux Etats-Unis un appareil Polaroid à tirage instantané, très pratique pour son travail. Elle colla ensuite sur une planche de papier cartonné différents clichés.

Violette l'observait d'un air intrigué. Iris sourit en retour.

— C'est une vieille habitude. J'aime bien avoir une vue d'ensemble.

Les deux jeunes femmes burent du thé accompagné de canelés tout juste sortis du four.

— J'ai l'impression de passer mon temps à manger, sur la presqu'île ! s'écria Iris.

— Vous êtes si mince que cela n'a pas d'importance. Quand vous aurez terminé vos repérages, allez vous promener dans les dunes à la fraîche. Au soleil couchant, les images sont somptueuses. On se croirait au bout du monde.

Iris remercia d'un regard Violette dont elle appréciait la discrétion. La jeune femme l'intriguait, parce qu'elle la sentait à la fois prête à se confier et sur la défensive. Dévouée à ses patients, proche de sa grand-mère, elle paraissait plus distante avec son fils. Iris pressentait chez elle une hypersensibilité comparable à la sienne, maîtrisée à grand-peine.

— Violette… êtes-vous heureuse ici ? s'enquit-elle à brûle-pourpoint.

Elle enchaîna, confuse :

— Oh ! Cela ne me regarde en rien. Pardonnez-moi, je vous prie, je n'aurais jamais dû vous poser une telle question.

— Cela ne fait rien, répondit Violette d'une voix unie. Et… non, je ne suis pas heureuse, mais cela n'a rien à voir avec la Maison du Cap.

## 17

*Violette*

Voilà, c'est dit. Et il a fallu que ce soit à une parfaite étrangère. Iris Lalande, ou Veyradier, je ne sais plus, il paraît qu'elle est en train de divorcer…

Je n'ai jamais eu ce courage. Pourtant, Diego et moi ne sommes liés que par une union civile. Lui comme moi ne sommes pas croyants. Diego a gardé de la guerre civile espagnole une défiance avérée vis-à-vis du clergé. Quant à moi, je n'ai jamais eu la foi chevillée au cœur. Peut-être ai-je l'esprit trop cartésien. Mes parents comme mes grands-parents n'étaient pas pratiquants. De toute manière, cela ne m'intéressait guère. Mon père était anglican, ma mère catholique. Je suis athée. Et cela n'a rien à voir avec cet aveu que j'ai lâché. « Non, je ne suis pas heureuse. » Quelle mouche m'a piquée ? Peut-être ai-je eu besoin de voir la réalité en face.

Curieusement, je me sentirais presque… apaisée.

Pourtant, quel constat d'échec ! Je n'ai eu que Diego dans ma vie. Je n'imagine même pas la possibilité d'aimer un autre homme. Lui ne s'est pas privé de vivre des aventures. Mes pensées reviennent toujours à Linh, « unique objet de mon ressentiment » ! Parfois, je me dis que j'aurais préféré ignorer son existence mais Diego a toujours tenu à jouer cartes sur table. Excepté pour Estelle. Il m'a juré qu'il ignorait tout de son existence. Je n'ai toujours pas décidé si je devais le croire ou non. Qu'est-ce que cela change de toute façon ?

Estelle habite Bordeaux. Elle a deux ans de plus que Sebastian. Plus encore que Linh, Estelle est une épine fichée dans mon cœur.

Violette referma précipitamment son carnet en entendant la voix de Charlotte. Elle se lissa les cheveux, essuya la larme qui avait roulé sur sa joue et descendit au rez-de-chaussée. Assise à la table de la cuisine, Charlotte buvait un grand verre d'eau fraîche.

— Quelle chaleur ! soupira-t-elle. Dieu merci, il fait meilleur ici. Imagines-tu ? Le banquier ne m'a même pas offert un rafraîchissement !

— Cet homme ne sait pas vivre, s'amusa Violette. Que te voulait-il ?

— M'informer sur de nouvelles possibilités de placement. Comme si nous avions de l'argent à gaspiller, entre les impôts et nos charges ! Bref, je me suis déplacée pour rien. Iris est repartie ?

— Elle n'est plus sous la treille ?

— Je ne l'ai pas vue.

— Peut-être prend-elle de nouvelles photos.

Charlotte se leva. Elle s'appuya discrètement à la table.

— Je vais voir où elle en est.

Violette remarqua la fatigue qui marquait ses traits et lui proposa de se reposer dans sa chambre. Pour une fois, sa grand-mère ne protesta pas.

— A la condition que tu gardes Iris pour le déjeuner. J'avais préparé une salade niçoise avant de partir ce matin.

— Ce sera parfait. Va t'allonger un peu, je ramène Iris.

La jeune femme avait déserté la table sous la treille. Elle s'était éloignée en direction du rivage et prenait de nouveaux clichés de la maison. La lumière, si belle, mettait en valeur tous ses reliefs.

— C'est vraiment une conception très moderne pour l'époque, réfléchit-elle à voix haute. Votre arrière-grand-père était un précurseur.

— Cela peut nous aider ?

— Dites plutôt que c'est notre seule chance.

Le visage de Violette se décomposa.

— C'est donc grave à ce point ?

— J'en ai peur. Votre cousin a hérité d'une partie de la Maison du Cap en indivision, on ne peut nier ses droits.

— J'ai toujours eu le sentiment que cet endroit était à nous à jamais, murmura Violette d'une voix mélancolique. Nous, les Galley.

Iris lui décocha un coup d'œil intrigué.

— Vous êtes aussi madame Vargas.

— Non, pas vraiment. Sur la presqu'île, je suis restée Violette Galley. Le nom de mon père – Galway – a été happé par celui de Galley.

Cette confidence trouva un écho chez Iris. Elle comprenait fort bien les propos de Violette.

L'infirmière secoua la tête.

— L'avez-vous remarqué ? On se met parfois à nu face à de parfaits inconnus. On a le sentiment que cela ne prête pas à conséquence.

— C'est précisément pour cette raison.

Les deux jeunes femmes sourirent en même temps.

— J'ai confiance en vous, déclara tout à trac Violette.

C'était vrai. Même si l'architecte traversait elle aussi une zone de turbulences, elle paraissait solide. Plus solide, en tout cas, que Violette.

Iris, touchée par cet aveu, lui tendit la main.

— Merci, Violette. Vous verrez, nous allons faire du bon travail, toutes les trois. Pourquoi souriez-vous ?

— Parce que la Maison du Cap est un véritable gynécée ! Construite par un architecte visionnaire pour quatre générations de femmes. Margot, ma bisaïeule, Charlotte, ma grand-mère, Dorothée, ma mère, et moi.

— Certains lieux sont... prédestinés. De toute manière, c'est une maison de femmes, avec beaucoup d'ouvertures, des jeux de lumière, des coins et des recoins, le belvédère, destiné à la mère ou à l'épouse qui attend le retour du marin.

— Je ne comprends pas Jérôme qui souhaite la détruire.

— Il le vit peut-être comme une revanche sur le destin. Les maisons focalisent beaucoup de fantasmes.

— Il n'y est presque jamais venu étant enfant.

— Précisément. Il s'est senti exclu.

Violette leva les yeux au ciel.

— Vous savez, je ne suis pas très psychologue ! Les pieds bien ancrés sur terre, comme vous dirait mon mari. Il paraît que je n'ai pas deux doigts d'imagination.

— Il faudrait que je le rencontre, murmura Iris, pensive.

— Diego ?

— Non ! Jérôme, votre cousin.

— Il habite Bordeaux. Pour le moment, tout au moins. Il travaille pour une agence immobilière, je crois.

— C'est curieux, reprit Iris, je vois Bordeaux comme le pendant de la Maison du Cap. Votre époux y a un pied-à-terre, votre cousin y vit, moi-même j'y ai mon cabinet...

— Je n'ai jamais aimé Bordeaux ! laissa tomber Violette d'un ton définitif.

Et elle se détourna pour ne pas montrer ses larmes.

# 18

## *Carnets d'Anna*

*1937*

*Si je pouvais trouver un éternel sourire,*
*Voile innocent d'un cœur qui s'ouvre et se déchire,*
*Je l'étendrais toujours sur mes pleurs mal cachés*
*Et qui tombent souvent par leur poids épanchés.*
*Renfermée à jamais dans mon âme abattue,*
*Je dirais : « Ce n'est rien » à tout ce qui me tue »*[1].

Quand je vais mal, je relis ce poème et, au fil des lignes, je commence à me détendre. Sans pour autant parvenir à résoudre certaines questions existentielles. Pourquoi, justement, suis-je parfois si mal ? Ma mère m'a lancé un jour : « Toi, tu ne seras jamais heureuse ! », et j'en ai été blessée en plein

1. Extrait de *Tristesse* de Marceline Desbordes-Valmore, *Poésies inédites*, 1860.

cœur. L'était-elle elle-même ? Je n'en suis pas certaine. Nous sommes si différentes ! Ne se targuait-elle pas de ne jamais ouvrir de livre ? A se demander pourquoi mon père n'en était pas choqué... De toute manière, il ne l'aurait jamais critiquée. Elle était belle, et il l'aimait. J'ai longtemps rêvé de lui ressembler. J'étais, affirmait-elle, une Lalande, trop grande. Elle avait une silhouette fragile qui dissimulait un caractère implacable. Curieusement, après sa mort, je me suis affinée, mes cheveux se sont éclaircis. Je suis devenue comme le sosie de Pauline. Blonde, aux yeux turquoise, mince. Lors des dîners que mes parents donnaient de temps à autre à Chantecler, ma mère avait une façon de me toiser d'un air accablé qui suscitait chez moi le désir de courir me cacher dans ma chambre. Cela m'a marquée pour toujours. Heureusement, il y avait mon père. Aimant et protecteur. Excepté cet après-midi-là...

Certains souvenirs vous hantent, vous marquent à jamais. Je me refuse à les occulter, ce serait trop facile. Je n'ai rien oublié de cet après-midi de juillet. La canicule sévissait depuis plusieurs jours. Nous évoluions dans une sorte de brume de chaleur, qui nous incitait à limiter nos mouvements. Je n'avais même pas la force d'enfourcher mon vélo et d'aller me baigner dans l'Océan. Je restais allongée dans ma chambre, en sueur, cherchant en vain le sommeil.

J'avais dû m'assoupir car, soudain, la sensation

d'une présence m'a réveillée. Il était là, il occupait toute la place. Mon oncle Albert, le frère de ma mère. Je n'ai pas eu le temps de lui demander ce qu'il voulait, il fonçait déjà sur moi. Son regard glauque, ses mains indiscrètes, brutales… J'ai voulu crier, il m'en a empêchée en chuchotant : « Je dirai que c'est toi qui m'as attiré dans ta chambre. Tu imagines la peine de ton père ? » Je me suis tue, l'ai laissé faire. Après son départ, j'étais comme morte. Endolorie et anesthésiée.

Plus tard, j'ai compris que je n'étais pas coupable. Je l'ai menacé de tout raconter s'il cherchait à recommencer. J'y étais décidée. Il est parti très vite. J'aurais voulu le tuer de mes propres mains, lui le voleur d'innocence. Je n'ai jamais pu en parler à mon père. J'avais trop honte. Je me suis refermée sur mon secret, j'ai pris l'habitude d'aller nager, longtemps, loin, pour me purifier. L'Océan m'a aidée à me reconstruire. Ainsi que les livres.

Seule Léo a deviné. Léo est l'âme de la maison, beaucoup plus proche de moi que ne l'était ma propre mère. Sans jamais que nous évoquions ce qui s'est passé, elle m'a entourée, réconfortée.

A présent, cette affaire appartient au passé. Je dois m'en persuader. Je suis une adulte responsable, j'ai ma petite librairie, rue de la Rousselle, et je veux vivre à ma guise. Même si je ne suis jamais tombée amoureuse. Je me sens… différente des jeunes femmes de mon âge.

★

Iris referma le premier carnet d'Anna d'un coup sec. Bizarrement, elle avait le sentiment qu'il ne s'agissait plus de sa tante mais d'une jeune femme proche d'elle. Elle avait beau se creuser la tête, elle n'avait pas le moindre souvenir de cet oncle Albert. De toute évidence, son crime accompli, il n'était jamais revenu à Chantecler. Léo, bonne âme, avait dû alerter Joris Lalande. Quel horrible personnage ! pensa Iris, révoltée par l'agression qu'il avait fait subir à Anna.

Elle se leva et descendit se promener le long du Bassin. Le soleil déclinait, le ciel se teintait de mauve et de gris. L'air était imprégné de senteurs balsamiques. Iris partageait peu à peu, au fil de ses visites, l'attachement des Galley à la presqu'île. Elle-même se sentait différente. Elle marcha le long du rivage, s'éloignant vers Le Canon. En face, « de l'autre côté de l'eau », comme disait Charlotte, les lumières s'allumaient. Une sérénité paisible baignait la plage, Iris entendait le clapotis de l'eau. Il faisait délicieusement doux.

Tout en marchant, la jeune femme songeait aux semi-confidences de Violette, et à celles d'Anna. Deux femmes, deux époques différentes, et un mal de vivre opiniâtre. Mal de vivre dont elle-même souffrait aussi, d'ailleurs. Pourtant, depuis qu'elle avait décidé de se rendre sur la presqu'île, elle se sentait un peu mieux. Comme… libérée. A moins que cela n'ait un lien avec sa rupture ?

Les derniers mois avaient été si éprouvants ! Les ombres envahissaient la plage mais Iris n'avait pas envie de regagner sa chambre d'hôtel. Elle se demanda quelle aurait été sa vie si elle était née à la Maison du Cap. Cet endroit hors du temps la fascinait. Parce qu'elle-même n'avait plus de famille, excepté Léo ? Elle secoua la tête. Elle ne voulait pas songer au bébé, ni à Xavier. Pourtant, la blessure était toujours là, béante, provoquant chez elle des angoisses irrépressibles.

Elle regagna l'hôtel à pas lents. A la réception, on lui annonça qu'on avait cherché à la joindre à plusieurs reprises. Son cœur s'emballa. Seuls Léo, Charlotte et Pierre-Loup savaient où elle logeait. En lisant le numéro qu'elle devait rappeler, elle reconnut celui de son ami et associé. Elle s'isola dans sa chambre pour composer son numéro. Pierre-Loup alla droit au but.

— Xavier a eu un accident de voiture, lui annonça-t-il sans ambages. Il te réclame. On l'a transporté à l'hôpital Pellegrin.

Elle eut comme un éblouissement. Xavier hospitalisé, alors qu'il avait la maladie en horreur ? Quelle était la gravité de ses blessures ? Elle nota les indications que Pierre-Loup lui donnait.

— Je pars, décida-t-elle d'une voix tendue.

— Est-ce bien prudent ? Tu ne pourras pas le voir avant demain matin.

— Au moins, on me renseignera sur son état. Je te rappelle dès que j'en saurai un peu plus.

Elle se changea, jeta quelques affaires dans son sac de voyage et descendit prévenir la réception. Elle agissait dans un état second, refusant de se poser trop de questions. Xavier… Malgré tout ce qui les avait désunis, elle tenait encore à lui. Etait-ce de l'amour, de la tendresse, de la compassion ? Elle ne savait plus, mais il fallait qu'elle le voie. Elle partit dans la nuit, sans jeter un regard en arrière.

# 19

Diego avait la bouche pâteuse et une horrible migraine torturait sa tempe droite. Trop de vin blanc, reconnut-il. Ça ne m'a jamais rien valu. Même s'il l'admettait avec réticence, il n'avait plus la résistance de jadis. Il avait atteint la cinquantaine et ne s'était jamais ménagé. Trop de nuits sans sommeil, d'alcool, d'expéditions inconfortables, d'adrénaline... Mais il en avait besoin. Il savait que s'il cessait de parcourir le monde à la recherche d'images-choc, ses vieux démons le rattraperaient. Il n'avait jamais cherché à l'expliquer à Violette. Dans son esprit, c'était évident, pour lui comme pour elle.

Il esquissa un sourire teinté d'amertume. Il avait toujours été exigeant vis-à-vis de Violette, sans chercher à se mettre à sa place. C'était ce qu'elle lui avait reproché, quelques jours auparavant. Il l'avait mal pris, parce qu'il se savait en tort.

Il s'offrit le plaisir d'une longue douche presque

froide, se prépara un café et sortit. Il devait aller à Paris discuter avec son éditeur d'un projet littéraire. Il ne se décidait pas, cependant, à s'y rendre. Il avait envie de prendre son temps, de « se poser », comme souvent entre deux reportages. Il alla acheter les journaux, un paquet de cigarettes, et se dirigea vers un café où il avait ses habitudes. Il s'installa en terrasse, face à la Garonne, attiré comme toujours par la proximité de l'eau. La journée était belle, une légère brume de chaleur s'élevait au-dessus du fleuve.

Diego commanda une bière et déplia le quotidien. Toujours la même chose, se dit-il, déjà lassé, après avoir parcouru les gros titres. La guerre, partout, armée ou diplomatique. Des conflits larvés, qui allaient tôt ou tard déboucher sur de « vraies » guerres. Rien n'avait changé, en fait, malgré les engagements de 1945. Vingt ans déjà… Et, toujours, cette même défiance vis-à-vis de l'être humain. Diego se sentait devenir un vieux misanthrope. Il tourna les pages, s'arrêta aux informations locales. On lui avait proposé à deux ou trois reprises d'être juré lors de manifestations culturelles ou littéraires. Il avait refusé. Il ne tenait pas à être ligoté par des obligations, des coteries. Libre, avant tout. Aurait-il pu demeurer sans attaches ? Il aimait Violette et Sebastian, même si le dialogue avec leur fils devenait de plus en plus difficile.

Avaient-ils su le rendre heureux ? Une question récurrente pour tous les parents.

Du premier coup d'œil, il la reconnut dans les pages « Culture ». La photographie n'était pas de très bonne qualité mais c'était bien elle, avec sa silhouette gracile et son sourire indéfinissable. Le temps n'avait pas eu de prise sur elle. Quel âge avait-elle ? Il se livra à un rapide calcul. Elle avait dix-huit ans en 47, donc trente-six ans aujourd'hui. Une gamine, s'amusa-t-il, même si ce terme ne lui correspondait pas vraiment. Linh avait toujours eu le regard grave. Il lut l'entrefilet accompagnant le cliché.

« Linh Horvath, épouse du sculpteur hongrois, vient d'ouvrir une galerie d'art rue du Parlement-Sainte-Catherine. Elle y expose des œuvres de son mari, des tableaux de Pierre Soulages ainsi que des collages d'une jeune artiste, Estelle Lenoir. »

— D'où sort-elle ce nom ? s'interrogea-t-il à mi-voix.

Depuis cinq années, depuis que Linh l'avait contacté via une lettre en arrivant à Bordeaux, Diego avait l'impression de vivre un perpétuel déséquilibre. Il était facile de retrouver sa trace en écrivant à son éditeur ou à son rédacteur en chef. Depuis cinq années, il hésitait, tergiversait, partagé entre colère et culpabilité. De quel droit Linh était-elle venue bouleverser leurs vies ? Et, surtout, pourquoi lui avait-elle parlé d'Estelle ?

Il avait une seule réponse. Par besoin de se venger, de blesser. En 47, lorsqu'il était revenu à Saïgon, il avait découvert que Linh avait disparu. Il avait commis l'imprudence de lui confier où il se rendait. Etait-ce elle qui avait prévenu le Viêt Minh et provoqué le massacre des villageois ? Interrogé à ce sujet, Fournier avait soupiré avec lassitude. A l'en croire, Linh avait beaucoup changé depuis plusieurs mois. « Tout est possible avec ces gens-là », avait-il conclu, choquant Diego qui ne supportait pas ce genre de réflexion raciste.

Il était conscient cependant qu'il ignorait beaucoup de choses. A son retour, il avait décidé de tirer un trait sur Linh. Et puis, « l'Indo » l'avait trop marqué, il n'avait pas envie d'y retourner. Certaines images l'obsédaient encore.

Un moineau vint se percher sur son guéridon et pencha comiquement la tête.

— Salut, vieux ! fit Diego.

Ses pensées l'entraînèrent ensuite vers son fils.

Il fallait qu'il se rapproche de Sebastian, se dit-il tout à trac. Son fils avait une fâcheuse tendance à se replier sur lui-même. Quoi d'étonnant, à vivre toujours entouré de femmes ? La faute à qui ? Il vida son verre, jeta deux pièces sur le guéridon et se leva pesamment. Il se sentait vieux, tout à coup.

La chaleur à Bordeaux était écrasante, beaucoup moins supportable que sur la presqu'île. Iris avait roulé vite, trop vite, pour gagner l'hôpital Pellegrin, situé non loin de Mériadeck. Elle prit une longue inspiration avant de descendre de voiture, tentant de s'armer contre ce qui l'attendait. Cependant, elle ne put dissimuler sa surprise en découvrant Xavier dans le hall. Un Xavier certes un peu pâle, le bras gauche en écharpe, mais debout.

— Ne devrais-tu pas te trouver dans une chambre ? lui lança-t-elle tout à trac.

Il fit la grimace.

— Bonjour, ma chérie. Merci d'être venue. J'ai signé une décharge, je rentre au château. Tu veux bien m'y emmener ?

Une bouffée de colère empourpra les joues d'Iris. Elle était piégée. Il avait appelé Pierre-Loup au secours pour mieux l'inciter à se rendre à l'hôpital. Comme il la connaissait bien ! Il lui adressa un pauvre sourire perdu qui l'aurait fait fondre... jadis.

— Je suis désolé de t'avoir dérangée, Iris. Ma mère se trouve à Paris pour un congrès. Tu comprends, je désirais rentrer...

Elle haussa les épaules comme pour dire que cela n'avait plus d'importance.

— Ton bras ? C'est grave ?

— Epaule luxée, je dois être immobilisé durant deux semaines. Il paraît que je m'en tire bien, vu l'état de la voiture...

Il conduisait toujours trop vite, elle le lui avait reproché cent fois, et cela le faisait rire. Il n'aimait pas respecter les règles, détestait faire preuve de conformisme. Son côté rebelle l'avait séduite, avant qu'elle ne comprenne qu'il était très relatif. Rebelle, peut-être, tout en faisant jouer les relations familiales quand cela risquait de mal tourner. Elle songeait à tout cela en l'observant du coin de l'œil. Elle l'avait aimé, au point de souffrir horriblement lorsqu'elle avait réalisé qu'elle l'avait idéalisé. De nouveau, la souffrance affleurait. Le cœur lourd, elle lui offrit son bras.

— Je te ramène chez toi.

— C'était chez nous.

Elle secoua la tête.

— Non, Xavier, c'était ta maison, celle de ta mère. Elle n'a jamais été la mienne.

— Nous pourrions nous installer ailleurs.

— Ça ne marcherait pas, nous le savons toi et moi. D'abord, tu travailles au château Veyradier. Ensuite, tu m'en voudrais d'avoir en quelque sorte œuvré pour que nous vivions ailleurs. C'est ainsi, Xavier. Nous nous sommes aimés et puis nos chemins se sont séparés.

— C'est ta décision ! jeta-t-il. Pas la mienne.

— Je ne te l'impose pas. Je te dis en toute sincérité que toi et moi, c'est fini. Nous avons… – sa voix se brisa – nous avons le bébé entre nous.

— Et ma mère.

Lentement, elle hocha la tête tandis que des larmes tièdes ruisselaient sur ses joues.

— Viens, insista-t-elle alors qu'elle le sentait chanceler. Tu as besoin de repos.

Appuyés l'un contre l'autre, ils s'avançaient vers

le parking. En les voyant ainsi, on aurait pu penser qu'ils étaient profondément unis. Cependant, la faille entre eux était là, béante. Et rien ne pourrait la combler. Plus jamais.

# 20

## *Carnets d'Anna*

*1938*

Bonne surprise ! Ma petite librairie a déjà une clientèle fidèle. Des « vrais » lecteurs, pas des lecteurs mondains, attachés à lire les ouvrages parisiens. Non, des historiens, des géographes, des amoureux de Montaigne et de Maupassant. J'aime à partager avec eux mes découvertes, que j'appelle « mes pépites ». Lorsqu'ils poussent la porte de « Mille et une Feuilles », faisant tinter le carillon, mon cœur manque un battement. Je me demande ce qu'ils cherchent, si je vais pouvoir les satisfaire. C'est un échange dont je ne me lasse pas.

Hier, tante Madeleine est venue jusqu'à la librairie. Une véritable expédition, à son âge ! Enfin… Raymond, son chauffeur, l'a déposée à l'entrée de la rue et elle a parcouru seule la vingtaine de mètres la séparant de la boutique. Tante Madeleine est la seule parente qui me reste du côté maternel. Si je fais abstraction, bien sûr, de l'infâme Albert... Comme toujours, elle était vêtue avec une élégance désuète et portait un chapeau de feutre gris.

A peine entrée dans le magasin, elle a réclamé une chaise, une tasse de thé, des biscuits. La reine en majesté...

Elle a brandi son face-à-main pour mieux me dévisager.

— Tu as tout du bas-bleu. Personne ne voudra t'épouser, a-t-elle laissé tomber.

— C'est très bien, je ne cherche pas d'époux !

Elle a levé les yeux au ciel sans cacher son exaspération.

— Sottises et billevesées ! Toutes les jeunes filles souhaitent se marier.

— Tante Madeleine ! Je suis une jeune fille montée en graine ! J'ai vingt-trois ans, je gagne ma vie...

— Précisément ! Ça ne se fait pas, que ce soit chez les Lalande ou les Vertel.

Les Vertel... la famille de ma mère. Des armateurs, des négociants ayant pignon sur rue depuis le XVII^e^ siècle, qui ont contribué à la fortune de Bordeaux.

J'ai ri.

— Nous sommes en 1938. Je suis une femme moderne.

Elle a soufflé : « Tsst, tsst », et esquissé un geste de la main, comme pour balayer mes arguments.

— Chez nous, les femmes ne travaillent pas, ma petite ! Elles tiennent leur rang.

— Tu voudrais que j'aie mon jour de réception, comme au siècle dernier, et que je me consacre aux bonnes œuvres ? C'est si... dépassé !

Le regard de la vieille dame m'a transpercée.

— Ne déparle pas, ma petite ! Les bonnes œuvres, comme tu dis, c'est notre façon de nous racheter.

Cette fois, elle avait piqué ma curiosité.

— Nous racheter... et de quoi donc ?

Elle s'est mise à rire, un drôle de rire, à la fois cruel et empreint de dérision.

— Personne ne t'a donc affranchie ? Pauvre Anna... tu crois tout savoir du haut de tes vingt-trois ans alors que tu ignores le plus important ! Dis-toi bien que les Vertel comme les Lalande sont frappés d'une malédiction.

Je n'avais pas envie de la questionner plus avant. Pourtant, je n'ai pu m'en empêcher. D'ailleurs, c'était ce qu'elle escomptait. N'était-elle pas venue dans ce but ? Léo avait fait remarquer un jour que tante Madeleine aimait à détruire tout ce qui l'entourait. Je comprenais ce qu'elle avait voulu dire. Léo avait toujours su jauger les personnes côtoyées.

La vieille dame a esquissé un sourire ironique.

— La malédiction... Ta pauvre mère l'évoquait de temps à autre et, même si elle prétendait ne pas y croire, je savais que c'était faux. Les fortunes de nos familles ont été bâties sur le sang et les larmes des esclaves. Aux XVII^e^ et XVIII^e^ siècles, le commerce triangulaire a enrichi des ports comme Bordeaux et Nantes. Les navires chargés de vin, d'huile, d'armes, de verroterie partaient pour l'Afrique et échangeaient leurs marchandises contre des esclaves emmenés dans des conditions effroyables aux Amériques. Certains ont été ramenés à Bordeaux, c'était à la mode. Les esclaves qui servaient à table étaient nommés « nègres à talons ». Ceux qui regimbaient étaient emprisonnés au fort du Hâ.

Je me suis étonnée :

— Nos ancêtres ont vraiment participé au trafic d'esclaves ?

— A ton avis ? C'était alors le meilleur moyen de s'enrichir. Cela reste cependant une tache sur nos noms.

J'ai refusé ce jour-là de polémiquer avec ma grand-tante. Je pressentais en effet que tel était le but qu'elle poursuivait. Peut-être pour partager sa honte avec moi. Comment savoir ?

Toujours est-il que, depuis sa visite, je souffre de cauchemars. Cette histoire de malédiction me poursuit.

⋆

Décidément ! se dit Iris.

Après avoir ramené Xavier au château Veyradier et lui avoir promis que, oui, elle prendrait de ses nouvelles, elle avait repris le chemin de la presqu'île et regagné sa chambre d'hôtel. Cependant, elle était angoissée, si bien qu'elle n'avait pu trouver le sommeil et s'était à nouveau plongée dans le premier carnet d'Anna. Sa tante lui paraissait de plus en plus proche. Elle devinait peu à peu pour quelle raison elle lui avait fait parvenir ces témoignages. Pourquoi ne s'étaient-elles jamais revues ? De toute évidence, Anna était restée proche de Léo, mais Léo avait toujours constitué le trait d'union entre les différents membres de la famille.

Quelle affreuse bonne femme, cette tante Madeleine ! conclut-elle en bâillant. Il faudrait qu'elle se renseigne à son sujet auprès de Léo. Elle ferma les yeux et sombra dans un sommeil lourd.

Certains jours, la sensation de manque se faisait si prégnante que Charlotte grimpait avec peine jusqu'au belvédère et scrutait le Bassin, en direction des passes, comme pour guetter le retour de William. Cinquante-trois ans après qu'il eut péri en mer… n'était-ce pas pure folie ? Elle l'avait aimé. Au-delà de la raison, passionnément.

Pourtant, après toutes ces années, elle se demandait encore s'il l'avait aimée avec autant d'intensité. Lui, avait l'écriture et la mer. Elle, s'était consacrée à lui en priorité, jusqu'à quitter mari et enfants. Le prix à payer a été lourd, si lourd… se dit-elle. Au point qu'elle se demandait si elle aurait refait la même folie. Elle avait fait souffrir les siens. Sa fille, Dorothée, ne lui avait jamais pardonné, et Matthieu avait été tué en 1918. Etait-ce pour cette raison qu'elle s'était dévouée à ses petits-enfants ? Charlotte ne se berçait plus d'illusions. Elle avait été égoïste, immature et inconséquente.

Elle fit la grimace et se leva pour aller boire un verre d'eau fraîche. La forte chaleur qui sévissait depuis plusieurs jours l'épuisait. Elle, d'ordinaire si vaillante, peinait à se mettre en route. « Un peu de nerf, ma vieille ! » s'exhorta-t-elle.

Jérôme avait annoncé sa venue le lendemain. Cette perspective l'angoissait. Elle savait qu'elle ne parviendrait pas à le faire fléchir. Seule Iris, peut-être… Elle avait confiance en la jeune femme, tout en la sentant vulnérable elle aussi. Elle exerçait un métier masculin, comme Charlotte en son temps. Fichues convenances ! songea la vieille dame. Sa vie durant, elle s'était efforcée de ne pas se laisser emprisonner dans le carcan de ce qu'il convenait de faire. Elle n'avait pas été plus heureuse pour autant. Pas plus malheureuse non plus. Elle se rappelait, étant enfant, sa souffrance d'être née hors mariage, sa conscience d'être différente. Marthe, sa sœur cadette, avait grandi, elle, auprès d'un père, même si ce dernier, musicien et alcoolique invétéré, n'avait pas fait le bonheur de Margot et n'avait pas conçu et érigé la Maison du Cap.

C'était si loin… Cela pouvait-il expliquer, cependant, l'hostilité de Jérôme ? Comme une conséquence logique de la rivalité latente entre les deux sœurs.

Charlotte frissonna, malgré la chaleur. Au crépuscule de sa vie, elle aurait dû éprouver le sentiment du parcours accompli. Mais à cause de Jérôme la peur la gagnait. Une peur diffuse, sur laquelle elle ne parvenait pas à mettre de nom.

# 21

Chaque fois qu'elle se rendait chez sa patiente, Violette éprouvait un irrépressible sentiment d'angoisse. Solange Lardenois lui offrait comme une projection de ce qu'elle allait devenir.

A cinquante-cinq ans, l'institutrice, atteinte de sclérose en plaques elle aussi, ne se déplaçait plus qu'en fauteuil roulant. Epuisée par une récente poussée de la maladie, elle avait dû arrêter de travailler et demeurait dans sa petite maison du Canon, s'occupant à classer ses albums de photographies d'oiseaux, tout en écoutant *Chez Laurette* de Michel Delpech ou *La Montagne* de Jean Ferrat sur son pick-up.

Autrefois – dix ans auparavant, une éternité ! –, elle participait à des courses cyclistes et nageait durant plusieurs heures. Grande sportive, elle avait tenté de ne pas abdiquer face à la maladie, en vain.

Violette posa sur le plateau prévu à cet effet la

seringue qu'elle venait d'utiliser et referma la boîte d'ampoules.

— Cela devrait vous soulager un moment, Solange, déclara-t-elle d'une voix unie.

La maladie – leur maladie – lui faisait horriblement peur. Mais elle ne voulait pas que l'on perçoive sa crainte.

Solange saisit sa main.

— Tu veux bien prendre les livres qui sont sur la commode de l'entrée, ma petite Violette ? C'est pour les rendre à la bibliothèque.

— Bien sûr, Solange. Je peux même vous en rapporter d'autres demain, si le cœur vous en dit.

— Tu seras gentille. Des policiers, comme d'habitude. Ça occupe mes nuits.

— Entendu.

Violette s'éclipsa, le cœur lourd. Etait-elle condamnée, elle aussi, au fauteuil roulant à plus ou moins long terme ? Cette perspective la terrorisait. Elle courut presque jusqu'à sa 2 CV, y déposa sa mallette et les livres de sa patiente, avant de faire quelques pas en direction du Bassin. Quelle serait la réaction de Diego s'il savait ? Saurait-il la réconforter ? Il n'était jamais à l'aise pour exprimer ses sentiments mais il avait du cœur. A condition que Linh n'ait pas tout emporté…

Violette avait appris l'existence de Linh cinq ans auparavant, alors que Diego se trouvait au Maroc, où un terrible séisme avait ravagé Agadir. La lettre qui lui était destinée était arrivée à la Maison du

Cap, perdue ce jour-là dans une pile de factures. Violette l'avait ouverte sans prêter attention au nom du destinataire. L'écriture était haute, élégante. Une belle écriture de femme, avait-elle pensé. Elle aurait dû, alors, replier la missive sans la lire… Depuis, elle vivait partagée entre angoisse et ressentiment.

*Vous allez être étonné, Diego, de recevoir de mes nouvelles depuis toutes ces années,* avait écrit l'inconnue. *Nous nous sommes perdus de vue en 47 dans des circonstances qui, je le reconnais, n'ont pas dû plaider en ma faveur. Je dois vous avouer que j'ai quitté précipitamment Saïgon pour trouver refuge dans la famille de ma mère. C'est là que j'ai donné naissance, en 48, à votre fille, que j'ai prénommée Estelle.*

*Les années qui ont suivi n'ont pas été des plus faciles. Je suis à présent mariée à un artiste installé en Aquitaine. Estelle et moi sommes arrivées à Bordeaux l'an passé.*

*J'espère avoir l'occasion un jour prochain de vous présenter notre fille.*

La signature – grande, anguleuse, barrant la moitié de la page – contrastait avec le style de la missive. « Linh », avait déchiffré Violette. Une main comprimant les battements affolés de son cœur, elle avait éprouvé la tentation de déchirer cette maudite lettre et de se comporter comme si de rien n'était.

C'était impossible, elle le savait. Elle était trop loyale pour se livrer à une bassesse de ce genre. Elle avait donc attendu le retour de Diego en tentant de se convaincre que cette mystérieuse Linh appartenait au passé. Seulement, elle était réapparue, elle habitait Bordeaux, et elle avait un enfant de Diego.

Son mari avait accusé le coup, elle l'avait lu sur son visage. Apprendre douze ans après qu'il était le père d'une adolescente l'avait déstabilisé, même s'il avait tenu à rassurer Violette. Il ne songeait plus à Linh depuis des lustres, il la soupçonnait d'ailleurs d'avoir été une espionne au service du Viêt Minh. Et, non, cette fille surgie du passé ne changeait rien à l'affaire.

Violette aurait voulu le croire. Mais, au fil des mois, Linh et Estelle étaient devenues pour elle une obsession. Elle avait eu le tort de les évoquer un peu trop souvent au goût de Diego, il l'avait mal accepté et l'avait instamment priée de cesser. Le fossé s'était alors creusé entre eux, sans qu'ils parviennent à le combler, chacun ayant tendance à se replier sur lui-même. Violette voyait bien que Diego souffrait lui aussi de la situation et elle lui en voulait de l'avoir provoquée. Il aurait fallu qu'ils crèvent l'abcès, que Diego explique à Violette que Linh n'avait pas vraiment compté pour lui, mais ils n'avaient pu le faire. Et ce silence empoisonnait leur couple.

Violette prit une longue inspiration face au Bassin. Il était grand temps de mettre fin à cette partie de cache-cache qui les faisait souffrir. Elle avait besoin de Diego. Et peut-être avait-il besoin d'elle.

La main en visière devant les yeux, Sebastian

Vargas observait le ballet des oiseaux familiers du Bassin. Les aigrettes garzettes, les goélands argentés, les gorges-bleues, les hérons cendrés, les huîtriers pies au bec conçu pour ouvrir des coquillages, le fascinaient.

Depuis son enfance, il se passionnait pour l'ornithologie. Son arrière-grand-mère l'y avait intéressé en l'emmenant lors de ses reportages photographiques. Sebastian faisait « le grouillot », comme Charlotte l'appelait en riant. Il avait beaucoup aimé cette période. Malheureusement, depuis plusieurs années, Charlotte devait se ménager et n'allait plus « planquer » sur les bords du Bassin ou à proximité de l'île aux Oiseaux.

Sebastian avait continué à observer les bernaches cravants, les bécasseaux, les courlis migrateurs et même les cigognes hivernant sur le Bassin. Lui aussi était profondément attaché à la presqu'île ainsi qu'à la Maison du Cap, même s'il ne le proclamait pas comme Violette ou Charlotte. Il aurait aimé pouvoir demander des conseils à son père pour mieux photographier ses chers oiseaux. Seulement, il ne parvenait pas à s'y résoudre. Diego l'impressionnait. Il aurait désiré que son père devinât ses attentes, tout en pressentant que ce n'était pas si facile. Quant à sa mère… tous deux se connaissaient presque trop bien. Il la devinait soucieuse et ne désirait pas accroître ses craintes. Souvent silencieux, Sebastian surprenait parfois des bribes de conversation qui le perturbaient. Il percevait la tension croissante entre ses parents, et en souffrait. L'adolescence n'arrangeait rien. A son âge, Sebastian se trouvait tous les défauts de la terre. Il avait hâte de grandir. Sans savoir encore ce qu'il désirait faire de sa vie.

# 22

## *Carnets d'Anna*

*1939*

Cette année est bizarre. Quelque chose d'indéfinissable flotte dans l'air. Nous dansons sur un volcan. L'expression a beau être rabâchée, je n'en trouve pas d'autre.

Mes lecteurs habituels me réclament « des livres délassants ». Je ne suis pas très familière de ces lectures, et cette expression me hérisse. Il y a les livres. Point. Il y a des livres aimés, des livres qu'on connaît sur le bout du cœur, et puis il y a de belles découvertes, dans tous les genres.

Je ne place rien au-dessus des *Hauts de Hurlevent*. Tout y est. La passion, la vengeance, la démesure.

J'ai été moi aussi une enfant mal-aimée. Le mot est peut-être trop fort, mais je l'ai ressenti ainsi. D'ailleurs, ma mère me l'a souvent répété : « Un fils me suffisait. Il a fallu que tu arrives, huit ans après ton frère. » Elle ne cherchait même pas à dissimuler sa déception, comme sa rancœur.

Par la force des choses, j'ai essayé de me faire oublier. Enfant secrète et silencieuse, j'observais les adultes et je lisais. C'était pour moi le moyen de me rapprocher de mon père, avant que cela ne devienne une véritable passion. Les livres, mes meilleurs amis…

A vingt-quatre ans, je mène une vie quasi monacale. Ma librairie, ouverte tous les jours, quelquefois même le dimanche matin. Chantecler une à deux fois par mois, pour voir Léo et mon père. L'opéra et le cinéma, pour le plaisir, bien que je n'aime guère m'y rendre en solitaire.

En cette fin août, Bordeaux somnole. J'aime cette ville à l'histoire si riche qui, parfois, m'agace par son côté trop classique. De plus, depuis les révélations de tante Madeleine, je la considère d'un autre œil.

J'ai essayé, naturellement, de questionner mon père à propos de nos ancêtres et de leur implication dans le trafic d'esclaves. Pour la première fois, il m'a déçue : il a nié, avant de m'asséner : « Madeleine est à demi folle. De toute manière, tout cela remonte si loin… Il y a prescription. » Cela voulait tout dire. Et cela ne m'a pas aidée, sur le moment, à surmonter le choc. Par la suite, fidèle à mon habitude, j'ai cherché à en savoir plus et ai consulté les archives, traqué les documents d'époque. J'ai ainsi appris une foule de choses concernant le trafic d'esclaves, si lucratif pour ceux qui ne s'embarrassaient guère de problèmes de conscience. D'ailleurs, on le répétait alors à l'envi, comme pour dédouaner les trafiquants : le « bois d'ébène » était dépourvu d'âme.

J'ai découvert qu'au XVIIIe siècle, deux Lalande avaient pratiqué le commerce triangulaire, et il m'a semblé sentir l'odeur fétide – crasse, sanies, chaleur mêlées – émanant des cales de leurs navires. Au cours de mes recherches, j'ai lu la transcription d'une phrase prononcée par une « négresse à talons », employée comme femme de chambre à Bordeaux : « Ce qui sert à vos plaisirs est mouillé de nos larmes », et mon cœur s'est serré.

Dès lors, j'ai regardé d'un autre œil le grand appartement de la rue Montaigne. Je n'ai jamais eu envie d'y habiter. Je loge rue des Argentiers, un deux-pièces sous les toits où je me suis constitué un nid douillet. « C'est cosy », a déclaré Amélie, ma belle-sœur, le jour où elle est venue me rendre visite. Philippe et Iris étaient restés à Chantecler, c'était le moment d'échanger à cœur ouvert. Mais Amélie est demeurée lointaine et distante. Dans ces moments-là, fatalement, je pense que c'est de ma faute, que je ne sais pas la mettre à l'aise. On m'a souvent répété que j'étais trop sauvage. Seule Léo parvenait à me donner confiance en moi. Amélie est repartie sans que nous ayons partagé un moment de complicité. Cela m'a laissée mélancolique.

« Nous n'aurons pas la guerre », plastronne un homme politique à la radio. Cette maudite guerre qui nous menace depuis l'année dernière. Les accords de Munich ont permis de repousser l'échéance. Philippe répète que nous nous sommes couchés devant Hitler. Mon frère ressemble à ma mère, il a des idées arrêtées sur tout. De plus, il estime que les femmes n'ont pas voix au chapitre. Une misogynie habituelle dans la région, peu compatible avec les idées progressistes de son épouse. Pour notre mère, deux filles n'égaleraient jamais un garçon. C'était une règle non écrite mais intangible. Il faudrait que je fasse un saut à Chantecler. Pour voir Léo. Elle saura me donner la certitude que j'ai un peu d'importance. Chère Léo ! Que serions-nous devenus sans elle ?

*

La sonnerie du téléphone fit sursauter Iris. Elle referma le carnet d'Anna et décrocha le combiné sur la table de chevet. C'était Pierre-Loup, qui voulait s'assurer que tout allait bien.

— Tu me manques, lui dit-il. Il fait une chaleur infernale en ville, et je suis assailli de coups de fil.

— Tant que ça ?

— Plus que tu ne peux l'imaginer. Au fait, notre projet pyrénéen a été accepté.

— Toi, tu as autre chose à me dire.

Pierre-Loup toussota.

— Tu me connais trop bien ! C'en devient exaspérant !

— Raconte...

— Mon père m'a appelé tantôt.

Elle marqua un temps de silence, redoutant ce qui allait suivre.

Officier d'active, Charles Sauvan avait imposé à son fils de longues marches, des séances de sport intensif alors qu'il était de son propre aveu « totalement inapte au sport ». Mais il y avait autre chose. Le père de Pierre-Loup lui rappelait à intervalles réguliers qu'il devait perpétuer leur nom.

— J'ai eu droit à une nouvelle mise en demeure, reprit son ami d'une voix lasse. Selon lui, à bientôt quarante ans, il est grand temps que « je fasse une fin ». Apprécie l'élégance des mots...

Iris soupira. Charles Sauvan refuserait toujours d'admettre la réalité : son fils n'était pas, et ne serait jamais, décidé à épouser une femme.

— L'alibi, le mariage de façade... très peu pour moi ! enchaîna-t-il, confirmant ce qu'elle pensait. Ce serait si hypocrite. Mais cela, mon père refuse de l'entendre.

— Tu as presque quarante ans, tu es un homme, glissa Iris. Rien ne t'oblige à suivre ses diktats.

Pierre-Loup laissa échapper un rire sans joie.

— Tu parles d'or, ma belle ! Toi et moi connaissons pourtant le poids de la famille.

— Justement ! Il est grand temps de s'en affranchir ! lança la jeune femme avec fougue. Ce doit être Charlotte la rebelle qui m'influence ! Tiens... tu devrais venir faire un saut sur la presqu'île. Si tu veux, je te retiens une chambre à mon hôtel.

Elle perçut l'hésitation de son ami. Pourtant, il finit par décliner son invitation.

— Cela me tente mais je suis convoqué chez Dieu le Père pour le week-end. Convoqué, pas invité, nuance !

— Evidemment !

Ils rirent tous deux. La tension pointait sous l'humour.

— Tu m'appelles quand tu veux, ajouta-t-elle.

Elle raccrocha le combiné en éprouvant une impression indéfinissable d'échec. Pierre-Loup souffrait horriblement de la situation, et elle avait mal pour lui. Le poids des conventions sociales, songea-t-elle. Anna avait-elle voulu les fuir en s'exilant ?

# 23

Le cœur lourd, Charlotte considéra son petit-neveu, cherchant à établir quelque ressemblance avec sa sœur Marthe. Elle se rappelait Marthe, âgée d'à peine quatorze ans, jouant du piano avec le sérieux, la concentration qui la caractérisaient. Marthe était ainsi faite, « ennuyeuse comme la pluie », prétendait Margot qui, décidément, avait de la peine à s'entendre avec ses filles. En tant que grande sœur, Charlotte avait toujours eu tendance à la protéger. Son piano avait été livré à la Maison du Cap par bateau. Les nuits d'été, la musique se répandait sur le Bassin comme les ronds dans l'eau d'un ricochet. Il suffisait à Charlotte de fermer les yeux pour entendre les airs entraînants d'Offenbach que sa sœur affectionnait.

Pourquoi Marthe avait-elle changé à ce point ? Etait-ce à cause de son époux, que Charlotte avait toujours trouvé compassé ? Sa mort prématurée avait aggravé la situation. Marthe s'était repliée dans leur maison de Sceaux. Charlotte se rappelait un séjour chez sa sœur en compagnie de Violette, dans les années trente. Elles avaient fui le pavillon où régnait une atmosphère étouffante et déprimante pour s'installer à l'hôtel. Elle secoua la tête. C'était si loin !

— Tante Charlotte, nous ferions mieux de trouver un accord, reprit Jérôme fermement.

Toute cette histoire l'irritait et le fatiguait. Bon sang ! Il apportait une affaire en or – sur un plateau, de surcroît ! – à Charlotte Galley, et cette vieille toupie faisait la fine bouche ! Tout cela parce qu'elle ne jurait que par sa Maison du Cap… Une baraque ruineuse, en fait, un véritable palais des courants d'air !

— Vous aurez droit à un appartement fonctionnel dans la résidence qui sera bâtie ici même, insista-t-il.

Charlotte le fusilla du regard.

— Merci bien ! Pour avoir l'impression de piétiner mes souvenirs et ceux de notre famille ? Tu déraisonnes, mon garçon !

Jérôme se pencha au-dessus de la table. Une veine battait à son front.

— J'ai autant de droits que vous, ma tante. Et vous ne m'apitoierez pas. Votre grand âge ne vous accorde pas tout.

— Que cherches-tu à prouver ? C'est mon père et non celui de Marthe qui a créé et fait ériger la Maison du Cap !

— Vous-même en avez fait don à votre mère, en pleine propriété. Je connais le dossier au moins aussi bien que vous.

Il repoussa sa chaise, se leva.

— Nous n'avons plus rien à nous dire, ma tante. La procédure va suivre son cours.

De nouveau, Charlotte le détailla du regard. Il était grand, sec. Des yeux d'un bleu froid, des lèvres minces, un nez légèrement busqué. Jérôme et elle n'avaient rien en commun, même s'ils appartenaient à la même famille.

— A ta guise, laissa-t-elle tomber, glaciale.

Violette, qui rentrait de sa tournée de soins, manqua entrer en collision avec son cousin. Tous deux échangèrent un salut des plus brefs. Une douleur soudaine vrilla la tempe droite de Charlotte. Je ne vais tout de même pas souffrir d'une poussée de tension à cause de ce sale type ! se dit-elle. Elle respira à fond pour tenter d'évacuer le stress qui la submergeait.

Violette se précipita près de sa grand-mère.

— Comment vas-tu, mamée ? Si j'en crois vos têtes, à Jérôme et à toi, ça n'a pas dû s'arranger !

— La guerre est déclarée ! lança Charlotte. Iris n'est pas venue ?

— Elle m'a fait transmettre un message. On l'a appelée d'urgence dans sa famille. Elle revient dès que possible. Elle vous recommande de garder le moral.

La vieille dame esquissa une moue.

— Comme si c'était facile ! Mais je ne capitulerai pas, j'en fais une affaire personnelle.

— A mon avis, lui aussi. Mamée, ne te ronge pas les sangs, j'ai confiance en Iris.

— A condition qu'elle ne passe pas la moitié de son temps sur les chemins pour affaires familiales ! grommela Charlotte.

Violette se mit à rire.

— Mamée, tu es de mauvaise foi ! Au moins, elle est attachée à sa famille.

— Je te trouve bien optimiste ce matin, remarqua sa grand-mère.

— Diego rentre de Paris, lâcha Violette.

— Je me disais aussi… Tout s'explique !

Mais, face au regard blessé de Violette, elle ne la taquina pas plus avant. Elle aussi souhaitait que sa petite-fille et Diego retrouvent un peu de sérénité. Violette était la femme d'un seul homme et, même si le photographe inspirait toujours une certaine défiance à Charlotte, elle savait que Violette n'aimerait jamais que lui.

— Va te faire belle, lui recommanda-t-elle. Et ne me parle surtout pas du ménage ! Ces messieurs ont plus tendance à admirer une jolie femme qu'à vérifier si les poussières ont été faites. C'est totalement injuste mais dans l'ordre des choses.

Il faudrait que j'appelle Rose-Marie, se dit-elle. Une jeunesse – soixante-quinze ans à peine ! –, qui continuait à effectuer quelques ménages pour des Ferretcapiens triés sur le volet. « Je choisis mes patrons, c'est mon luxe », affirmait Rose-Marie. Charlotte avait photographié cette dernière le jour de sa communion solennelle et, depuis, était toujours restée en contact avec elle. Rose-Marie travaillait encore afin de rester indépendante car, comme elle le disait avec un large sourire : « Je n'ai jamais voulu avoir de comptes à rendre à mon homme. » Ce terme – « mon homme » – amusait Violette.

Charlotte réprima un soupir. Elle avait hâte de voir Iris revenir sur la presqu'île. Parce qu'elle savait que le temps lui était compté. Lucide, Charlotte estimait avoir fait son temps, « et plus que cela : du rab ! », et son état d'esprit l'incitait à envisager sa mort comme une dernière aventure. Mais elle refusait de ne pas pouvoir transmettre la Maison du Cap à Violette et à Sebastian. C'était leur héritage.

Il faudrait que je me décide à passer mon permis, songea Diego en consultant les horaires des trains pour Andernos. Il se débrouillait au volant. Cela lui était souvent arrivé de conduire des Jeeps sur des pistes défoncées et il n'avait envoyé personne dans le décor mais il n'avait jamais pris le temps de se soumettre à la formalité administrative. Violette prétendait qu'il s'agissait d'un acte manqué, et qu'il avait trouvé là le moyen d'exprimer son côté rebelle. C'était bien possible, se dit-il, amusé.

Violette l'émouvait et l'attendrissait. Dix-huit ans de mariage... Lorsqu'il s'était engagé avec elle, dans la mairie de Lège-Cap-Ferret, il avait pensé qu'il fondait une famille. Il y était prêt, Violette était la femme qu'il aimait. Dix-huit ans après, c'était toujours vrai, même s'il avait parfois envie de se prouver qu'il était encore libre. « Espèce de vieux macho ! » ironisa-t-il. A cet instant, il songea à Estelle. Depuis qu'il connaissait son existence, il ne cessait de se demander si elle était réellement sa fille.

# 24

L'orage éclata alors qu'Iris remontait le chemin menant à Chantecler.

— C'est bien ma chance ! marmonna-t-elle.

L'angoisse la tenaillait depuis l'appel de Léo. La gouvernante de Chantecler, victime d'un malaise, avait besoin d'elle. Elle attendait le docteur Pujol, qu'elle venait d'appeler. Cela ressemblait si peu à sa vieille amie. Elle avait toujours connu Léo vaillante, dure à la peine, en permanence affairée à préparer les repas comme à tout organiser dans la maison. Elle freina brutalement devant le perron de Chantecler. Une voiture bleue était déjà garée un peu de travers. Elle se demanda si elle avait déjà rencontré le docteur Pujol. Sa mémoire lui jouait des tours pour tout ce qui concernait Chantecler.

Elle gravit en courant les marches du perron, poussa la porte et pénétra dans l'entrée.

— Léo ! Je suis là ! cria-t-elle.

— Par ici ! répondit une voix masculine. Dans le salon.

Elle se précipita, découvrit un homme âgé d'une cinquantaine d'années, penché au-dessus de Léo. Allongée sur le sofa, celle-ci était d'une pâleur inquiétante. Quand le médecin releva la tête, Iris eut comme une sorte de révélation assez violente. Elle le revit un peu plus de vingt ans auparavant, amenant deux maquisards à Chantecler.

— Seigneur ! Je ne me souvenais plus de vous ! s'écria-t-elle, troublée.

Le visage du médecin s'éclaira d'un sourire.

— Tu étais si jeune, ma petite Iris... Et, par la suite, il valait mieux oublier cette sale période. Mais nous évoquerons le passé un autre jour. Notre brave Léo a été victime d'une attaque. J'attends l'ambulance pour la faire transporter à l'hôpital de La Teste.

— Ma Léo... gémit Iris, s'agenouillant sur le tapis.

Les narines pincées, le teint cireux, la vieille dame respirait avec difficulté.

— A-t-elle repris conscience ? s'inquiéta la jeune femme.

— Je l'espère, elle a répondu à la pression de ma main. Essaie de lui parler, toi.

Iris lui caressa tendrement la main.

— Le docteur Pujol est là, ma Léo, et moi aussi. Tu vas t'en sortir, tu sais.

Les paupières de sa vieille amie s'entrouvrirent.

— Iris ? Tu es là, ma grande ? Ecoute-moi.

Au prix d'un immense effort, Léo parvint à se soulever. Aussitôt, le médecin la soutint.

— Pardon, souffla-t-elle. Tu dois pardonner à Anna. Elle a...

Elle s'interrompit avant de retomber en arrière, la bouche grande ouverte sur un cri muet. Iris, affolée, ne sut que faire. Le médecin, qui s'était précipité, la rassura aussitôt après une rapide auscultation.

— Elle vit, mais il ne faut pas perdre de temps.

— Je vais voir si l'ambulance arrive.

La crise d'angoisse familière lui nouait le ventre. Elle se sentait oppressée, le cœur au bord des lèvres.

— Vous allez la sauver, n'est-ce pas ?

— Je fais tout mon possible, ma petite Iris. Mais Léo est bien fatiguée, même si elle refusait de se plaindre ou de prendre du repos. J'ai déjà proposé de l'hospitaliser il y a deux mois, elle n'a rien voulu entendre. Tu la connais...

Iris soupira.

— Plus têtue qu'un couple de mules, disait mon grand-père. Oh ! j'entends une voiture. Je vais ouvrir.

Elle s'élança, ouvrit la porte d'entrée. Deux ambulanciers descendaient déjà de leur DS blanche.

— Par ici, les guida la jeune femme après les avoir salués.

Le cœur serré, elle les vit installer Léo sur une civière en prenant moult précautions et en respectant bien les consignes du médecin.

— Tu pourras aller la voir demain à l'hôpital de La Teste, lui dit-il.

Elle hocha la tête.

— Je vais lui prendre quelques affaires. Je suis encore sous le choc. Merci pour tout, docteur.

— J'ai été heureux de te revoir, même si, selon la formule consacrée, j'aurais préféré que nos retrouvailles se déroulent dans d'autres circonstances. On se verra à l'hôpital, d'accord ?

En guise d'assentiment, elle serra fort la main du docteur. Elle se sentait démunie et seule au monde. Elle suivit des yeux la 4 L du docteur Pujol et retourna à l'intérieur de la maison.

La tête vide, elle rangea le salon, monta dans la chambre de Léo. Elle se rappelait être venue s'y réfugier à plusieurs reprises durant la guerre. Elle reconnut le papier peint à fleurs, décoloré là où le soleil de midi tapait. Le lit était fait au carré, comme toujours. Sur la table de chevet, plusieurs photographies étaient encadrées. Iris se pencha, eut le cœur touché en découvrant son grand-père et Léo. Tous deux se tenaient à l'entrée de la pinède, épaule contre épaule. Léo rayonnait et Joris semblait un peu gêné. L'histoire de leur relation, pensa Iris, qui n'avait jamais été dupe des précautions prises pour dissimuler leurs rendez-vous.

Un autre cliché représentait Iris, le jour où elle était entrée aux Beaux-Arts. Je paraissais si jeune, alors, se dit-elle avec une pointe de mélancolie.

La troisième photo était curieuse, tronquée d'un côté comme si Léo l'avait découpée.

— Anna… murmura Iris, revoyant sa tante comme dans ses souvenirs, au début de la guerre. Anna, belle et sereine dans sa robe cintrée qui mettait sa taille fine et ses jambes en valeur. Ses cheveux clairs étaient relevés en coque. Elle fixait l'objectif sans ciller et… – Iris plissa les yeux – elle enlaçait une mystérieuse personne qui avait disparu de la photo. Pourquoi cette photo a-t-elle été abîmée ? se demanda-t-elle. Il faudrait qu'elle se renseigne auprès de Léo.

La pensée de sa vieille amie la tira de sa réflexion. Elle ouvrit la commode en éprouvant un sentiment déplaisant de gêne. Elle prit quelques pièces de linge, glissa dans une trousse de toilette le nécessaire pour un séjour d'une semaine à l'hôpital. Une semaine… Pourvu que Léo s'en sorte ! espéra-t-elle de tout son cœur. Même si elle venait fort peu à Chantecler, Iris savait que Léo s'y trouvait et gardait la propriété. La vieille dame constituait le point fixe de son enfance, et elle était reliée à son grand-père.

Elle referma doucement la porte de la chambre, descendit l'escalier. Elle se rappelait la cinquième marche, celle qui craquait lorsqu'on désirait rentrer discrètement. Anna l'appelait « la marche de la paix des familles ». Elle avait raconté un jour à Iris que cette marche traîtresse avait signalé son retour à deux heures du matin, ce qui lui avait valu une sévère semonce paternelle. Elle admirait tant Anna, à cette époque ! La jeune femme, d'une beauté éthérée, évoquait l'actrice Madeleine Sologne dans *L'Eternel Retour*. Iris était tombée sous le charme de Jean Marais, divinement beau, et avait acheté tous les journaux parlant de lui. Ce souvenir qui lui revenait l'étonna par sa précision.

Elle trouva les clés à leur place habituelle, sur la table à gibier de l'entrée, et éprouva un sentiment bizarre en fermant la porte massive de Chantecler. C'est moi la gardienne, à présent, songea-t-elle, et elle frissonna. Comme si, d'une certaine manière, elle actait le fait que Léo ne reviendrait jamais.

Sur le perron, elle tomba nez à nez avec un inconnu. Grand, la silhouette massive, il lui adressa un franc sourire.

— Iris ? C'est bien toi ? On m'avait dit que tu étais revenue.

Passé la surprise, elle le détailla avec attention.

— Je suis désolée, je ne vous… commença-t-elle.

Et, tout à coup, elle le reconnut.

— Matthias ? Matthias Dabadie ?

Elle se mit à rire.

— Seigneur ! Il y a si longtemps ! Qu'es-tu devenu ?

Elle fut portée par un sentiment heureux, par le plaisir de revoir une personne qui surgissait de son enfance. Elle se rappelait les après-midi passés à parcourir la pinède en sa compagnie. Il était son aîné de trois ans et s'était instauré son mentor. Il lui avait appris à pêcher dans la rivière, comme à surprendre les écureuils. Sur leur vélo, ils pédalaient avec vigueur jusqu'à l'Océan, où ils se jetaient dans les vagues.

Elle lui tendit la main avant de se raviser et de lui donner l'accolade. Il paraissait très différent de son ami d'enfance, comme si les années écoulées avaient marqué de leur empreinte son allure et son caractère.

— Tu vis toujours dans le coin ? reprit-elle.

Il acquiesça.

— Et figure-toi que je suis député. Comme tu le vois, le fils du régisseur a pris du galon.

Elle se rappela alors qu'il avait l'orgueil à vif au sujet de ses origines sociales. Ses parents habitaient un pavillon à l'entrée du domaine. Contre toute attente, elle se sentit envahie d'un sentiment de malaise diffus.

— J'ai bien peur de t'avoir oublié durant toutes ces années, avoua-t-elle.

Il planta son regard gris dans le sien.

— Moi, je n'ai rien oublié, déclara-t-il.

## 25

## *Carnets d'Anna*

*27 juin 1940*

Ils sont arrivés en vainqueurs, ce qu'ils étaient, hélas. Un détachement allemand a traversé la ville. Le lendemain, le général von Faber du Faur a installé ses troupes dans les casernes, l'administration allemande dans les grands hôtels du centre-ville... En l'espace de trois jours, ma ville s'est transformée. Partout, flotte le drapeau hitlérien. Tous les commerçants doivent accepter la monnaie allemande, un Reichsmark pour vingt francs. Ordre nous est donné de porter en permanence sur nous notre carte d'identité, de camoufler les lumières. Les troupes de la Wehrmacht ont priorité dans les tramways. Le 1er juillet, à vingt-trois heures, l'horloge de la cathédrale Saint-André sera avancée d'une heure conformément à l'heure allemande.

J'aurais voulu fermer la librairie mais un réflexe d'amour-propre m'en a empêchée. Je n'allais tout de même pas baisser pavillon devant nos envahisseurs ! Je pouvais me réfugier à Chantecler. Je ne l'ai pas fait car je tiens trop à mon indépendance. Pour moi, Chantecler appartient au passé. Un passé pas forcément heureux, à cause de ma mère et de l'oncle Albert.

Je suis donc restée à Bordeaux. Et j'ai placé dans ma vitrine *La Montagne magique* de Thomas Mann, ainsi qu'*A l'Ouest rien de nouveau*, d'Erich Maria Remarque. Je savais que cet ouvrage avait fait l'objet d'autodafés dans l'Allemagne nazie. J'ai refusé de songer aux conséquences de mon geste de défi. Quoi qu'il m'en coûte, je ne veux pas perdre ma liberté d'action.

Je sais que père me comprendra. Mon frère Philippe aussi, même s'il ne le reconnaîtra jamais.

Il s'est présenté à la librairie dès le lendemain. De haute stature, bel homme, sanglé dans son uniforme. Courtois, même s'il m'a fait remarquer que je devais modifier ma vitrine. Je n'ai pas retenu son nom. Il avait des yeux d'un vert étonnamment clair, comme une source d'eau vive. Je n'aurais jamais pensé qu'un ennemi pourrait me troubler à ce point. Il y a si longtemps que je ne m'intéresse pas aux hommes…

Il a ajouté : « Pourriez-vous me conseiller un livre

traitant de l'histoire de Bordeaux ? » et, prise de court, je suis restée muette durant quelques secondes.

Lorsque j'ai enfin retrouvé mes esprits, j'ai balbutié : « Euh… laissez-moi réfléchir… », et il a souri. J'avais le cœur qui battait à se rompre. C'était la première fois que je ressentais pour un homme un émoi aussi intense.

« Je reviendrai demain. »

Dès qu'il a quitté ma librairie, plusieurs titres me sont revenus en mémoire. Je les ai notés fébrilement sur un papier, les ai cherchés dans les rayons, et posés sur le comptoir. Je me sentais curieusement détachée de moi-même. Et, en même temps, si impatiente de le revoir. Je savais qu'il reviendrait.

Le lendemain, je me suis préparée avec plus de soin que d'habitude. Robe fleurie, sandales à talons, cheveux coiffés en rouleaux soyeux… tout cela pour rien ! J'ai guetté, attendu en vain. Il n'est pas venu. J'en aurais pleuré ! Tout en me disant que j'étais stupide. A vingt-cinq ans, je réagissais comme une gamine.

⋆

Iris referma le carnet en entendant la porte de la salle d'attente s'ouvrir. Elle se redressa, tendit le cou vers la personne qui entrait. Un médecin qu'elle ne connaissait pas marcha vers elle avec un regard grave.

— C'est vous qui attendez des nouvelles de madame Masson ? s'enquit-il. Je suis désolé. Vous ne pourrez pas la voir aujourd'hui.

— Avez-vous bon espoir de la sauver ? coupa-t-elle.

Il fit un geste de la main.

— Doucement, madame ! Je ne puis encore me prononcer. L'attaque qu'elle a subie était violente, sur un organisme fatigué, usé, même. Tout dépend à présent de sa capacité de résistance.

Iris ne chercha pas à dissimuler sa tristesse.

— J'ai donné à l'infirmière des affaires de toilette, déclara-t-elle d'une voix éteinte. J'appellerai demain. Quand pensez-vous que je pourrai la voir ?

— Je ne sais vraiment pas, répondit-il. Essayez de garder confiance.

Accablée, le cœur en déroute, Iris s'éloigna à pas lents après l'avoir salué. La nuit n'était pas encore tombée. Elle se sentait épuisée. Sa tête lui faisait mal, son dos plein de tensions, également.

Elle sortit de l'hôpital, chercha des yeux sa voiture.

— Iris !

Elle tressaillit, se retourna. Matthias Dabadie la rejoignit d'un pas décidé sur le parking. Après lui avoir rendu visite à Chantecler, il avait tenu à accompagner Iris à l'hôpital.

— Comment va Léo ?

Elle haussa les épaules d'un geste empreint de fatalisme.

— Nous devons attendre. Pour l'instant, elle n'a pas encore vraiment retrouvé conscience.

— C'est une battante, elle s'en sortira.

Iris avait ce genre de phrases toutes faites en horreur. Elle secoua la tête.

— J'éprouve des remords. J'aurais dû venir la voir plus souvent. La vie… Tu sais ce que c'est.

— Et comment ! Mon mandat de député m'a coûté mon mariage. Je ne voyais plus ma famille.

— Oh ! fit Iris sans savoir que dire.

Fallait-il y voir l'influence de Xavier ? Elle se défiait des confidences intimes, avait l'impression de se montrer indiscrète alors qu'elle n'avait rien demandé. Comme s'il avait perçu son malaise, Matthias proposa :

— Veux-tu m'accompagner à Arcachon ? Tu as une petite mine, je t'emmène dîner.

Elle aurait dû refuser mais elle avait besoin de se changer les idées. De plus, elle avait presque peur de rester seule. Elle accepta l'invitation.

— Je rentrerai ensuite à L'Herbe. Je travaille en ce moment sur la presqu'île. Si j'ai besoin de revenir vite voir Léo, j'emprunterai la navette.

— Tu te mets à l'heure du Bassin ? Toi, la Landaise pure souche ?

— Je me considère plutôt comme une Bordelaise. Chantecler, c'est si loin pour moi !

De nouveau, elle se sentit mal à l'aise sous son regard indéfinissable et regretta son choix. Aussi insista-t-elle pour le suivre avec sa Mini. Lui, conduisait une Mercedes imposante, un peu trop ostentatoire à son goût. Elle songea en retenant un petit sourire que celle-ci aurait plu à Gisèle Veyradier. Son ex-belle-mère ne s'était pas manifestée, un silence qui lui convenait tout à fait.

Matthias précéda la jeune femme dans un restaurant de fruits de mer, non loin de la jetée Thiers, où ils furent reçus avec chaleur. Elle observa son ami d'enfance tandis qu'il regardait le menu. Si elle appréciait de ne pas être seule en ces pénibles circonstances, la présence de Matthias ne la réconfortait pas pour autant.

— Je n'ai pas très faim, s'excusa-t-elle alors qu'il insistait pour commander un plateau de fruits de mer.

Elle se contenta d'une sole grillée tandis qu'il attaquait avec un bel appétit huîtres, pain beurré, crevettes et langoustines. Elle goûta du bout des lèvres le pessac-léognan et sourit.

— Délicieux !

Matthias posa les mains bien à plat sur la table.

— Pourquoi es-tu restée aussi longtemps loin de tes racines ? Elle t'affirmera le contraire, pourtant Léo n'a jamais cessé de t'attendre.

Elle pâlit.

— C'était au-dessus de mes forces, avoua-t-elle. Pour moi, Chantecler, c'était aussi la guerre.

La guerre, la mort de ses parents… tout cela était si étroitement mêlé.

— Je n'ai pas envie d'en parler, ajouta-t-elle.

C'était la vérité. Malgré ses efforts, elle n'était pas parvenue à surmonter ses réticences. Chantecler lui pesait toujours autant.

Il esquissa une moue.

— Tu es devenue une citadine, la pinède ne t'intéresse pas. Pourtant, le domaine aurait grand besoin d'être repris en main.

— Je l'ai mis en vente.

Tout à coup, le regard de Matthias changea. Il se fit plus dur.

— En vente ? Iris, sais-tu combien de générations de Lalande ont vécu à Chantecler ? Tu n'as pas le droit, voyons ! Aurais-tu perdu la tête ?

C'en était trop pour elle. Elle posa ses couverts sur la table, et l'affronta les yeux dans les yeux.

— Et toi ? Tu n'as aucun droit sur Chantecler, et tu n'as pas à me dicter ma conduite ! Le domaine me fait peur, j'ignore d'ailleurs pourquoi. En tout cas, comme je n'ai pas la moindre intention de m'y installer, je ne vois pas pourquoi je le garderais. Il faut savoir tourner la page.

— Tu ne peux pas faire ça, Iris ! répéta-t-il. Ce domaine, c'est l'âme de nos deux familles.

Cette fois, elle ne put réprimer un rire.

— Les Dabadie ne possèdent pas de parcelles de Chantecler, que je sache !

— Parce qu'ils ont été spoliés il y a un siècle

et demi. Tu ne connais pas l'histoire… Mais je rachèterai Chantecler, que tu le veuilles ou non. D'ailleurs, comment peux-tu le vendre ? C'est Anna qui en possédait l'usufruit.

Iris soutint son regard irrité.

— Tu ne le sais donc pas ? Anna est morte. D'une longue maladie, selon la formule.

— Morte, Anna ? répéta-t-il, incrédule. Bon sang ! Mais depuis quand ? Je la croyais d'une autre espèce que le commun des mortels. Indestructible, même, après tout ce qu'elle a traversé.

Soudain, Iris ne put supporter de poursuivre cette conversation. Elle avait le sentiment d'avancer à l'aveugle, car nombre d'éléments lui échappaient. Elle repoussa sa chaise, se leva.

— Tu m'excuseras, mais je dois rentrer. Un gros coup de fatigue. Au revoir, Matthias.

Elle s'enfuit avant qu'il n'ait le temps de chercher à la retenir. Les tempes battantes, elle se réfugia à l'intérieur de sa voiture, démarra. Elle respira un peu mieux après avoir traversé Arès et pris la direction du Cap Ferret. Comme si elle rentrait chez elle…

# 26

Des nuages voilaient la lune avant de courir vers l'Océan. Installée sur le belvédère, Violette rêvait en observant les étoiles qui s'allumaient les unes après les autres. Elle jouissait de ce moment de repos après une rude journée. Elle avait couru de Petit Piquey au Canon, en passant par Piraillan, appelée par de nombreux touristes qui accroissaient sa charge de travail habituelle. Rentrée à vingt et une heures, après s'être attardée un moment au chevet d'une vieille dame souffrante, elle avait savouré une longue douche tiède et était montée dans sa chambre sans même s'accorder le temps de dîner. Les protestations de Charlotte étaient restées lettre morte. Violette attendait le retour de Diego.

Comme dans la tour des veuves, se dit-elle, songeant à une longue tradition arcachonnaise. Les épouses de marin guettaient en effet le retour de leur mari en haut d'une tour, qui avait vue sur les Passes. Violette avait un jour entendu son aïeule raconter qu'elle avait pour habitude de scruter le Bassin depuis le belvédère, dans l'espoir d'apercevoir le *Rob Roy*, le voilier de William, son grand amour. Violette aussi était comme ces femmes de marin, après tout. Elle gardait patience jusqu'au retour de son mari…

Diego lui avait adressé un télégramme depuis la gare de Bordeaux. « Je rentre ce soir par le dernier train. » Pas de formule tendre, cela ne correspondait pas à son caractère. Depuis le temps qu'ils se connaissaient, Violette savait qu'il n'était pas homme à l'entourer d'attentions. Diego était ainsi fait, plus prompt à filer à l'autre bout du monde pour dénoncer quelque injustice qu'à se montrer prévenant. Durant plusieurs jours, le temps de l'absence de son mari, elle avait beaucoup réfléchi et fini par admettre qu'elle aussi avait changé. Etait-ce à cause de sa sclérose en plaques ? Elle était devenue plus rugueuse, perdait plus facilement son calme alors qu'auparavant cela ne lui arrivait jamais. Cela a commencé quand j'ai appris l'existence de Linh, réalisa-t-elle. Cette femme lui empoisonnait la vie. Leur empoisonnait la vie à tous les deux. Elle se dit que c'était certainement le but qu'elle recherchait et soupira. Il convenait de ne pas tomber dans le piège, mais la douleur était là, lancinante.

L'heure tournait. Le dernier train en provenance de Bordeaux arrivait dans une demi-heure. Elle avait juste le temps de se rendre à la gare d'Andernos. Elle serait même certainement en retard, mais tant pis ! D'un bref coup d'œil dans le miroir, elle ajusta le tombé de sa robe trapèze bleu marine. Elle descendit l'escalier, se dirigea aussi vite que possible en direction de sa 2 CV, buta sur un caillou et tomba sur le sol. Elle réprima un sanglot. Elle ne supportait pas que son corps la trahisse. Charlotte la héla depuis la terrasse. Sa voix était inquiète.

— Tu veux que je t'accompagne ?

— Merci, mamée, ça va aller.

Elle se releva, clopina jusqu'à sa voiture.

— Je déteste cette fichue maladie ! pesta-t-elle.

Diego lança un nouveau coup d'œil à la grande horloge de la gare d'Andernos. Violette avait déjà dix minutes de retard, ce qu'il supportait mal, impatient comme il était. Et, naturellement, à cette heure tardive, il n'y avait plus de taxi ! Il sortit de la gare, son sac de voyage à la main, et regarda autour de lui. Une 2 CV blanche remontait le boulevard à vive allure. Diego leva la main ; la voiture freina à sa hauteur.

— Désolée pour le retard ! Monte !

— Si j'étais riche, je t'offrirais une voiture plus rapide. Je crains toujours que ce vieux tacot ne rende l'âme d'une minute à l'autre.

Elle lui adressa un regard appuyé. Il la faisait fondre comme au premier jour avec sa mine burinée et son allure d'aventurier.

— Bonsoir, Diego, je suis heureuse de te revoir.

Il esquissa un sourire.

— Touché ! Je manque à tous mes devoirs. Bonsoir, ma douce.

Il l'attira contre lui, l'embrassa avec une délicieuse lenteur.

— Le temps m'a duré, déclara-t-il.

— Rien ne t'empêchait de revenir.

— Si !

Il se mit à rire.

— Mon détestable amour-propre.

— Si tu le reconnais, rien n'est perdu !

Ils échangèrent un regard complice.

Il m'agace, il m'exaspère, mais je l'aime, pensa Violette.

A cet instant, elle ne voulait plus penser à Linh. Ils étaient deux, Diego et elle, comme au premier jour, à Arcachon, dans la boutique de Charlotte.

D'un geste sûr, Paul chargea sur sa pinasse pelles, râteaux et caisses. Il avait profité de la maline, la grande marée, pour se rendre à ses parcs et s'apprêtait à regagner L'Herbe. Il s'accorda une pause, le temps de jouir du panorama sur le Bassin, dont il ne se lassait pas.

Toute la beauté du monde, s'extasia-t-il. Il se remémora alors une phrase d'Albert Camus qui l'avait marqué, plusieurs années auparavant : « Le monde est beau, et hors de lui point de salut. »

L'espace d'un instant, il songea à sa femme

Christine et leur fille Aurélie qui n'admireraient plus jamais le paysage qui l'enchantait, et la douleur familière lui pinça le cœur, jusqu'à lui couper le souffle. Parfois, il cherchait à s'illusionner : Je souffre moins, je finirai par surmonter leur absence. Mais rien n'y faisait, il n'avait pas oublié.

Un soupir gonfla sa poitrine. Il serra les dents. Ça va passer, s'exhorta-t-il. Une mouette frôla l'avant de sa pinasse. Il la suivit des yeux, la vit se diriger vers l'île aux Oiseaux. Il avait le souvenir de soirées passées à l'affût dans l'une des cabanes tchanquées[1]. Les moustiques les dévoraient, Charlotte et lui. Il avait douze, treize ans, et se croyait déjà un homme alors qu'il était un adolescent à la recherche de son père. Il prit une longue inspiration. Il lui avait fallu longtemps pour accepter sa condition d'orphelin, d'enfant posthume. Ses grands-parents avaient souvent évoqué pour lui Matthieu, son père, tombé au front en 1918. C'était plus difficile avec sa mère, Marie-Eve, dont les yeux s'emplissaient de larmes chaque fois qu'il lui posait des questions. Il avait fini par renoncer, en se disant : Plus tard, j'essaierai à nouveau. Le temps avait passé, il n'y avait pas eu d'autre occasion, et Marie-Eve était morte trop tôt, trop jeune.

Paul supportait mal son statut de survivant. Heureusement, il y avait Charlotte, son point d'ancrage,

1. Cabanes en bois perchées sur pilotis typiques du bassin d'Arcachon.

l'âme de leur famille. Chaque fois qu'il songeait à sa grand-mère, il se remémorait un poème de Prévert dans lequel ce dernier affirmait que la véritable jeunesse se soucie peu des années. Cependant, depuis l'échec de sa tentative de conciliation avec Jérôme, elle lui paraissait plus fragile. Comme si son grand âge l'avait rattrapée d'un coup. Comme par réflexe, il tourna la tête vers la Maison du Cap, dont il apercevait le belvédère entre les silhouettes élancées des pins. Il fallait qu'Iris trouve une solution.

## 27

## *Carnets d'Anna*

*1940*

Il est venu le surlendemain, alors que je ne l'attendais plus. Lorsqu'il est entré dans la librairie, j'ai eu l'impression qu'il captait toute la lumière. Il ne semblait pas avoir conscience de sa beauté, de la séduction qui émanait de lui. J'étais tétanisée.

— Vous n'avez pas modifié votre vitrine, a-t-il fait remarquer après m'avoir saluée.

J'ai soutenu son regard.

— Je le ferai mardi, c'est la tradition. J'ai l'habitude de mettre en avant mes coups de cœur.

— *A l'Ouest rien de nouveau* et *La Montagne magique* ne sont pas de nouvelles parutions, que je sache.

J'ai acquiescé d'un signe de tête. Ma gorge était

sèche et je me disais que je m'étais montrée bien imprudente.

— Certes, mais je les ai relus récemment et j'ai eu envie de les mettre à l'honneur.

— Comme par hasard, grinça-t-il.

Cette fois, j'ai eu vraiment peur. Il s'est rapproché de moi. Ses yeux étaient légèrement étrécis, comme s'il était en colère. Contre toute attente, il s'est mis à rire.

— En confidence, j'aime beaucoup, moi aussi, ces deux auteurs. Mais mieux vaut ne pas le répéter.

Son français était parfait. Cette fois, ses yeux pétillaient.

— J'aime lire, a-t-il glissé d'une voix plus douce, comme s'il me faisait partager un secret.

Il s'est incliné devant moi.

— Wilfried Hauser, pour vous servir, mademoiselle.

— Anna Lalande.

— Vous êtes originaire de la région ?

— Je suis née dans un domaine situé près de Biscarrosse, Chantecler.

Son visage s'est éclairé.

— Ah ! Chantecler...

Et il a cité :

— « C'est la nuit qu'il est beau de croire à la lumière. » C'est bien cela, n'est-ce pas ?

— Tout à fait. Une légende familiale raconte qu'Edmond Rostand est venu chez nous et qu'il y a eu l'idée de sa célèbre pièce de théâtre. J'ai bien peur, cependant, qu'il s'agisse seulement d'une légende.

— J'ai envie d'y croire.

J'ai senti mes joues s'empourprer. Une alchimie étrange était en train d'opérer, il me semblait qu'il m'adressait quelque message codé. J'avais beau tenter de me raisonner, rien n'y faisait. Je n'avais pas envie de le voir repartir, même si je me répétais : « C'est un ennemi. »

Ma rougeur s'est accentuée sous son regard pénétrant.

— Nous nous reverrons. Très vite. Il ne peut en aller autrement, nous le savons, vous et moi.

Je pouvais voir ses iris cerclés de sombre. Une veine battait, fort, sur son front. J'aurais voulu l'effleurer du bout de l'index, comme pour me convaincre qu'il ne s'agissait pas d'un rêve.

Trop vite, il a brisé l'enchantement.

— A vous revoir, Anna Lalande.

Le carillon de la porte a tinté. J'ai vu sa silhouette s'éloigner peu à peu. Incapable d'effectuer le moindre mouvement, je suis restée figée. Il avait tout emporté avec lui, jusqu'à ma faculté de penser.

Lorsque je suis parvenue à me ressaisir, il me sembla que le ciel s'était obscurci.

*

Dans sa chambre d'hôtel, Iris laissa tomber le

carnet d'Anna avant de sombrer dans un sommeil sans rêves.

A peine arrivée à l'hôtel de la Plage, elle avait appelé l'hôpital de La Teste et appris que Léo avait ouvert les yeux. Même si elle n'était pas encore tirée d'affaire, cette information était porteuse d'espoir.

Ma Léo va s'en sortir, avait-elle pensé, soulagée.

Comment avait-elle pu rester aussi longtemps sans lui rendre visite, alors qu'elle éprouvait pour elle une profonde affection ? A cause du passé ? Ce passé soigneusement enfoui qui suscitait chez elle un sentiment d'angoisse ?

Pour ne plus s'embarrasser l'esprit de trop douloureuses pensées, elle avait tiré de son sac de voyage le carnet d'Anna, en avait lu quelques pages. C'était pour elle une sorte de rendez-vous tacite, auquel elle tenait de plus en plus.

Au fur et à mesure de sa lecture, elle comprenait qu'Anna lui avait offert une belle preuve de confiance.

Cette tante plus âgée qu'elle d'une quinzaine d'années lui devenait plus proche. Elle avait beau creuser ses souvenirs, Anna, jadis, ne lui paraissait pas être une jeune femme romanesque. Lorsqu'elle venait à Chantecler, elle s'enfermait dans sa chambre ou bien allait nager dans l'Océan.

Iris l'admirait, sans parvenir à devenir son amie, ou à partager une certaine complicité avec elle, malgré ses efforts. Anna évoluait dans son monde.

Iris se sentit flotter sur son matelas et s'abandonna au sommeil.

Le lendemain matin, le ciel couleur de lapis-lazuli promettait une superbe journée. A peine douchée et habillée, elle descendit téléphoner à l'hôpital de La Teste.

On lui répondit que l'état de Léo était stationnaire et que les visites étaient interdites. Elle refusa, cependant, de se laisser décourager et s'engagea sur la route en direction de la Maison du Cap.

Elle gardait bon espoir.

Un étranger fumait sous la treille. Il était très séduisant avec ses mèches poivre et sel, ses yeux très sombres et son teint hâlé.

— Bonjour, vous devez être Iris, l'architecte, lui dit-il après l'avoir saluée. Un café ? Charlotte se repose et Violette achève sa tournée du matin. Je suis Diego Vargas, époux de Violette et branche rapportée dans cette maison de femmes.

Elle rit de bon cœur.

— Iris Lalande, l'architecte, comme vous dites. Et… oui, je veux bien un café.

Elle s'assit à son tour sous la treille, poussa un soupir d'aise.

— Cette maison doit inspirer les artistes. La vue d'ici est… sublime ! Comme si l'endroit avait été choisi pour bénéficier du plus beau panorama.

— Je crois que le vieux James, le père de Charlotte, avait tout calculé, en effet. Il était lui aussi amoureux du Bassin.

— Un précurseur… murmura rêveusement Iris. J'ai appris que Margot, la femme qu'il aimait, ne s'est jamais plu ici. Elle préférait la Ville d'Hiver…

— Où elle possédait une pension de famille dotée de l'architecture typique de la fin du XIXe siècle, avec de la dentelle de bois, des pignons, des balcons, des tourelles et des clochetons, bref, un style tarabiscoté dont James avait horreur.

— Ils devaient former un drôle de couple…

— Un couple illégitime, si bien qu'ils ont fort peu vécu ensemble. Demandez donc à Charlotte de vous raconter l'histoire de sa mère, celle-ci devrait vous intéresser.

— Vous-même, ne vous positionnez-vous pas un peu en retrait, monsieur Vargas ?

— Appelez-moi Diego. Je reste un observateur.

Iris hocha la tête.

— J'ai déjà admiré plusieurs de vos photos. Je garde plus particulièrement le souvenir d'un petit garçon, aux yeux écarquillés, dans un village vietnamien. Il semblait être au-delà du désespoir. Je venais d'obtenir mon bachot, et cette photo figurait en une de *Paris Match*. Je me la rappelle très bien, à ce moment-là j'ai eu honte de ma joie. Cela me paraissait tout à coup si… dérisoire.

Diego plissa les yeux. Iris le sentit ému, tout à coup. Il se pencha vers elle.

— Merci, lui dit-il d'une voix grave. Par ces

quelques mots, vous venez de donner du sens à mon métier.

Cette confidence éveilla un écho dans le cœur d'Iris. Le sens... c'était ce qu'elle et Pierre-Loup recherchaient eux aussi dans l'exercice de leur profession.

— Ce petit garçon... reprit Iris d'une voix hésitante. Savez-vous ce qu'il est devenu ?

Diego baissa la tête.

— Non, et son regard m'a longtemps hanté.

C'était à cause de ce gamin qu'il se tourmentait tant au sujet d'Estelle. Comme s'il y avait eu quelque chose à réparer. Mais quoi ? Au cours de sa vie, il avait croisé tant d'enfants au regard perdu...

# 28

— Voilà.

Iris venait d'étaler sur la table les photos qu'elle avait prises, les plans de James, ainsi que des clichés de la Cité radieuse du Corbusier à Marseille, et de la Cité ouvrière Le Corbusier à Lège-Cap-Ferret.

— Indéniablement, il existe une sorte de fil rouge entre toutes ces réalisations, déclara-t-elle. On peut considérer James Desormeaux comme un précurseur de l'architecture du XX^e^ siècle. La meilleure preuve en est que Le Corbusier est venu à la Maison du Cap pour lui rendre en quelque sorte hommage.

— J'ai une photo de sa visite ! s'écria Charlotte avec fièvre. Mes albums sont classés par années, je vous la retrouve dans moins d'une heure.

Iris ne put s'empêcher de sourire devant la joie manifeste de la vieille dame.

— Génial ! Je n'en espérais pas tant. J'ai monté

le dossier afin de demander le classement de la Maison du Cap et de la faire bénéficier de la loi Malraux. C'est la seule solution.

— Ce qui donnerait... risqua Violette.

— Votre cousin n'aurait pas le droit de la faire raser. Elle serait protégée. A charge pour vous de lui racheter sa part s'il refuse de rester en indivision.

— Nous mettrons le tableau de Margot en gage ! lança Charlotte.

Diego, qui participait à la réunion, secoua la tête.

— Ce serait donner des perles aux pourceaux ! Non, nous trouverons une autre solution. Le plus important est d'empêcher Jérôme de vendre.

— Si cela vous convient, je poste dès aujourd'hui notre dossier, proposa Iris. J'espère une mesure suspensive en attendant la décision du ministère.

— Qu'est-ce qu'on attend ? lança Charlotte. Je signe, et des deux mains !

Violette échangea un sourire complice avec Diego.

— Mamée, je te reconnais bien là ! Pas d'hésitation, on tente le coup.

— De toute manière, on n'a rien à perdre, laissa tomber Diego.

Depuis qu'il avait devisé avec Iris, il se montrait plus prolixe. Elle trouvait qu'il se cadenassait un peu moins. Il s'était rapproché de Sebastian et l'avait accompagné la veille sur l'île aux Oiseaux. Tous deux avaient partagé un bon moment à observer et photographier les courlis nicheurs et les tournepierres à collier.

Sebastian en avait profité pour demander conseil à son père quant au meilleur angle de prise de vue. Diego avait souri. « Tu sais, mon fils, j'ai plus l'habitude de mitrailler des gens que des volatiles ! » Il lui avait cependant glissé quelques conseils, sans vouloir se montrer trop didactique, et en lui expliquant qu'un photographe œuvrait d'abord avec sa sensibilité.

Sebastian lui paraissait être plutôt doué, mais il fallait qu'il exerce encore son œil et sa pratique. De plus, il n'était qu'un tout jeune homme sans idée précise de son avenir.

Iris se leva.

— A présent, il nous faut attendre. Votre petit-neveu sera tenu informé de la procédure engagée. Vous verrez quelle sera sa réaction.

— Il peut s'y opposer ? s'inquiéta Charlotte, tendue.

Malgré ses efforts, elle ne parvenait pas à réprimer le tremblement de ses mains. Bouleversée, Violette voyait combien sa chère grand-mère était malmenée par cette nouvelle épreuve. Elle échangea un regard navré avec Iris. Diego se racla la gorge comme pour dissimuler lui aussi son émotion.

Iris répondit avec la franchise qui la caractérisait :

— Il essaiera, assurément, mais c'est le ministère qui prendra la décision finale.

Puis, dans le silence plein d'espoir qui s'installait alors, une voix familière surgit de l'allée.

— Hello, vous autres ! Je vous apporte des huîtres.

Iris sursauta en reconnaissant la silhouette et la voix de Paul Galley. Il alla déposer dans la cuisine sa bourriche et revint sous la treille.

— Vous allez bien ? demanda-t-il discrètement à Iris. Vous paraissez mélancolique.

Elle lui adressa un sourire triste.

— Une vieille amie vient d'être victime d'une attaque. Je dois retourner la voir à l'hôpital de La Teste.

— Désirez-vous que je vous accompagne ?

C'était proposé si naturellement qu'Iris accepta sans réticence. Au fond d'elle-même, d'ailleurs, elle appréhendait de se retrouver dans le cadre aseptisé de l'établissement hospitalier.

— On y va ? fit Paul, ses clés à la main.

Iris pria ses hôtes de l'excuser et l'accompagna jusqu'au débarcadère. Sa pinasse, peinte en vert et blanc, portait le nom de *Christine-Aurélie.* Elle ne l'avait pas remarqué lors de leur première sortie. Intriguée, Iris n'osa pas cependant le questionner à ce sujet. Paul lui tendit la main pour l'aider à grimper à bord. Elle sauta prestement, se rétablit avec souplesse.

— Vous avez déjà navigué ? s'enquit-il.

— Jamais ! Je suis une fille de Bordeaux et de la pignada.

— Avez-vous pris une décision au sujet de ce

domaine dont vous m'avez parlé ? Chantecler, je crois...

— Je l'ai mis en vente sans trop d'états d'âme, parce que je n'ai pas vraiment d'autre solution.

— C'est une bonne décision si vous n'avez pas le désir de poursuivre l'exploitation.

— Je me le répète même si je culpabilise un peu. Quand je vois comment votre famille se bat pour garder la Maison du Cap...

— Ce n'est pas la même chose ! Ma grand-mère, ma cousine y ont toujours vécu. Vous, si j'ai bien compris, vous êtes éloignée du domaine familial.

— En effet.

Le silence s'installa entre eux. La pinasse traversait le Bassin à un rythme régulier.

Iris offrit son visage au soleil.

— C'est curieux... depuis que j'ai découvert votre famille et la presqu'île, j'ai l'impression de vivre différemment, remarqua-t-elle à voix haute.

Elle n'ajouta pas, parce que c'était trop personnel, qu'elle avait aussi l'impression de mener une nouvelle vie. Sa rupture avec Xavier, le fait de ne plus côtoyer Gisèle l'avaient apaisée. Elle souffrait moins de cauchemars. Même si la douleur de sa fausse couche était toujours là, bien présente, elle avait fini par accepter l'inéluctable. Elle ne pouvait pas revenir en arrière. Longtemps, la certitude de sa propre impuissance l'avait révoltée.

— Je vais devoir rentrer à Bordeaux, reprit-elle.

Il sourit.

— Seriez-vous tombée sous le charme, vous aussi, de notre presqu'île ?

— C'est bien possible ! Mais, pour le moment, c'est mon amie Léo qui compte. Il faut qu'elle se remette.

Elle se troubla sous le regard pénétrant que le petit-fils de Charlotte faisait peser sur elle.

— Les événements ne se plient pas toujours à nos souhaits, déclara-t-il d'une voix légèrement voilée.

La voix de quelqu'un qui savait ce que signifiait le mot souffrance…

Saisie, Iris releva la tête. Leurs regards s'aimantèrent. Durant ce bref échange, Paul sut qu'il était temps pour lui de se confier. C'était un moment privilégié, qui ne se représenterait peut-être pas.

— Elles s'appelaient Christine et Aurélie, poursuivit-il. Ma femme et ma fille. C'était un matin de novembre, elles revenaient de chez ma belle-mère, qui habite les Landes. Une route dangereuse, rectiligne, traversée de nappes de brouillard en cette saison… Elles ont croisé le chemin d'un routier espagnol qui n'avait pu s'accorder le repos nécessaire et roulait depuis plus de quinze heures d'affilée. Le choc frontal a été horrible. Elles sont mortes toutes les deux sur le coup. Et moi… eh bien, je survis depuis dix ans que c'est arrivé.

Sans réfléchir, Iris posa la main sur son poignet.

— Oh ! Paul… je suis si navrée, murmura-t-elle.

Elle était sincère, il le savait. Elle faisait partie de ces personnes qui pouvaient tout partager avec autrui, les joies comme les peines. C'était rare.

Il réprima un soupir.

— Il y a des moments où vous ne pouvez plus tout garder pour vous, où vous devez vider votre sac, sous peine de craquer. Pardonnez-moi.

— De quoi donc ? De vous être dévoilé ? C'est positif.

— Vous êtes résolument optimiste.

— C'est une façade, mon cher !

Tous deux sourirent tandis que la pinasse de Paul se rapprochait de la côte. Iris apercevait la silhouette insolite de Notre-Dame-des-Passes, au style toscano-byzantin. Il accosta au port du Moulleau, où il avait son emplacement, l'aida à sauter sur la terre ferme.

— Je vous emmène à La Teste, décréta-t-il.

Il laissait sa fourgonnette sur le continent pour faciliter ses déplacements. Il conduisait avec une sûreté qu'Iris apprécia. Elle se raidissait au fur et à mesure qu'ils se rapprochaient de l'hôpital. Il lui tapota la main après s'être garé sur le parking.

— Désirez-vous que je vous accompagne ?

— Je veux bien, oui, acquiesça-t-elle.

Elle le guida vers le service où se trouvait Léo. Son cœur battait à grands coups précipités. La haute silhouette de Paul à ses côtés la réconfortait. Une infirmière la héla alors qu'elle se dirigeait vers la chambre de son amie.

— Madame Lalande ! Attendez !

Iris échangea un regard perdu avec Paul. Brusquement, elle n'avait plus peur. Seulement une horrible certitude…

# 29

La tête d'Iris était vide. Léo n'avait pas survécu. Sans cesse, elle revoyait le corps de Léo, et les sanglots nouaient sa gorge. Par chance, Paul était resté à ses côtés, la soutenant tandis qu'elle chancelait au chevet de son amie. Il l'avait ensuite entraînée dehors et, sans lui laisser le loisir de protester, l'avait ramenée chez lui, à L'Herbe, dans sa pinasse.

A peine arrivée, Iris frissonnait et claquait des dents. Il lui avait préparé un thé bien fort, l'avait installée dans un fauteuil à oreillettes avec un plaid sur les genoux.

— Buvez, lui avait-il ordonné.

Elle avait avalé une gorgée, fait la grimace.

— Il est vraiment très fort !

— Buvez ! avait-il répété.

Il était demeuré à ses côtés, respectant son silence. Quand enfin elle se décida à parler, ce fut pour déclarer :

— Je vous prie de me pardonner, Paul. Vous

avez vécu un tel drame... Voyez-vous, c'est comme si Léo avait toujours fait partie de ma famille.

— Et j'ai cru comprendre que vous n'avez plus guère de famille.

— Plus du tout, même.

Elle soupira.

— Anna et Léo sont mortes à un mois d'intervalle.

— Anna ?

— Ma tante, qui m'a légué Chantecler. Je ne l'avais pas revue depuis la guerre.

Il y eut un silence. Paul remonta sur ses épaules le plaid qui avait glissé. La nuit était tombée.

— N'y pensez plus pour le moment. Dormez.

Elle obéit. Ses yeux se fermaient. Elle sombra dans un sommeil agité. Pour se réveiller au milieu de la nuit, le cœur déchiré. Elle sortit de son sac le carnet d'Anna. Comme pour faire revivre sa chère Léo.

*Carnets d'Anna*

Ses mains sur ma peau font courir des frissons. Il a su m'apprivoiser par la grâce de quelques baisers et des mots tendres qu'il murmure à mon oreille dans la langue de Goethe. Il est allemand. Pas nazi. Il me l'a répété à plusieurs reprises, pour bien m'en convaincre. « Anna, ne vous méprenez pas sur mon compte. Je ne cautionne pas les idées de cet homme à demi fou. »

Quand je lui demande pourquoi il reste dans l'armée, il soupire. « L'honneur. Dans ma famille, on est militaire de père en fils, depuis six générations. Mon père ne supporterait pas que je déroge à la tradition. » Et, lorsque j'insiste : « Drôle de sens de l'honneur qui cautionne les actes d'un fou dangereux ! », il se ferme. « C'est tout le drame de l'Allemagne, m'a-t-il confié un soir. Ne pas respecter mes engagements serait de la haute trahison. »

Je ne veux plus parler politique avec lui. Nos corps ne sont pas ennemis. Ils se retrouvent dans une explosion de sensations qui nous laissent divinement épuisés, après l'amour. J'aimerais clamer au monde entier que je l'aime, lui, Wilfried Hauser, et que, grâce à lui, ma vie a changé. Bien entendu, c'est impossible. Je ne peux même pas évoquer Wilfried avec mon propre père. Il ne comprendrait pas. Quant à Philippe… Il a rejoint un certain de Gaulle, qui a lancé un appel à la radio anglaise le 18 juin. Mon père en est fier. Amélie, ma belle-sœur, ne s'exprime pas sur ce point. D'ailleurs, Amélie a un côté madame Je-sais-tout qui m'agace profondément. J'ai parfois envie de lui dire : « La vraie vie ne consiste pas à jouer les suffragettes », mais elle le supporterait assurément fort mal. On me considère encore comme la petite Anna, une gamine qui joue à la libraire. C'est très irritant. Heureusement, il y a Wilfried. Pour lui, je serais prête à tourner le dos aux miens. Quelles qu'en soient les conséquences…

*1942*

Ma vie se scinde en deux parties, bien cloisonnées.

D'une part, je suis Anna Lalande, libraire, fille de Joris Lalande, une personne bien sous tous rapports. D'autre part, je suis la maîtresse de Wilfried Hauser, officier de la Wehrmacht, celle qui attend la nuit sa visite et rêve de partir, loin, avec lui, dans un pays où il n'y aurait plus de guerre. Nous en parlons, parfois. Pas trop souvent, le retour à la réalité fait trop mal.

Wilfried affirme que notre amour était condamné avant même de commencer. Moi, je veux toujours y croire. Malgré toutes les embûches. Nous évoquons le moins possible la situation de nos deux pays. C'est trop dangereux.

Trop, trop, trop... Nous vivons en équilibre instable, sur le fil. Nous nous aimons comme des voleurs. La nuit, quand il vient me retrouver, il faut faire attention au bruit, aux voisins... Je suis perpétuellement aux aguets, j'en viens à redouter une visite impromptue de mon père. Il faut que j'aille à Chantecler, ma défection va finir par m'attirer des questions, peut-être même des soupçons. Je crains surtout le regard perspicace de Léo. Je sais qu'elle ne me condamnera pas, mais cela me gêne. La preuve que je ne suis pas vraiment à l'aise ?

Oh ! Partir, loin... En Amérique latine par exemple. Tout quitter pour un homme que je connais si peu, même si nos corps se sont tout de suite accordés ?

Chaque jour qui passe m'attache un peu plus à lui. Je l'aime, et je sais qu'il m'aime. Une étrange alchimie fait que nous nous sommes reconnus.

Pour combien de temps ?

*

— Iris ?

Elle sursauta, referma le carnet. Paul s'était levé très tôt. Le jour pointait déjà sous la douceur de l'été. Il se tenait devant elle, grand, rassurant. Il la regarda avec de la mélancolie dans les yeux.

— Allez-vous mieux ?

Elle fit oui de la tête. Elle se sentait endolorie, le cœur barbouillé. Léo... la douleur et le chagrin l'assaillirent de nouveau.

— Je dois m'occuper des formalités, retourner à l'hôpital, s'écria-t-elle en pleine confusion. Léo n'a... n'avait plus de famille. C'est à moi qu'il incombe d'organiser ses funérailles.

— Je peux vous accompagner à l'hôpital puis à Chantecler. Vous êtes seule, vous aussi.

Le visage d'Iris s'éclaira.

— Vraiment ? Vous feriez ça ? Je suis désolée de vous importuner mais, c'est vrai, je me sens terriblement seule.

Si Xavier et elle ne s'étaient pas séparés... Cependant, au fond d'elle-même, elle savait que Xavier ne l'aurait pas réellement soutenue. Il aurait plutôt insisté pour qu'elle s'implique le moins possible. Xavier et Léo avaient toujours gardé leurs distances. « Il a eu beaucoup de chance d'être né avec une cuillère d'argent dans la bouche ! » avait commenté cette dernière après qu'Iris le lui eut présenté. Elle avait ajouté sur un ton comminatoire : « Réfléchis bien, ma belle : c'est un égoïste doublé d'un jaloux. Il ne supportera pas que tu lui fasses de l'ombre. » Oh ! ma Léo... pensa la jeune femme, bouleversée.

Anna, semblait-il, redoutait elle aussi la perspicacité de la Landaise. Iris n'avait jamais entendu parler de son histoire d'amour avec un officier de la Wehrmacht. Etait-ce la raison pour laquelle Anna avait disparu en 44 ? Un mystère entourait sa jeune tante, et son grand-père n'avait plus jamais mentionné son nom depuis lors.

— Je vous ai préparé un bon petit déjeuner, reprit Paul. La journée risque d'être éprouvante, il vous faut prendre des forces. Et n'oubliez pas, je reste à vos côtés.

Elle lui sourit, touchée en plein cœur.

— Merci, Paul. Pour tout.

# 30

Une pluie fine se mit à tomber à la fin de la messe d'enterrement. Le pays entier était là, Iris ne reconnaissait pas tout le monde. Il y avait si longtemps ! Et, parmi les porteurs du cercueil de Léo, au premier rang, Matthias Dabadie. Elle était embarrassée dans son pantalon gris clair. Elle n'avait pas de vêtements noirs, n'avait pas eu le temps d'en acheter. L'assistance bruissa lorsqu'elle remonta la nef centrale, encadrée de Paul et de Pierre-Loup. Son ami et associé avait en effet tenu à l'accompagner lui aussi. Il « présentait bien », aurait dit Léo, dans son costume noir, sa chemise blanche et sa cravate noire. « Je ne possède pas une seule cravate ! » avait constaté Paul d'un air dépité, et Iris avait secoué la tête. « Franchement, cela n'a aucune importance ! »

Elle-même se sentait si étrangère à ces traditions vestimentaires ! Voilà ce qu'elle était devenue, se dit-elle. Une étrangère. Elle avait pourtant essayé de bien faire les choses, et Géraldine, une cousine éloignée de Léo, l'avait aidée.

Toutes deux avaient voilé les miroirs de Chantecler, arrêté les pendules et préparé une garbure. Géraldine avait aussi accepté d'accueillir chez elle Puck, le teckel de Léo.

Grâce à l'intervention du docteur Pujol, le corps de sa vieille amie avait été ramené au domaine, et Iris l'avait veillé. Le visage de Léo était serein. La jeune femme, cependant, avait refusé les visites. Tout le pays, assurément, en avait parlé. On avait dû juger « l'héritière Lalande » bien fière. Elle n'en avait cure. Elle n'aurait pu supporter l'idée de ce qu'elle considérait comme une manifestation de curiosité morbide. Elle n'était pourtant pas demeurée seule au domaine. Fidèle à sa promesse, Paul Galley était resté à ses côtés. En homme du Bassin, il avait traversé la pinède pour se rendre jusqu'à l'Océan. Iris l'avait accompagné, lui racontant son enfance, les pins qui pleuraient des larmes de résine, la scierie… « C'est le passé », avait-elle coupé alors qu'il lui demandait si elle n'avait pas de regrets. C'était vrai. Léo était le seul lien la rattachant encore au domaine.

Paul et Iris avaient marché, longtemps, le long de l'Océan. De petits œillets mauves piquetaient le sable presque blanc. Iris se souvenait de leur parfum légèrement poivré. Elle s'était baissée, en avait cueilli un, qu'elle avait humé. Elle avait eu l'impression que le parfum avait disparu. « J'ai perdu le goût de l'enfance », avait-elle soufflé.

Elle ressentait un tel sentiment de solitude, malgré la présence de Paul à ses côtés. Comme s'il avait suivi le cours de sa pensée, il avait commencé à lui parler de Christine et d'Aurélie, en lui avouant même qu'il avait éprouvé la tentation de mettre fin à ses jours.

« C'était si injuste, si révoltant… l'indicible. Et puis, le temps a passé. Je ne dirai pas qu'il a fait son œuvre, cette expression me fait horreur. Je n'ai pas accepté, je n'accepterai jamais. Mais j'ai survécu, j'ai eu de petits et de grands bonheurs, je me suis passionné à nouveau pour mon métier, ma famille m'a été d'un grand soutien. La vie a continué… »

Il marqua une hésitation avant de reprendre :

« Je ne joue pas au donneur de leçons, Iris, ne vous méprenez pas. Je vous fais seulement part de ce que j'ai vécu, il y a maintenant plus de dix ans. Il ne se passe pas un jour sans que je pense à elles deux. Elles sont là, toujours, avec moi. Comme votre amie Léo le sera pour vous. »

La gorge trop serrée pour parvenir à articuler un son, Iris s'était bornée à hocher la tête. Au bout de quelques minutes, elle lui avait témoigné sa gratitude.

« Merci, Paul. Je ne sais pas pourquoi vous faites tout cela pour moi. Nous nous connaissons à peine.

— Quelle importance ? On peut être proche d'un parfait inconnu et incompris de sa propre famille. »

Iris songeait à cet échange de propos tout en suivant le cortège vers le cimetière. Elle se tenait bien droite, comme pour juguler sa peine. Elle avançait sans regarder personne. Elle avait conscience des regards fixés sur elle, des chuchotements qui se propageaient. Pierre-Loup et Paul se tenaient toujours à ses côtés.

Elle marqua une pause devant le caveau de la famille Lalande. Ils étaient tous là, Pauline, Joris, ses parents… Tous excepté Anna, enterrée à Madrid. Et Léo… aurait-elle souhaité retrouver Joris, son seul amour ?

Elle réprima un sanglot, se raidit. Paul et Pierre-Loup lui tinrent chacun le bras au moment de la mise en terre. « Nous sommes là, avec toi », signifiait leur geste.

Elle s'approcha de la tombe, y déposa une fleur de pourpier écarlate, cueillie le matin même dans l'une des jardinières de Léo. Sa vieille amie avait la main verte, bouturait, semait. Les pourpiers étaient ses fleurs préférées. « Rustiques et solides, comme moi », aimait-elle à dire avec un large sourire.

Iris fit deux pas de côté, toujours encadrée par ses amis. Le lent défilé se poursuivait. Elle réalisa après coup qu'elle ne s'était pas signée. Quelle importance ? se dit-elle. Elle n'était pas croyante. Léo, elle, assistait à la messe du dimanche. Iris aurait voulu s'éloigner du cimetière, sans pour autant y parvenir. Il lui semblait que ses pieds étaient rivés au sol sableux.

Deux vieilles femmes, la tête couverte d'une mantille noire, passèrent devant elle. Elle entendit l'une d'elles prononcer distinctement les mots : « Pute à Boches ! »

L'indignation lui fit ouvrir la bouche mais, aussitôt après, le malaise déjà éprouvé dans la cabane du résinier la submergea. Elle se sentit happée par un trou noir.

— Elle reprend des couleurs.

— Ecartez-vous, il lui faut de l'air !

La voix autoritaire du docteur Pujol. Les paupières d'Iris battirent. Paul. Elle avait besoin de Paul.

Elle reconnut le visage du médecin penché sur elle.

— Iris, je te fais reconduire à Chantecler. Tu vas te reposer, je viendrai te voir demain matin.

— Je rentre chez moi à Bordeaux.

— Pas dans cet état.

— Je peux l'y emmener, proposa Paul.

— Ce ne serait pas très prudent mais, naturellement, Iris n'en fera qu'à sa tête ! Au moins, qu'elle se repose une heure ou deux avant de prendre la route.

— Oui, qu'elle s'en aille, cette fille de rien ! On n'a pas besoin d'elle ici ! lança une voix de femme.

Iris frissonna. Elle abhorrait les cris de haine, la vindicte populaire. Ils éveillaient en elle une sorte d'écho déplaisant, qui lui faisait peur. Lui revint alors subitement en mémoire la légende d'Adeline, en proie à l'opprobre, injustement accusée d'avoir trahi son fiancé, morte de honte et de chagrin sous le vieil orme, et réprima un haut-le-cœur. Elle souffrait d'une horrible migraine, qui martelait sa tempe droite.

— Je vous emmène, trancha Paul.

Il se pencha pour la tenir dans ses bras, la porta jusqu'à la camionnette garée sur la place. Pierre-Loup marmonna quelques phrases d'excuse à l'intention de Matthias, du maire et du père Sylvestre, mais cela n'avait plus vraiment d'importance, se dit Iris. Léo morte, plus rien ne la retenait à Chantecler.

# 31

« Ça commence à devenir une habitude ! » lança Paul avec un regard bienveillant en installant Iris sur le fauteuil à oreillettes qu'elle avait déjà occupé trois jours auparavant.

Elle lui adressa un pauvre sourire.

— Excusez-moi.

Elle était épuisée et se sentait rompue.

— Je n'ai pas encore compris pour quelle raison je suis revenue ici avec vous, déclara-t-elle. Je peux rentrer chez moi à Bordeaux…

— Où vous serez seule en cas de malaise.

— Pierre-Loup…

— Votre associé et ami traverse quelques soucis familiaux. Il devait partir de toute urgence pour le Périgord.

Confuse, Iris rougit.

— Il ne m'a rien dit. Il a certainement besoin de moi. Oh ! Tout va de travers en ce moment !

Elle n'imaginait que trop bien les soucis familiaux en question. Le père de son ami avait encore dû le sommer de prendre épouse sous peine de le déshériter, et sa mère avait probablement été victime d'un nouveau malaise soi-disant cardiaque. La routine…

— Pierre-Loup et moi n'avons guère de chance avec nos familles respectives, laissa-t-elle tomber.

Une larme roula sur sa joue.

— C'était horrible, cette scène au cimetière… souffla-t-elle.

Il aurait fallu qu'elle oublie l'injure entendue, qu'elle y passe outre. Bien entendu, c'était impossible. Il lui semblait avoir vécu la réplique d'un moment comparable, longtemps auparavant. Elle ne parvint pas à l'expliquer à Paul. Elle-même se demandait à quoi rimait cette impression.

Paul lui répondit d'une voix apaisante :

— C'est du passé. Vous allez vous remettre, avant de songer à autre chose. De toute manière, vous vendez le domaine, et n'êtes plus obligée d'y retourner.

La jeune femme secoua la tête.

— Ce serait lâche. J'ai des souvenirs à trier, des dispositions à prendre. C'était confortable pour moi, Léo s'occupait de tout. Désormais, je me retrouve en première ligne.

— Vous n'avez pas de nouvelles du notaire ?

— Pas la moindre. Il est venu aux obsèques de Léo, je l'ai aperçu sans avoir le temps de lui parler. Et comme ensuite je me suis donnée en spectacle…

De nouveau, elle se troubla.

— Je ne comprends toujours pas ce qui est arrivé. Je suis quelqu'un d'équilibré, d'ordinaire. Enfin, je le crois.

— Ne vous tourmentez pas, je vous le répète, c'est fini.

Il lui tendit un verre ballon.

— Buvez. Un bon vieil armagnac qui vient de mon grand-père. Il affirmait qu'il n'y avait rien de mieux pour remettre les idées en place. Et, je vous le rappelle à titre accessoire, il était médecin.

— J'obéis, dans ce cas.

Elle but, trop vite, se mit à tousser.

— Je bois très rarement de l'alcool. Ma belle-famille me l'a souvent reproché.

— Mettez-vous à sa place ! Vous refusez de faire la promotion de leur vignoble !

Ils sourirent tous deux avant qu'Iris ne lui jette un nouveau coup d'œil confus.

— Je mobilise votre temps et votre attention alors que vous avez beaucoup de travail.

Il haussa les épaules.

— Pendant longtemps, j'ai pensé efficacité, travail sans répit. Lorsque j'en ai pris conscience, il était trop tard. Alors, vous savez, à présent, ces histoires de temps perdu, ça me laisse totalement indifférent. Je suis mon propre maître, c'est l'avantage du métier. Mes huîtres attendront, ne vous faites pas de souci à leur sujet.

Elle tendit la main vers lui, les yeux brillants.

— Merci, Paul.

Si seulement elle avait pu se rappeler ce qui avait provoqué son malaise, au cimetière...

Et tout à coup elle sut. Il était inutile de chercher à se cacher. La vérité se trouvait à Chantecler.

*Carnets d'Anna*

La rafle du Vél d'Hiv a tout changé. J'ai voulu rompre, j'ai même quitté Bordeaux pour me réfugier à Chantecler. Je ne pouvais pas continuer à aimer Wilfried, alors qu'il servait un régime capable de commettre de telles atrocités. C'était au-dessus de mes forces.

La rupture s'est faite dans les cris et les larmes. Je lui en voulais horriblement de m'obliger à me séparer de lui et, en même temps, je ne pouvais plus le supporter. Jamais je n'aurais imaginé devoir en arriver là, mais c'était inévitable, depuis le premier jour notre relation était condamnée.

« Hors normes », aurait dit ma mère, qui trouvait toujours l'expression juste.

J'ai débarqué à Chantecler le visage à l'envers, avec la ferme intention de ne plus aimer. Père a été merveilleux. Il ne m'a pas posé une seule question, s'est contenté de m'ouvrir les bras. « Bienvenue chez toi, ma grande fille ! »

Chez moi, Chantecler ? Non, pas vraiment. J'y ai trop de souvenirs douloureux. Bordeaux m'a révélée à moi-même, c'est là que j'ai connu Wilfried, que je me suis reconstruite après mon enfance cabossée...

Je me suis confiée à Léo parce que... c'est Léo, et qu'elle peut tout entendre. Elle ne m'a pas condamnée, n'a pas porté de jugement. « En amour, on ne choisit pas, m'a-t-elle dit. C'est une question de peau, d'attirance. Ça ne s'explique pas. »

Wilfried, avant notre rupture, prétendait que la guerre, la politique raciale du Reich et de Vichy n'avaient rien à voir avec notre histoire à tous les deux. Lorsque je le vois dans son uniforme, je frissonne. Il devient pour moi l'ennemi. Je ne lui ai jamais parlé de mon frère Philippe ni de son engagement à Londres. Dans quelle mesure puis-je vraiment lui faire confiance ? Dans ma chambre, je fais les cent pas, assaillie de pensées contradictoires, douloureuses. Je sais que j'aime Wilfried. Tout comme je sais que nous n'avons pas d'avenir possible. Aurais-je dû rester à Bordeaux ? Continuer à le fréquenter, à nous aimer ? Je ne sais plus.

Il est venu ! Dans sa longue voiture noire, ornée d'une croix gammée, qu'il a garée au pied du perron. Léo, le visage à l'envers, a couru me prévenir. « Anna ! Vite ! Descends ! Il est là. »

J'ai volé dans l'escalier. Le voir, l'intercepter, avant que père ne sorte de son bureau. J'ai trébuché sur l'avant-dernière marche. Il m'a reçue dans ses bras.

« Liebchen, a-t-il soufflé. Tu m'as tant manqué. » J'ai senti le parfum de vétiver émanant de sa peau, et j'ai su que j'étais perdue. Léo m'a fait signe de partir, vite, avec lui. Chantecler n'est pas un endroit pour nous. Mais où pourrons-nous aller ?

Il était venu sans chauffeur, cela m'a touchée. Il a démarré, un peu sèchement, et ma tête a basculé en arrière. Il a dit : « Pardon » et puis : « Montre-moi l'Océan. » Je lui ai indiqué où mettre sa voiture, près de la scierie.

De moins en moins d'ouvriers y travaillent. Les plus jeunes commencent à faire l'objet de campagnes d'information pour partir pour l'Allemagne dans le cadre de « la relève ». Comme si nous n'avions pas encore compris qu'en fait, il s'agit pour le Reich d'obtenir une main-d'œuvre docile et bon marché.

J'ai senti le regard de Jules Dabadie fixé sur nos deux silhouettes. Les Dabadie ont toujours travaillé à Chantecler. Jules est le régisseur du domaine, comme l'étaient son père et son grand-père avant lui.

Wilfried et moi avons enfourché deux bicyclettes et pédalé en direction de l'Océan que j'entendais déjà gronder. J'ai tendu la main vers lui dès que nous avons atteint la plage. « Viens », ai-je suggéré, avec un coup d'œil éloquent à son uniforme.

Il l'a ôté, vite, avec la fougue d'un adolescent, et n'a pas pris la peine de le plier. Je me suis dévêtue à mon tour, plus lentement, sous ses yeux qui prenaient possession de mon corps comme de mon âme.

Main dans la main, nus, nous avons couru dans les vagues. L'eau était fraîche, j'ai poussé un petit cri de surprise avant de me jeter dans la mer. Je me sentais si vivante ! Il m'y a rejointe. Il n'y avait plus que lui et moi, l'Océan tout autour de nous, et le ciel, d'un bleu dur. Sensation magique... J'aurais voulu que nous restions ainsi, pour la vie, sans guerre, sans considérations de politique ou de race.

Lui et moi, comme au premier matin du monde... Nous nous sommes aimés sur le sable. Il a pesé sur moi, son regard prenant le mien, a martelé : « Ne me laisse plus seul, Anna. Plus jamais. Je ne peux le supporter. »

J'ai promis tout ce qu'il voulait parce que, moi aussi, j'avais trop souffert, avant de crier sous ses caresses. Son corps et le mien s'épousant parfaitement, nous étions faits l'un pour l'autre, de toute éternité. Cette évidence me bouleversa. Dans ses bras, je me sentais plus forte, prête à affronter tout ce qui n'était pas nous.

Lorsque nous sommes revenus près de la scierie, Jules Dabadie tournait autour de la voiture. Il s'est redressé en nous voyant arriver, s'est éloigné en sifflotant sans même prendre la peine de me saluer.

Deux jours plus tard, j'ai reçu la première lettre anonyme à la librairie. Un tissu d'insanités et d'insultes se terminant par : « Pute à Boches, on aura ta peau. »

Je n'ai rien dit à Wilfried. Dans ma tête, je me disais : « Si c'est le prix à payer… » Et je le pensais vraiment.

## 32

« Pute à Boches ». La même insulte, à vingt et un ans d'écart…

Le cœur au bord des lèvres, Iris referma le carnet d'Anna en se disant qu'il ne pouvait s'agir d'un hasard. De nouveau, elle éprouva la certitude que toute l'affaire était liée à Chantecler. Les confidences de sa tante l'avaient bouleversée. Décidément, elle se sentait de plus en plus proche d'Anna malgré leur différence d'âge.

Elle avait aimé son officier allemand et lui l'avait aussi aimée en retour. Qu'étaient-ils devenus l'un et l'autre ? On ne parlait jamais d'Anna dans sa famille. « Pardonne, pardonne à Anna », avait soufflé Léo avant de mourir.

Qu'avait-elle à lui pardonner ?

Elle se rapprocha de la cheminée, regarda crépiter les dernières bûches. Paul était sorti. « Je vais au ravitaillement », avait-il prévenu. Iris n'avait pas l'intention de lui raconter sa dernière découverte.

Elle l'avait suffisamment mis à contribution depuis plusieurs jours.

Son malaise au cimetière l'avait plus éprouvée qu'elle ne voulait l'admettre. Cependant, elle devait tenter de résoudre le mystère, seule. C'était de sa famille qu'il s'agissait. Paul avait déjà vécu une tragédie indicible. Elle se mordilla le pouce. Pourquoi avait-il pris une telle place dans sa vie ? Elle préférait ne pas trop se poser la question.

Elle aurait eu tant besoin de l'avis de Pierre-Loup pour y voir un peu plus clair. Mais son ami se débattait déjà dans des problèmes douloureux et elle avait à cœur de ne pas y ajouter les siens.

Son grand-père lui manqua soudain avec une acuité telle qu'elle sentit les larmes nouer sa gorge. Son grand-père et Léo. Eux deux auraient pu répondre à ses interrogations. Peut-être. A condition qu'ils acceptent de raviver leurs souvenirs. Ils ne l'avaient pas fait de leur vivant.

Elle jeta un coup d'œil par la fenêtre. Le ciel, d'un bleu délicat effiloché de blanc, promettait une belle journée pour le lendemain. Le Bassin était calme. Serein. Saisie d'une impulsion, elle mit un cardigan sur ses épaules, prit son sac et sortit. De nouveau, elle jeta à peine un coup d'œil aux marches qui descendaient vers le Bassin, se dirigea de l'autre côté, là où elle avait garé sa Mini plusieurs jours auparavant.

Elle s'installa dans sa voiture, baissa la vitre. Avec un peu de chance, elle arriverait à Chantecler avant la tombée de la nuit. Elle démarra sans un regard en arrière.

Les derniers kilomètres lui parurent longs. Elle était lasse, et éprouvait des vertiges. Elle poussa un soupir de soulagement en apercevant le toit de Chantecler entre les silhouettes des pins maritimes. Elle parqua sa Mini au pied du perron, gravit les marches en prenant une longue inspiration. Qu'allait-elle découvrir dans la vieille demeure ?

Plus rien n'était pareil depuis la mort de Léo, constata-t-elle en franchissant le seuil. La porte massive n'était pas fermée à clé. Aucun fumet n'émanait de la cuisine, et les lampes étaient éteintes. Ses pas résonnèrent sur le dallage à damier. Elle s'immobilisa, comme prise en faute. Son cœur battait à grands coups précipités. Dans sa tête revenait sans cesse l'insulte entendue au cimetière : « Pute à Boches ».

J'avais seulement onze ans en 40 ! pensa-t-elle. Comme si elle avait eu besoin de se justifier… Elle savait bien, pourtant, qu'elle n'avait commis aucun acte répréhensible durant la guerre.

Elle prit sur elle pour retourner dans le salon, là où elle avait trouvé Léo allongée sur le sofa recouvert de velours bronze. Elle ramassa une serviette de toilette tombée par terre, la pressa contre elle. Léo utilisait depuis toujours une eau de Cologne qu'elle commandait à Paris, l'Eau de la Reine de

Hongrie. Le seul luxe de celle qui ne se maquillait pas et se coiffait d'un chignon.

Iris appuya sur le commutateur. La lumière ruissela depuis le lustre en cristal de Bohême, lui faisant cligner des yeux.

— Doucement ! fit une voix en provenance de la cheminée.

Le cœur d'Iris bondit. Elle se figea.

— Qui est là ? lança-t-elle, effrayée.

Une silhouette masculine se leva. Elle reconnut les cheveux déjà grisonnants, la haute stature, le costume bien coupé, et s'écria, soulagée :

— Matthias ! Il y a longtemps que tu es là ?

— Je t'attendais.

Vu de près, il lui parut plus marqué que lors de leur précédente rencontre. Etant son aîné de trois ans, il n'avait pas encore quarante ans. Pourtant, il accusait largement son âge.

— Maître Corbin n'a pas eu le temps de te le dire, je rachète Chantecler, Iris.

Elle n'en fut pas étonnée.

— Je m'en doutais. C'était pour toi un vieux rêve, non ?

— Dis plutôt la revanche de plusieurs générations de Dabadie !

Son ton se fit amer.

— Mes ancêtres ont toujours cultivé cette terre ; elle leur revenait de droit. Au début du XIX^e^ siècle, les Lalande ont désiré faire de l'argent propre. Ils avaient trop de sang sur les mains.

— Une fortune basée sur l'esclavage et le commerce triangulaire, c'est ça ?

Iris se souvenait de la citation qu'Anna avait découverte aux Archives : « Ce qui sert à vos plaisirs est mouillé de nos larmes. » Sa tante, elle aussi, avait accusé le coup lorsqu'elle avait appris que ses ancêtres avaient armé des navires négriers. C'était une tache indélébile sur leur nom.

Matthias leva un sourcil, l'air étonné.

— Eh ! Tu n'es pas si naïve, en fait.

— J'ai grandi.

Iris lui décocha un regard glacial.

— Ces histoires qui remontent au début du siècle dernier... très peu pour moi ! De toute manière, il était hors de question que je garde Chantecler.

— Nous n'avons pas les mêmes priorités, laissa tomber Matthias.

Sa voix était indéfinissable. Un frisson courut le long du dos d'Iris.

— As-tu pris des dispositions avec le notaire ? enchaîna-t-elle, désireuse d'établir une certaine distance entre eux. C'est lui qui se charge de tout le côté administratif. Nous nous reverrons au moment de la signature du compromis de vente.

Il ricana.

— Tu es pressée de te débarrasser du domaine, on dirait ?

Elle ne se démonta pas.

— En effet. J'ai trop de mauvais souvenirs ici.

— C'est pour ça que tu ne revenais jamais ? La

fille Lalande était trop bien pour fréquenter le fils du régisseur...

La jeune femme fronça les sourcils. Cette remarque lui semblait être particulièrement déplacée.

— Si tu en es resté là...

Elle sentait le malaise devenu presque familier qui montait à nouveau en elle. Etait-ce de la peur ? La perspective de toucher au but ? Elle s'efforça de ne rien laisser paraître.

Cependant, Matthias insistait. Il se rapprocha d'elle. Ses yeux étaient injectés de sang. Elle pensa qu'il avait un peu trop bu, ce qui accentua sa sensation de malaise. Elle n'était pas en sécurité auprès de lui. A cet instant, elle se reprocha d'avoir quitté L'Herbe sans prévenir Paul. Il était trop tard, à présent.

— Tu étais si belle, Iris, reprit-il, la voix pâteuse. Une jeune fille en fleur... Toutes les promesses de la terre, avec tes cheveux blonds et tes yeux turquoise. J'étais fou de toi...

Elle secoua la tête d'un air incrédule.

— Matthias ! Nous étions tellement jeunes !

Elle se livra à un rapide calcul.

— Imagine ! J'avais quinze ans en 44. Je n'étais qu'une gamine !

— Moi, j'avais dix-huit ans. J'étais un homme, avec ses désirs et ses pulsions.

— C'est si loin, tout ça, j'ai oublié tant de choses.

Sa voix sonnait faux. Avait-elle vraiment oublié ou désiré le faire ? Certains souvenirs étaient insupportables. Durant l'été 44, elle avait appris l'arrestation de sa mère, son transfert en Allemagne. Elle ignorait encore qu'Amélie Lalande ne reviendrait pas du camp de Ravensbrück, comme tant d'autres déportées politiques. Et puis, il y avait eu ces atrocités commises tout autour de Chantecler...

Iris croisa les bras devant sa poitrine, comme pour se protéger de ce qu'il allait dire.

Matthias avança d'un pas.

— Tu ne te rappelles pas nos balades à vélo dans la pinède ? Nos baignades, au petit matin, alors que tout le monde dormait ? Nous étions les maîtres du monde, alors.

Iris fronça les sourcils. Elle ressentait un grand vide, exactement comme si les souvenirs évoqués par Matthias s'étaient dérobés.

— Je me souviens de ces écureuils... déclara-t-elle en cherchant loin dans sa mémoire. Ton père en capturait dans la pinède, et vous les mangiez. Je trouvais ça horrible. Un soir, j'étais allée ouvrir les cages. Ton père a piqué une de ces colères ! Et t'a flanqué une raclée, bien que je me sois dénoncée. Il prétendait que tu aurais dû m'empêcher de libérer ces pauvres écureuils.

Le regard de Matthias s'assombrit.

— Ce devait être en 39, au tout début de la guerre. Tu avais à peine dix ans.

Iris poursuivit, sans tenir compte de son interruption :

— Nous étions inséparables, à cette époque-là. Léo affirmait que tu te serais jeté au feu pour moi.

Il esquissa une moue.

— Oh ! Léo pouvait proférer des sottises ! Elle croyait tout connaître sur tout le monde, alors qu'Anna l'avait bien menée en bateau...

— Anna venait si peu à Chantecler.

— Elle était trop bien pour le domaine, comme sa mère ! Ce qui ne l'empêchait pas de se baigner nue avec son Boche !

L'évocation d'une scène dont elle avait lu quelques jours plus tôt le récit, de la plume d'Anna, la troubla.

— Comment le sais-tu ?

Il lui saisit le poignet, comme s'il craignait qu'elle ne s'enfuie.

— Nous, les Dabadie, savions tout ce qui se passait à Chantecler. N'oublie pas, nous étions les premiers arrivés sur cette terre.

Il ne se contenait plus. Son visage se dilatait d'orgueil. Iris se détourna avec un soupir.

— Anna a souffert, elle aussi. Elle devait avoir de bonnes raisons pour n'être jamais revenue ici.

— Pardi ! Elle avait trop peur ! Après ce qu'elle avait fait...

— Sa liaison avec un officier allemand ? Elle l'aimait...

— Je te trouve bien arrangeante.

— Le temps a passé. Et Anna est morte.

Matthias s'impatientait. Le son de sa voix trahissait son énervement.

— Anna ne m'a jamais intéressé. C'est toi, Iris, que je veux toujours. Tu as tenu les promesses de l'adolescence. Tu es devenue une très belle femme.

Aussitôt la panique la submergea. Elle était seule en compagnie de cet homme qu'elle ne reconnaissait pas vraiment comme étant Matthias, son ami d'enfance.

— Je suis mariée, répliqua-t-elle, consciente que cette précision ne l'arrêterait pas. Et je ne t'aime pas.

Il grimaça.

— Peu importe ! Je t'aimerai pour deux, et tu me donneras un fils, né de l'union Dabadie-Lalande. S'il peut le voir, là où il est, mon père en sera heureux.

Il est fou ! pensa Iris. Elle jeta un coup d'œil paniqué autour d'elle. Que pouvait-elle faire pour lui échapper ? Il esquissa un sourire.

— Tu es prise au piège, ma belle. Je te l'avais promis, il y a un peu plus de vingt ans, que je te retrouverais.

Si seulement elle avait pu s'en souvenir…

# 33

Chaque été, deux fois par semaine, Charlotte descendait au bord du Bassin et nageait une dizaine de minutes, pour entretenir son corps et par amour de l'Océan. Sa seule concession aux consignes de prudence répétées par Violette consistait à longer la côte.

Ce jour-là, cependant, pour la première fois, elle se fit peur. Le souffle lui manqua alors qu'elle venait d'effectuer une vingtaine de brasses. Elle perdit pied, s'affola et battit des bras. Reste calme, s'exhorta-t-elle. Elle parvint à remonter à la surface, reprit ses mouvements bien coordonnés, comme une élève appliquée. Soulagée, elle regagna le rivage, chancela avant de se redresser.

— Maudite soit la vieillesse ! pesta-t-elle à voix haute.

Son petit-fils la rejoignit sur le sable et l'enveloppa dans un drap de bain.

— Mamée ! Quand deviendras-tu raisonnable ?

Elle lui décocha un regard moqueur.

— J'ai toute l'éternité pour devenir raisonnable, comme tu dis. Laisse-moi vivre encore un peu, Paul.

D'un regard, elle lui parut très vulnérable. Depuis l'enfance, il l'avait considérée comme la personne forte de la famille, celle sur qui tout le monde comptait. Le fait d'avoir franchi le cap des quatre-vingt-dix ans lui conférait une sorte d'immortalité. Or, tout à coup, il mesurait sa fragilité. Charlotte était une très vieille dame qui refusait d'abdiquer, comme sa mère avant elle.

Elle s'appuya à son bras, ce qui l'émut. Il lui sourit avec une infinie tendresse.

— Ne prends pas froid, surtout !

— Par cette chaleur ? Il n'y a pas de risque. Dis-moi... Iris est retournée à Bordeaux ?

Paul fronça les sourcils.

— Je pense plutôt qu'elle est repartie sur ce domaine qui la met si mal à l'aise. Elle m'a faussé compagnie hier soir.

— Et tu ne l'as pas cherchée ?

Il se troubla sous le regard aigu de sa grand-mère.

— Je ne savais comment agir. J'ai eu peur de m'être montré trop présent durant les derniers jours. Après tout... je ne suis rien pour elle. Et rien ne la rattache à notre presqu'île.

Charlotte ne se laissa pas démonter par le ton faussement détaché de son petit-fils.

— Si ma vue a un peu baissé, j'ai encore des yeux pour voir ! lança-t-elle. Certaines rencontres sont magiques. Iris et toi vous êtes tout de suite accordés. C'est beau, et émouvant.

Gêné, il porta son regard au loin vers l'horizon.

— Dans le genre brève rencontre… L'imagines-tu venant s'installer à L'Herbe ? C'est une citadine, qui a son cabinet à Bordeaux.

— Bordeaux n'est pas si loin ! Quand on s'aime…

— Je ne te savais pas fleur bleue !

Elle se mit à rire.

— J'aime croire à l'amour, encore et encore. Rien de tel pour avoir foi en l'humanité.

— L'amour, comme tu y vas ! fit Paul, l'air indifférent.

Charlotte le regarda sans mot dire. Sa réprobation était patente.

— Ne t'avise pas de laisser passer ta chance, mon grand, déclara-t-elle enfin. Iris est quelqu'un de bien.

— Je sais, mamée.

Son visage fermé sous-entendait qu'il ne voulait plus aborder ce sujet. Charlotte le connaissait assez pour savoir qu'il était inutile d'insister. D'ailleurs, elle lui avait dit ce qu'elle avait sur le cœur.

— Je te ramène, proposa Paul.

Charlotte secoua la tête.

— Merci, mon chéri, je suis venue avec mon carrosse. Tant que je suis en état de le faire, je tiens à mon indépendance.

— Je comprends. N'hésite pas à m'appeler en cas de besoin.

Elle le lui promit, plus pour avoir la paix que par réelle conviction.

Il la regarda s'éloigner au volant de sa chère 2 CV, agita la main. Dès que la voiture eut disparu au tournant, il enfonça les mains dans ses poches, les sourcils froncés. Charlotte avait-elle raison lorsqu'elle lui conseillait de rejoindre Iris ? Il avait été blessé en découvrant son départ précipité. Elle aurait pu le prévenir ! Jamais il n'aurait cherché à la retenir. Il aurait juste préféré l'accompagner car il la savait fragile. Pris d'un élan soudain, il changea le programme de sa journée. Il devait aller à Chantecler.

Tout au long de la route, Paul se remémora le trajet précédent. Il y avait alors Iris à ses côtés. Une Iris meurtrie par le décès de Léo, qui appréhendait de revenir à Chantecler. Elle l'avait bouleversé ; il aurait voulu la serrer dans ses bras, la réconforter. Elle avait pris une telle place dans sa vie, en l'espace de quelques jours ! Si seulement elle l'avait prévenu… il ne l'aurait jamais laissée partir seule.

Il traversa Biscarrosse, prit la direction du domaine. Les pins lui donnèrent l'impression de se refermer sur lui. Cette sensation accentua son malaise. En homme du Bassin, il était habitué à contempler l'horizon. De nouveau, il songea aux propos échangés avec sa grand-mère. Iris et lui étaient très différents. Elle ne se satisferait jamais de la vie qu'il pouvait lui proposer. A quarante-six ans, Paul avait choisi de mener une existence faite de liberté. Il se souciait peu de rentabilité du moment qu'il passait l'essentiel de son temps sur sa pinasse ou dans ses parcs à huîtres, en contact étroit avec la nature. Il avait conscience d'être en marge, à une époque où le rythme de vie s'accélérait, mais cela lui importait peu.

Il faillit dépasser l'embranchement menant à la maison Lalande, pila avant de tourner à gauche. Il se concentra sur sa conduite, fut soulagé en apercevant le toit de Chantecler. La Mini d'Iris était garée au pied du perron. Il n'en fut pas vraiment surpris. En revanche, il fronça les sourcils en reconnaissant le coupé Mercedes blanc de Matthias Dabadie à demi dissimulé derrière la haie de tamaris. Il n'éprouvait guère de sympathie pour le député, entrevu à l'enterrement de Léo. Il hésita sur la conduite à tenir ; choisit finalement de ranger à son tour sa vieille camionnette. Il n'avait tout de même pas effectué tout ce trajet pour faire demi-tour sans chercher à voir Iris !

Il gravit les marches du perron, souleva le heurtoir en forme de pomme de pin. Le bruit se répercuta dans la maison sans que rien ne bouge à l'intérieur. Il fit tourner la poignée de porte, pénétra dans l'entrée. Une odeur d'humidité le dérangea. Cette maison avait grand besoin d'être aérée, se dit-il, attentif à ne pas trop faire résonner le carrelage sous ses pas. Le silence régnant à l'intérieur de Chantecler était oppressant.

Il appela « Iris ? » sans oser élever la voix. Il devinait pourquoi elle n'avait pas envie de garder la demeure. Lui-même ne s'y sentait pas à l'aise. On n'avait pas dû y être très heureux… Il appela à plusieurs reprises la jeune femme, franchit une porte et se retrouva dans un salon lambrissé. Des portraits de famille ornaient les murs, un trophée surmontait une grande cheminée.

Un gémissement étouffé le fit tressaillir. Paniqué, il chercha Iris. Elle ne se trouvait pas dans la pièce. En revanche, il découvrit, étendu sur le tapis, le corps inanimé de Matthias Dabadie. Il était blessé au front. Du sang s'écoulait de sa blessure. Qu'avait-il fait d'Iris ? Où était-elle ? Les mains tremblantes, il composa le numéro de la gendarmerie. Il avait peur, de plus en plus peur, pour Iris.

## 34

Les mains dans les poches, Jérôme Laber arpentait le quai des Chartrons, perdu dans la contemplation des entrepôts de vieillissement construits le long de la Garonne. Souvent, il se rendait sur le port, s'imaginait en partance vers quelque destination lointaine, les Etats-Unis, ou les îles Grenadines dont le nom le faisait rêver.

A vingt-trois ans, il avait le sentiment de ne pas avoir fait grand-chose de son existence. Après la mort de son père, qu'il avait assez peu connu, sa mère l'avait élevé dans l'idée qu'il devait devenir un grand pianiste, comme son grand-père paternel. Cependant, Jérôme n'avait pas la vocation. Le solfège l'ennuyait, et il aurait préféré jouer au tennis ou au football plutôt que de perdre son jeudi à faire des gammes.

A douze ans, il avait menacé de casser ce maudit piano si sa mère s'obstinait à le pousser vers une carrière qui ne l'intéressait pas. Il avait obtenu gain de cause, comme souvent. Grâce à son asthme. Il avait vite deviné, en effet, qu'il lui suffisait de simuler une crise ou d'être essoufflé pour que sa mère se rende à ses arguments. Son père étant mort d'une crise plus forte que les autres, Laetitia Laber vivait dans la hantise que le drame familial ne se reproduise.

Jérôme avait été élevé dans du coton, assommé de recommandations. Sur les photographies d'enfance, il portait toujours une écharpe, en laine ou en soie selon la saison, nouée autour de son cou. « Tu es en nage, tu vas me faire une crise », lui répétait sa mère dès qu'il réussissait à pratiquer une activité sportive. Plus tard, il avait lu que Claire Mauriac, la mère de l'écrivain du domaine de Malagar, lui avait tenu le même genre de langage.

Mais Jérôme n'était pas écrivain. Il avait obtenu son bachot à l'oral de rattrapage, s'était inscrit en faculté d'anglais, avant de renoncer aux études universitaires, faute de motivation. Il avait ensuite travaillé dans une agence immobilière, s'efforçant de placer des appartements sans âme à de jeunes couples qui n'avaient pas assez de moyens. Il avait aussi vendu des aspirateurs, puis des cireuses électriques. Las de se faire éconduire, il était revenu à l'immobilier, un milieu qui était tout de même plus intéressant.

Jérôme tirait le diable par la queue et désespérait de pouvoir offrir la maison de ses rêves à Myriam, sa jeune fiancée secrétaire. « La faute à pas de chance, lui répétait sa mère durant son enfance. Ta chère grand-mère Marthe m'avait tout expliqué : elle avait été dépossédée au profit de Charlotte. » Cette situation révoltait Jérôme. Charlotte, toujours Charlotte ! Au fil des années, la rivalité existant entre les deux sœurs s'était aggravée.

« Quel héritage ! » marmonnait de temps à autre Marthe, oscillant entre révolte et écœurement. Par réaction, elle avait soigneusement cadenassé sa mémoire, déjà défaillante. Pas question de mentionner chez elle, dans le pavillon de Sceaux, les prénoms de Charlotte ou de ses enfants ! La mort de son époux, en 1918, leurs difficultés financières avaient accentué son sentiment de paranoïa. A sa mort, Marthe avait recommandé à ses fils de « récupérer leur part d'héritage ». Comme s'ils avaient été spoliés...

Aussi, quand Jérôme avait été contacté par un promoteur immobilier bordelais, il avait tout de suite anticipé le parti qu'il pouvait tirer de sa proposition. Il estimait que sa vie n'avait guère de sens et attendait beaucoup de ce projet immobilier. Prévenue, Myriam avait commencé à tirer des plans sur la comète. Avec l'argent de la vente, ils pourraient acheter une maison proche de Bordeaux, à Pessac par exemple. Elle rêvait de créer un élevage de caniches. Jérôme disait : « Oui, oui », plus par lassitude que par réelle conviction. Il se demandait même de plus en plus souvent s'il aimait vraiment Myriam. N'était-elle pas « confortable » ? Il mesurait combien le choix de ce mot pouvait être offensant, sans parvenir à en trouver un autre. Leurs logements n'étaient pas éloignés, ils avaient leurs habitudes… une vie faite de routine, sans enthousiasme, sans passion.

Quatorze coups sonnèrent à l'église Saint-Louis-des-Chartrons. Il devait se dépêcher. Il avait rendez-vous dans une demi-heure cours de l'Intendance pour une visite d'appartement. Il se détourna du quai et s'éloigna à grands pas.

Le soleil de juillet pénétrait à flots dans la chambre. J'ai encore oublié de tirer les rideaux, pensa Violette. Elle s'étira en éprouvant la délicieuse sensation que chaque parcelle de son corps revivait intensément. Durant la nuit, Diego et elle s'étaient aimés, avec passion, et elle avait crié de plaisir sous ses caresses. Comme avant. Au cours des derniers jours, il s'était montré plus présent, plus attentif aussi, avec elle et avec leur fils. Ils avaient discuté de la guerre au Vietnam sans que l'évocation de ce lointain périple ne transperce le cœur de Violette.

La veille, Charlotte avait discrètement fait remarquer qu'Iris devait traverser un moment difficile, et Violette s'était promis d'appeler la jeune femme à son cabinet bordelais. Ne les soutenait-elle pas depuis plusieurs semaines ?

Diego appréciait lui aussi l'architecte. « Quelqu'un

de bien, avait-il commenté, malgré sa fragilité. » Et elle, Violette, comment la voyait-il aujourd'hui ? Il l'avait toujours crue plus forte qu'elle ne l'était. De ce fait, elle s'interdisait de flancher, bien que ce soit de plus en plus difficile.

Elle esquissa un sourire. Dans ses bras, sous ses caresses, elle avait recouvré une partie de son assurance. Elle se leva, posant le pied droit sur une flaque de soleil. La fenêtre était ouverte sur des arômes balsamiques. Comme j'aime cette douceur ! savoura Violette.

Diego, toujours très matinal, avait quitté leur chambre depuis déjà un bon moment. Il était certainement parti à l'affût, guettant les cygnes, les hérons, ou encore les loutres, si sauvages. Comme à son habitude, ses vêtements de la veille gisaient sur le parquet. Un vrai gamin, se dit-elle, à la fois attendrie et agacée. Elle se pencha pour ramasser le jean et la chemise aux manches encore retroussées, les plia avec soin et les rangea sur le fauteuil Voltaire réservé à son époux.

Un morceau de papier tomba sur le sol. Elle le saisit, en prit connaissance, machinalement. Il s'agissait d'un article de *Sud-Ouest*, qui avait été découpé avec soin puis plié en quatre. Le cœur pris dans un étau, elle lut :

« Linh Horvath, épouse du sculpteur hongrois, vient d'ouvrir une galerie d'art rue du Parlement-Sainte-Catherine. Elle y expose des œuvres de son mari, des tableaux de Pierre Soulages ainsi que des collages d'une jeune artiste, Estelle Lenoir. »

Sur la photo, une très belle femme esquissait un sourire indéfinissable. Linh, assurément. La femme qui hantait ses nuits et ses jours.

# 35

Dans la pinède, on était presque à l'abri de la pluie tiède. Presque, se dit Iris en continuant de courir. Elle distinguait mal son chemin. Ses cheveux dénoués tombaient devant ses yeux, sa tête lui faisait mal. Elle avait paniqué quand Matthias avait posé la main sur elle en la menaçant. Depuis qu'elle l'avait revu à Chantecler, un mois auparavant, elle se défiait de lui. Elle avait hurlé, il l'avait giflée, et elle était tombée sur le tapis. Alors qu'il se jetait sur elle, elle l'avait repoussé violemment en arrière d'une détente de ses jambes, et sa tête avait heurté le devant de cheminée en marbre. Comme dans un film au ralenti, elle avait vu son regard chavirer.

Elle l'avait tué. Cette certitude la paniquait. Affolée, elle était sortie de la maison en courant, avait pris la direction de l'Océan. Elle ne parvenait plus à raisonner de façon cohérente. Fuir. Il fallait fuir. Ne pas penser aux horreurs proférées par Matthias. Toute cette haine… Seigneur ! Pourquoi ?

Elle buta contre une souche, manqua s'étaler sur le sol sableux. Sa cheville lui faisait mal. Elle était encore loin de l'Océan. Elle obliqua sur la droite, en direction de la cabane de Jeannot. Là, elle serait en sécurité.

L'odeur d'humidité la prit à la gorge lorsqu'elle poussa la porte de la cabane. Celle-ci était déserte. Iris s'y introduisit, battit le briquet, projetant des ombres sur les murs de planches.

Elle repoussa ses cheveux en arrière, se laissa tomber sur la paillasse. Il lui fallut un certain temps pour recouvrer un peu de calme. Matthias était mort... elle l'avait tué. Elle devait se rendre à la gendarmerie, en dépit du nouveau sentiment de panique que suscitait en elle cette perspective.

En moins d'une heure, la vieille demeure de Chantecler fut envahie par les gendarmes et les pompiers. Ceux-ci décrétèrent que Dabadie souffrait d'un traumatisme crânien et d'une fracture du bras, tous deux consécutifs à sa chute. Il n'avait pas repris connaissance et ils le transportèrent aussi vite que possible à l'hôpital.

L'absence d'Iris ajoutait une inconnue. Pourquoi avait-elle quitté précipitamment Chantecler en laissant sa voiture au pied du perron ?

— Est-ce un aveu de culpabilité ? glissa le lieutenant de gendarmerie.

Paul s'insurgea aussitôt.

— Pour ma part, je me demande plutôt si elle n'a pas été agressée par son visiteur.

— Monsieur Dabadie est honorablement connu...

— Madame Lalande aussi.

Le lieutenant esquissa une moue.

— On nous a rapporté un incident, lors des obsèques de Léopoldine Masson.

— J'y étais moi aussi, coupa Paul. Madame Lalande a été insultée et victime d'un malaise mais elle-même ne s'est à aucun moment montrée agressive.

— Qui est-elle pour vous ? s'enquit le militaire tout à trac.

Paul soutint son regard.

— Une amie très chère.

— Ce qui vous pousse à prendre sa défense.

Il secoua la tête.

— Ne croyez pas ça. Mes sentiments n'ont jamais influencé mon jugement.

Il lut dans son regard qu'il ne l'avait pas convaincu. Aussi sentit-il la tension monter peu à peu. Le militaire lui recommandant de ne pas faire cavalier seul, Paul partit sans répondre. Il était mortellement inquiet, pressentant qu'il n'avait aucune aide à attendre de ce lieutenant attaché aux convenances et au respect de la procédure.

Il suivit ensuite la direction de l'Océan, comme si Iris n'avait pu que partir là-bas. Il s'égara à deux reprises, repartit, guidé par le bruit du ressac. Lorsqu'il parvint enfin au bord de l'Océan, il constata, le cœur serré, que la bande de sable était déserte. De toute évidence, les touristes n'avaient pas encore découvert l'endroit. Les mains en porte-voix, il cria le nom d'Iris, en vain. Il reprit le chemin de Chantecler, tout en continuant d'appeler, jusqu'au moment où il aperçut une cabane de résinier. Il courut vers l'abri, en poussa la porte et aperçut Iris étendue sur une paillasse.

Dans la cabane de Jeannot, un sentiment de panique avait envahi Iris. Elle n'avait pas désiré tuer Matthias, mais ne se faisait pas d'illusions. Elle était l'étrangère, celle qu'on se permettait d'insulter au cimetière. Personne ne voudrait croire sa version. Matthias, lui, était un enfant du pays, héros de la Résistance, élu député à vingt-cinq ans. Personne n'accepterait l'idée qu'il ait agressé Iris. Matthias ne pouvait s'être mal comporté, c'était tout bonnement impossible.

La tête entre les mains, elle tenta de maîtriser le tremblement de son corps. Elle se sentait prise au piège, et incapable de raisonner en toute logique. Elle était coupable. D'ailleurs, l'idée d'avoir tué un homme, fût-ce involontairement, la rendait malade. Sa vie lui échappait-elle ? La situation dans laquelle elle se débattait la renvoyait à son lit d'hôpital, lorsqu'elle avait perdu son bébé. Bien sûr, c'était totalement différent mais elle ressentait la même impuissance. Elle avait tué Matthias... Même s'il était devenu un sale type prétentieux, il n'avait pas mérité de finir ainsi. Elle devait se rendre à la gendarmerie et raconter ce qui était arrivé. C'était son devoir, il n'existait pas d'autre solution. Elle croyait entendre son grand-père déclarer : « Chez les Lalande, on assume ses actes. »

Elle chercha à se lever, retomba comme un poids lourd sur la paillasse. Sa cheville la faisait horriblement souffrir. Pourquoi donc avait-elle eu le réflexe stupide de s'enfuir ? Cela ne lui ressemblait pas. Seule l'accumulation des drames survenus ces derniers temps pouvait expliquer son comportement.

De nouveau, elle tenta de poser le pied sur le sol, réprima un petit cri de douleur. A cet instant, la porte de la cabane s'ouvrit d'une poussée. Iris se figea, le cœur en suspens, redoutant de voir apparaître un gendarme. Son visage s'éclaira en reconnaissant la haute silhouette de Paul. Il était venu ! Pour elle, il incarnait l'homme rassurant que Xavier n'avait jamais su être.

# 36

Elle lui adressa un pâle sourire, tout en désignant sa jambe d'un geste de la main.

— Je me suis fait une entorse. Impossible de marcher dans cet état.

Il la rejoignit, la serra contre lui.

— Iris, j'ai eu si peur ! Que s'est-il passé ? J'ai trouvé Matthias blessé à Chantecler.

La jeune femme mit un certain temps à réaliser ce qu'elle venait d'entendre. Elle ressentit un immense soulagement.

— J'ai cru qu'il était mort. C'était horrible... Il était déjà à Chantecler quand j'y suis arrivée. Il a proféré des menaces, s'est jeté sur moi. J'ai voulu le repousser, il est tombé en arrière. Je l'ai cru mort, répéta-t-elle, encore sous le choc. J'ai fui, lâchement, parce que je ne savais pas quoi faire, jusqu'à ce que je trébuche contre une souche.

Elle serra ses mains l'une contre l'autre pour les empêcher de trembler.

— Matthias est vivant, vous en êtes sûr ? J'ai eu si peur de l'avoir tué.

— Je vais venir vous chercher avec ma camionnette et je vous emmènerai à la gendarmerie. Vous devez faire votre déposition le plus vite possible afin d'expliquer dans les détails ce qui s'est passé et de lever toute ambiguïté.

Elle opina du chef.

— Vous avez raison.

Iris ne savait pas comment elle s'en serait sortie sans la présence attentive et rassurante de Paul. Elle avait dû en effet répéter à plusieurs reprises sa version des faits, se heurtant à chaque fois aux doutes du lieutenant. Pour lui, le député Matthias Dabadie était incapable d'avoir commis un délit.

— C'est un élu de la République, déclara-t-il, à bout d'arguments.

Iris soupira avec lassitude.

— Croyez-moi, cela ne l'a pas empêché de m'agresser !

Et ce n'était pas la première fois, se dit-elle tout à trac. Cette évidence venait de lui traverser l'esprit. Elle la garda cependant par-devers elle.

Lorsque enfin on lui permit de repartir chez elle, elle remercia Paul avec chaleur.

— Je vous accompagne à Bordeaux, proposa-t-il.

Elle se tut durant tout le trajet, observant le paysage par la vitre. Sa cheville, bandée par une infirmière convoquée à la gendarmerie, lui faisait mal. Elle songeait à tout ce qui avait été dit, et se creusait la tête pour tenter de se rappeler ce qui s'était passé... jadis.

Pourquoi son grand-père avait-il accepté de résider à Bordeaux, lui qui aimait tant le domaine ? Pour elle, assurément ! Mais dans quel but ? Elle n'avait plus que lui et Léo, ayant perdu ses parents à la fin de la guerre. Léo ne les avait pas accompagnés. Elle s'était sacrifiée, une nouvelle fois. Avec le recul, Iris mesurait mieux à quel point sa vieille amie s'était dévouée pour sa famille.

Ils arrivèrent à Bordeaux. Elle observa Paul à la dérobée. Il conduisait avec aisance, sans prononcer une parole. Il avait compris qu'elle avait besoin de silence pour réfléchir aux derniers événements. Elle appréciait beaucoup son tact et sa délicatesse.

Elle lui indiqua quelles rues emprunter avant de s'appuyer contre le dossier. Elle était lasse et avait envie de pleurer. Léo, Matthias, Anna... elle avait le sentiment que leurs destins étaient liés et s'irritait de ne pas retrouver le chaînon manquant. A moins... à moins que ce ne fût elle-même ?

— J'ai froid, gémit-elle.

Elle, toujours si vaillante, était épuisée, et découragée. Paul le remarqua et posa une main apaisante sur la sienne.

— Ne perdez pas courage, Iris.

Il n'osa pas ajouter : « Je suis là. » Il la sentait tendue, sur la défensive.

Sur ses indications, il rangea sa camionnette près de la place des Grands-Hommes, l'accompagna jusqu'à l'immeuble de la rue Montaigne.

Elle lui sourit, un peu tristement.

— Vous voulez bien m'accompagner, Paul ? Je risque de me battre avec les fantômes du passé cette nuit.

— Bien sûr.

Il la soutint dans l'escalier, tandis qu'elle boitillait. Dès qu'elle eut ouvert la porte, il fut sensible au charme se dégageant des pièces lambrissées. Il y avait des livres partout, jusque sur les appuis de fenêtres. Elle clopina jusqu'à une banquette, s'y laissa tomber en réprimant un soupir.

— Servez-vous, il y a du bon rosé dans le réfrigérateur, lui indiqua-t-elle. A moins que vous ne préfériez un café ? Je vous laisse vous débrouiller, ma cheville me fait un mal de chien.

Il alla ouvrir la fenêtre du salon, se pencha au balcon. Le vieux Bordeaux, pierres claires, façades à l'architecture classique, se détachait sur le velours de la nuit. Aurait-il pu vivre en ville ? Lui, l'homme du Bassin, avait besoin de son environnement familier. Et d'Iris désormais…

Lorsqu'il la rejoignit, elle s'était endormie. Il posa délicatement sa veste sur le corps de la jeune femme, lui caressa les cheveux. Il tenait à elle, se dit-il avec une pointe d'anxiété. Il pensait même qu'il l'aimait.

Au petit matin, Iris se plongea à nouveau dans la lecture des carnets de sa tante. Pour essayer de comprendre.

*Carnets d'Anna*

Je n'ai rien dit à Wilfried de cette abjecte lettre anonyme. De toute manière, j'étais quasiment certaine qu'il y en aurait d'autres. Ce qui n'a pas manqué de se produire. Chaque jour, je trouvais au courrier un nouveau message d'insultes. Après avoir beaucoup pleuré, je résolus de les jeter sans les ouvrir. C'était devenu une sorte de rituel. J'arrivais à la librairie, je prenais le courrier et déchirais tout ce qui n'était pas identifié. Je ne cherchais même pas à deviner la provenance de ces lettres. J'avais bien sûr établi un lien avec Jules Dabadie mais je ne désirais pas en savoir plus. C'était ma façon de me protéger.

Wilfried m'avait prévenue : « Nous devrons tenir bon ; la haine nous encerclera, jusqu'à ce qu'elle nous détruise. »

Peu importait, puisque nous nous aimions.

J'avais décidé de tout assumer. Il me rejoignait donc chez moi, le soir venu, et ne repartait qu'au petit matin. Nous n'osions pas faire de projets, et ce fut pire à partir de l'année 43.

Nous nous comportions comme si nous étions

seuls au monde, dans mon appartement, mais, toujours, le monde extérieur se rappelait à nous.

Il y avait eu la victoire soviétique à la bataille de Stalingrad, la campagne de Tunisie, la liquidation du ghetto de Varsovie…

Wilfried était soucieux, tout en refusant d'évoquer la guerre avec moi.

« Nous sommes au-dessus de ça, toi et moi », me disait-il.

Nous parlions de littérature et de musique. Nous partagions la même passion pour Mozart et Bach. Il jouait du piano, avec talent. Parfois, nous allions jusqu'à Arcachon nous baigner dans le Bassin et ce, avec la plus grande discrétion. Nous n'étions pas retournés à Chantecler, et mon père m'appelait de moins en moins. La venue de Wilfried à la maison avait provoqué une cassure, même si je savais que mon père n'était pas l'auteur des lettres anonymes.

J'avais choisi mon camp. Pas celui de l'ennemi. Celui de l'amour. Le jour où j'ai découvert ma vitrine souillée d'excréments, avec le mot « collabo » peint en grossières lettres noires, j'ai pris peur.

Je ne faisais pas de politique, je n'avais jamais accompagné mon amant dans l'un de ces restaurants où l'on mangeait des mets délicieux, sans cartes d'alimentation ni tickets. J'aimais seulement. Cependant, je m'étais rendu compte depuis longtemps qu'il était inutile de chercher à me disculper. J'étais forcément coupable, parce que j'aimais un Boche. C'était ainsi.

A la fin de l'année, j'ai su que j'étais enceinte. J'ai gardé mon secret, un de plus, parce que j'étais trop perdue pour réfléchir. Que devais-je faire ? Et puis, j'ai pensé à Léo. Elle, saurait me conseiller.

Nous nous sommes retrouvées à Sanguinet, là où nous pouvions passer inaperçues. Nous avons marché au bord du lac, comme deux amies heureuses de se revoir, ce que nous étions.

Mais mon cœur était lourd. Je n'étais plus seule en cause. L'enfant que je portais devenait ma priorité désormais.

Léo et moi avons parlé, longtemps. De mon père. De Wilfried. De l'enfant. Parce que, naturellement, un seul regard lui avait suffi pour deviner mon état. Après, quand j'ai répondu à ses questions, elle m'a expliqué que cela se voyait à ma façon de marcher, à mon regard, qui était différent.

De toute façon, Léo me connaît suffisamment pour avoir discerné les bouleversements opérés en moi. Que dois-je faire ? Quelle attitude adopter ? Je ne crains pas le regard des autres. D'une certaine façon, à Chantecler, nous avons toujours vécu un peu en marge. Non, ce qui m'inquiète surtout, c'est la haine qui m'entoure, et vient régulièrement m'agresser par le biais de lettres anonymes toujours plus ordurières et menaçantes. Parce que, bien sûr, malgré mes bonnes résolutions, il m'arrive de ne pouvoir résister et d'ouvrir ces torchons. C'est si violent que je suis obligée de me réfugier dans les toilettes pour vomir à mon aise. Le bébé n'arrange rien ! Ces dernières semaines, je n'ai presque rien pu avaler. Wilfried s'inquiète de me voir perdre du poids. J'appréhende sa réaction, lorsqu'il saura. Même si je ne l'en crois pas capable, il peut très bien m'abandonner à mon triste sort. Fille-mère, mère célibataire… une première chez les Lalande !

Et mon père… il en souffrira, je le sais. Se détournera-t-il de moi, lui que j'aime tant ?

Toutes ces questions, pêle-mêle, à partager avec Léo… Ma chère Léo, qui courbe un peu les épaules, avant de se redresser, toujours vaillante.

« La réponse est en toi. »

Face à mon regard blessé, elle s'explique :

« Peu importe les conseils que je pourrais te donner, toi seule as le pouvoir de choisir ce que tu veux faire de vos trois vies. La tienne, celle de Wilfried et celle du bébé. Mais l'homme que tu aimes a le droit de savoir. »

Sa formulation – « l'homme que tu aimes » – m'a plu. Elle aurait pu dire « ton amant », ou user de son prénom, ç'aurait été différent.

Elle a souri, et son regard s'est teinté de mélancolie.

« Tu sais, ma grande, vivre en marge, je sais ce que cela veut dire… »

Je lui ai pressé la main. Fort. Nous, les femmes de Chantecler, ne faisions rien comme les autres. Ma mère avait donné l'exemple. Mais ma mère… non, je ne désirais pas lui ressembler. Je m'étais toujours sentie plus proche de Léo.

Avec des mots simples et bienveillants, mon amie m'a exposé sa suggestion. Et si, sur le moment, je me suis cabrée, par la suite j'y ai réfléchi. Longuement.

N'était-ce pas la seule solution ?

A condition que Wilfried soit d'accord…

# 37

La lettre recommandée, posée sur son bureau, narguait Jérôme. Il l'aurait volontiers déchirée s'il n'avait pas été certain de devoir la garder.

— Quelle idée de vouloir faire classer cette fichue baraque ! lança-t-il à haute voix.

Il venait de perdre deux bonnes heures avec un jeune couple qui ne parvenait pas à se décider pour un petit pavillon de Pessac. Pourtant, Jérôme estimait qu'ils y seraient très bien, à condition de n'avoir ni rêves ni ambition. Une existence fade et insipide. Comme la sienne. Ce constat le fit soupirer de découragement. Quelque part au fond de lui, il venait de comprendre combien il lui manquait la passion.

Contrairement à son grand-père, il n'était pas musicien, avait refusé de poursuivre l'apprentissage du piano. Il en avait conçu de l'amertume et une certaine frustration, d'autant qu'il avait peu de points communs avec ses cousins, Violette et Paul, qu'il ne fréquentait pas. Lui-même menait une vie plutôt austère, dans un appartement des environs de Bordeaux. Il n'avait guère de goût pour les études, avait abandonné la faculté en première année.

Exaspérée, déçue, sa mère l'avait qualifié un jour de raté, il ne le lui avait pas pardonné mais comme elle était morte moins d'un an après, il avait fini par se convaincre qu'il avait rêvé. Jérôme aimait assez à arranger la réalité à sa guise. N'était-ce pas pour lui le meilleur moyen de croire qu'il n'avait pas échoué partout ? Il haussa les épaules.

Le jeune couple l'avait rappelé pour lui annoncer que, après réflexion, il ne signerait pas le compromis de vente. Peur de l'engagement, peur de l'échec... Des sentiments que Jérôme ne connaissait que trop bien.

Il froissa la fameuse lettre ; suspendit son geste alors qu'il allait la jeter à la corbeille. Il devait aller voir Charlotte, et mettre fin à cette mascarade.

Lorsqu'il reprit conscience, dans une chambre immaculée, Matthias Dabadie eut besoin de plusieurs secondes pour se rappeler les événements survenus. Il fit la grimace en passant la main dans ses cheveux. Il avait brûlé ses vaisseaux, et Iris s'était défendue. Il avait sous-estimé la jeune femme, s'était laissé entraîner par ses vieux démons.

Il activa la sonnette. Il ne supportait déjà plus d'être prisonnier de cette chambre d'hôpital. Il avait du travail par-dessus la tête, des documents à signer chez maître Corbin, sa permanence à assurer en ville… Toutes tâches qui faisaient partie de sa vie. « Je suis Matthias Dabadie, tout le monde me connaît par ici. »

Qui s'amuserait à croire la version d'Iris ? Trop de bruits avaient couru sur elle et sa famille, ces Lalande qui s'estimaient tout permis parce qu'ils avaient de l'argent. A présent, la donne avait changé. Il ne se laisserait pas abattre par Iris Lalande. Pas après tout ce qu'ils avaient fait, son père et lui.

Paul avait eu l'impression de s'endormir seulement cinq petites minutes. Il savait exactement à quel moment il avait sombré. Juste après que les cloches de Notre-Dame avaient sonné quatre heures du matin. Il s'était assoupi dans le fauteuil club aux accoudoirs bien larges, le même que celui de son grand-père à la villa Séréna du Pyla.

Lorsqu'il avait rouvert les yeux, il faisait grand jour et Iris avait disparu. Elle ne lui avait même pas laissé un petit mot pour lui indiquer où elle était allée.

Inquiet, il avait inspecté toutes les pièces de l'appartement, sans succès. Il avait claqué la porte de l'appartement derrière lui puis dégringolé l'escalier. Où Iris avait-elle bien pu se rendre alors que son entorse la faisait horriblement souffrir ? Pourvu, se dit-il, qu'elle ne soit pas retournée à Chantecler !

Installé dans la chambre noire aménagée à l'arrière de la maison, Diego montrait à Sebastian la manière de développer ses clichés.

— Tu vois, lui expliquait-il, j'utilise la technique du masquage. Je cache certaines zones de la photo afin de les sous-exposer, et de surexposer les parties non cachées. Cela me permet de restituer sur le papier tous les détails enregistrés sur le film. Je joue aussi sur le couple papier/révélateur afin d'obtenir des tons froids ou chauds. Ce n'est pas une technique, ça s'acquiert naturellement avec l'expérience.

Sebastian l'écoutait avec attention, et enregistrait tous ses précieux conseils. Enfin, son père s'intéressait à lui ! Il avait à cœur de lui démontrer qu'il était un garçon sérieux. Certes, son arrière-grand-mère lui avait prodigué, elle aussi, des conseils mais ce n'était pas la même chose. Avec son père, Sebastian se sentait reconnu.

— Joli ! apprécia Diego face à la photo du banc d'Arguin au soleil couchant.

Son fils se cabra.

— Je ne veux pas réaliser de jolies photos, bien au contraire ! C'est tout ce que je déteste. J'ai envie de représenter le monde tel qu'il est.

— Je te souhaite bien du plaisir, mon garçon ! De plus, tu devras avoir le cœur bien accroché, crois-moi.

— Tu y es bien arrivé !

Une ombre voila le regard de Diego Vargas. Il

se souvenait des clichés pris durant la guerre d'Espagne, il se rappelait les visions d'horreur de Guernica, l'escalier de Mauthausen... Celui-ci, bien qu'il n'ait pas eu le loisir de le photographier, était gravé à jamais dans sa mémoire. Son cœur se noua à la pensée que son fils pourrait un jour vivre l'horreur nue du camp d'extermination. Il désirait le meilleur pour Sebastian. Pas une vie comparable à la sienne. Il essaya de le lui expliquer, à mots prudents, et vit le visage de son fils changer.

Il développa les dernières photos et lui lança :

— A présent... à toi de jouer !

Sebastian lui décocha un coup d'œil incrédule.

— Tu... tu me laisses me débrouiller seul ?

— Il est temps de te lâcher la main, ne crois-tu pas ?

Les joues de l'adolescent s'empourprèrent.

— Merci, papa.

Diego quitta la pièce avec un signe de la main. Sebastian se détourna et tenta de se remémorer les opérations successives qu'il avait à effectuer. Il devait faire ses preuves. A ce prix seulement, il progresserait.

Charlotte somnolait dans son rocking-chair. Diego esquissa un sourire. Le fauteuil de la vieille dame occupait une position stratégique lui permettant d'observer tout ce qui se passait dans la maison.

Même si elle l'agaçait – elle était « trop » pour lui, trop indépendante, trop proche de Violette, trop anticonformiste –, il éprouvait pour elle de l'admiration et, même, une certaine tendresse.

Charlotte ouvrit les yeux.

— C'est toi, Diego ? Tu as vu Violette ? Elle aurait dû partir pour sa tournée mais je n'ai pas entendu démarrer la 2 CV.

— Je monte.

Il s'engagea dans l'escalier en se disant que la vieille dame devait dormir quand Violette était partie. Il poussa la porte de leur chambre ; resta sur le seuil, interdit. Violette, inanimée, gisait sur le parquet.

## 38

En temps normal, Emilie Dabadie appréciait l'existence qu'elle menait. A soixante-dix ans, elle aimait le confort qu'elle n'avait pas connu dans sa jeunesse. Oh, Jules travaillait dur, et ils ne mouraient pas de faim, mais elle avait l'impression de mener une vie en retrait, dans la maison forestière du domaine. De plus, elle enviait les Lalande. Eux étaient riches, donnaient des ordres, avaient la belle vie... Elle le répétait à Jules : « Ils t'exploitent », et lui renchérissait : « Leurs terres nous revenaient à nous, les Dabadie. » Elle avait vu la haine faire son chemin dans sa tête. Elle l'avait attisée. Elle désirait le domaine pour leur fils unique, Matthias.

Lui aurait une belle vie, elle se l'était juré le jour de sa naissance. Elle l'avait poussé à poursuivre ses études, malgré la guerre. En 44, Jules et Matthias, résistants, avaient su en tirer profit. En effet, Matthias avait été élu député alors qu'il avait à peine vingt-cinq ans. Il n'avait jamais quitté le domaine de la politique.

Emilie réprima un soupir en pliant son linge. Les torchons en deux, puis en trois, comme sa mère le lui avait appris. Elle dormait mal depuis qu'elle avait appris le retour d'Iris Lalande au pays.

Durant les dernières années, Emilie avait évité avec soin Léopoldine. D'abord parce qu'elles ne s'étaient jamais entendues du temps où elles vivaient toutes les deux sur le domaine mais aussi à cause d'Anna. Léo et Emilie partageaient le même secret.

Elle soupira. C'était si loin… Elle pouvait logiquement espérer que cette vieille histoire ne remonte pas à la surface. A la condition qu'Iris ait oublié ! Et que Matthias ne commette pas d'imprudence. Parce qu'il était fou de la petite Iris. Fou au point de se venger…

Mal à l'aise, Emilie suspendit son geste. Elle sentait monter sa migraine, celle des mauvais jours, quand une catastrophe allait survenir. Jules en avait ri, les premiers temps, avant d'admettre que ce fameux point de migraine constituait un indicateur assez fiable.

La sonnerie du téléphone la fit tressaillir. C'était un cadeau de Matthias. « J'ai un bon fils », disait-elle souvent, comme pour faire oublier les aspérités de son caractère. Elle alla décrocher le combiné. C'était lui.

Iris descendit en boitillant du taxi après avoir réglé le chauffeur et se dirigea vers le vieil orme, situé sur la place de Biscarrosse. Elle en avait rêvé au cours de la nuit, et la décision de se rendre au bourg s'était imposée à elle. Tout n'allait-il pas de travers depuis qu'elle avait assisté aux obsèques de Léo et qu'on l'avait insultée ? Il lui semblait qu'un voile se déchirait peu à peu dans sa tête. Elle avait de vagues réminiscences. Le visage haineux de Matthias, l'injure – « Pute à Boches » – qui suscitait en elle un sentiment proche de la panique.

Et maintenant ? s'interrogea-elle. Elle contempla le vieil orme, en se remémorant la légende d'Adeline. C'était Léo qui la lui avait racontée la première fois. Impressionnée, Iris avait pleuré, et son grand-père s'était fâché.

« Arrêtez avec ces sottises, Léo ! La petite a tout le temps pour découvrir la vilenie du monde. »

Elle se rappelait le mot – vilenie – parce qu'elle avait dû chercher sa signification dans le dictionnaire. Elle n'avait guère été plus avancée. « Infamie, bassesse, abjection. » L'idée de la souffrance endurée par la belle Adeline l'avait peinée.

Elle appuya la main sur le tronc de l'arbre vénérable, semblable à une peau d'éléphant, comme pour y puiser la réponse à ses questions. Qu'espérait-elle donc ?

— Hors de ma vue !

La voix exsudait la haine. Iris émit un cri de

surprise. Une vieille femme venait de jaillir d'une maison ouvrant sur la place. Elle brandissait une écumoire, et ce détail permit à Iris de ne pas paniquer. N'était-ce pas plutôt insolite, voire comique ?

Cependant, la vieille femme continuait de vociférer tout en se dirigeant vers elle.

— Fille de rien ! hurla-t-elle. Tu as voulu tuer mon fils, mon Matthias.

En un éclair, Iris comprit. Cette vieille femme aux cheveux blancs, au visage déformé par la haine, était Emilie Dabadie, l'épouse de leur ancien régisseur. A Chantecler, Iris la côtoyait beaucoup moins que son mari ou que leur fils. Elle s'occupait de ses volailles, de son potager, de sa maison. Iris plissa les yeux comme pour se concentrer. Elle ne parvenait même pas à la reconnaître ! Pourtant, elle tendit la main vers elle, dans un geste d'apaisement.

— Calmez-vous, voyons, madame Dabadie. Je n'ai jamais voulu faire de mal à votre fils.

Mais Emilie Dabadie, le visage fermé, avançait toujours. Elle se rapprocha d'Iris, la saisit par le col en éructant.

— Maudite ! Il faut te détruire, et je vais m'en charger. Ça ne t'a donc pas suffi, en 44, la leçon qu'on t'a donnée ? Tu ne faisais pas la fière, au pied de notre vieil orme ! Espèce de... pute à Boches !

D'un geste instinctif, Iris plaqua les mains sur ses oreilles, pour ne plus entendre, pour se protéger. Et, tout à coup, les images défilèrent dans sa tête et elle revécut la scène.

On était venu la chercher, à Chantecler, et on l'avait traînée, malgré ses protestations, jusqu'au vieil orme. Là, en compagnie d'autres jeunes femmes, toutes plus âgées qu'elle, on l'avait tondue. Elle entendait les cris de haine de la foule, ceux des femmes, surtout, qui incitaient les hommes à continuer. Elle sentait encore le froid du métal des ciseaux contre sa peau, puis le bruit de la tondeuse, et cette terrible sensation d'être nue sous les regards.

Les larmes ruisselaient sur son visage, elle ne distinguait plus que des silhouettes floues, qui la cernaient. Elle aurait été incapable de dire qui était là. D'ailleurs, elle ne voulait voir personne. Elle était sous le choc, claquait des dents et tremblait. Les insultes se rapprochaient mais elle refusait d'y prêter attention. Si elle s'isolait dans sa bulle, le cauchemar qu'elle vivait s'arrêterait peut-être...

Et puis, il y avait eu cette haute silhouette qui avait fendu la foule, avait posé sa veste de tweed fleurant bon le tabac anglais sur sa robe déchirée, et l'avait entraînée, loin...

Elle fit face à la vieille femme qui levait le poing.

— Ça suffit ! lança-t-elle. Je ne suis plus une gamine apeurée. Désirez-vous que je fasse appel à la gendarmerie pour menaces graves et voies de fait ?

Instinctivement, elle avait adopté le ton très respectable et grande dame de Gisèle Veyradier. Emilie, qui avait vécu la plus grande partie de son existence du côté des serviteurs, ne s'y trompa pas et recula.

— Il va falloir faire toute la lumière sur ce qui s'est passé en 44, reprit Iris d'un ton résolu.

Emilie Dabadie baissa la tête.

— C'est inutile, ça remuerait trop de mauvais souvenirs. De plus, n'oubliez pas votre tante Anna...

Sa voix s'était faite fielleuse. Ecœurée, Iris ne voulut pas se laisser déstabiliser.

— Vous vous êtes vengés sur moi parce que Anna vous avait échappé ? C'est bien cela ?

Un éclair de haine traversa les yeux sombres d'Emilie.

— Oh, vous autres à Chantecler, vous vous êtes toujours considérés comme étant au-dessus des lois ! Anna fricotait avec un Boche, tout le monde le savait, et toi, c'était sûr que tu faisais pareil puisque tu avais repoussé mon Matthias.

Iris manqua s'étrangler d'indignation.

— C'est monstrueux ! Vous m'avez accusée, traînée dans la boue, injuriée, humiliée, simplement parce que je ne voyais en Matthias qu'un ami ? Bon sang ! J'avais à peine quinze ans !

— Bon chien chasse de race ! Anna était une traînée. Tu avais de qui tenir !

N'en pouvant plus, Iris éprouva une lassitude extrême.

— Allez-vous-en, souffla-t-elle. Je ne veux plus vous voir, ni discuter avec vous. Toute cette histoire me donne la nausée.

Elle fit demi-tour, effectua deux pas avant de s'effondrer. Tout se mêlait dans sa tête. Par-dessus tout, les phrases haineuses prononcées par Emilie Dabadie la hantaient.

# 39

Diego considéra Charlotte avec stupéfaction.

— Pourquoi ne m'avoir rien dit ? C'est de Violette qu'il s'agit. Ma femme !

La vieille dame pâlit.

— Crois-tu que cela ne m'ait pas tourmentée ? Cependant, j'ai tenu à respecter la parole donnée à ma petite-fille. Elle ne voulait pas t'en parler. Pour elle, cette sclérose en plaques – Séphora, comme elle l'appelle – est un mauvais tour que la vie lui joue. Je crois que, tant qu'elle gardait le secret, elle croyait pouvoir tenir la maladie à distance.

Diego saisissait ce qu'elle voulait dire, sans pour autant avoir envie d'abdiquer.

— Violette vous a fait partager son secret.

Cette fois, Charlotte releva la tête et lui décocha un coup d'œil espiègle.

— Bien obligée ! Elle avait été victime d'un malaise en ma présence. Tu me connais, je ne l'ai pas lâchée !

Diego sourit à son tour.

— Vu sous cet angle, je comprends mieux, en effet. Fichue tête de mule !

Charlotte posa la main sur celle de Diego.

— Violette s'est souvent sentie de trop dans notre famille. Ses parents menaient chacun leur vie et Violette restait avec moi, que ce soit à la Maison du Cap ou au Pyla. Elle a donc eu tendance à rester discrète. Je la revois, dans mon studio à Arcachon. Elle détestait que je la photographie.

Diego se sentit coupable. Il n'avait pas contribué à l'épanouissement de sa femme en partant régulièrement à l'autre bout du monde. Comme si elle avait suivi sa réflexion, Charlotte continua :

— De plus, si elle s'est tue, c'est aussi pour ne pas t'empêcher de mener ta vie de reporter. Elle sait que c'est primordial pour toi.

Il hocha la tête.

— Je comprends, bien sûr, mais l'apprendre comme ça… c'est violent.

Il avait appelé Charlotte à l'aide en découvrant le corps inanimé de Violette. La vieille dame avait aussitôt fait venir leur médecin, qui était arrivé au moment où la jeune femme reprenait connaissance. Il était resté seul avec elle, après avoir déclaré qu'il s'agissait d'une nouvelle poussée de sa sclérose en plaques. Diego avait accusé le choc.

A présent, face à Charlotte, il réclamait des explications, tout en se sentant horriblement mal à l'aise. Il n'avait rien vu, rien remarqué… hormis une certaine fatigue, imputable selon lui à une surcharge de travail. Son sentiment de culpabilité était accru à cause de l'article de journal qu'il avait découvert auprès de Violette. Cet article qu'il avait stupidement gardé dans sa poche, comme un remords permanent. Fallait-il y voir la cause de son malaise ? Quand le médecin redescendit enfin, Diego s'isola avec lui. Il connaissait assez bien le docteur Valorgues, qui s'était déplacé souvent lorsque Sebastian était enfant.

Le médecin n'éluda aucune question de Diego.

— On pense que la fatigue et la tension nerveuse peuvent favoriser des poussées de sclérose en plaques, mais ce n'est pas certain à cent pour cent. Cette maladie évolue par crises non régulières. Violette avait connu une phase de répit ces derniers temps. Elle doit se reposer. Elle a eu de la chance de ne rien se casser dans sa chute. Elle m'a confirmé ce que je pensais : c'est une succession de vertiges qui a provoqué son évanouissement. Elle n'a pas eu de signes avant-coureurs, elle se portait plutôt bien depuis quelques semaines.

Diego comprit que, désormais, il vivrait dans l'angoisse.

— Gardez confiance, lui recommanda le médecin. Violette est une battante, il ne faut pas la surprotéger. Elle le supporterait fort mal.

C'était vrai, tous les deux en avaient l'intime conviction. La petite-fille de Charlotte les héla depuis le premier étage.

— Que complotez-vous donc ? Je me sens beaucoup mieux, je descends.

Le docteur Valorgues retint d'un regard impérieux Diego, qui se précipitait déjà vers l'escalier. Charlotte, avec son tact habituel, se comporta de façon très naturelle.

— Tu arrives bien, ma chérie, j'allais préparer du thé glacé.

Violette esquissa un sourire tout en se tenant à la rampe.

— Excellente idée, mamée.

Et voilà ! pensa Diego. Les non-dits vont recommencer.

Il n'avait aucune envie de continuer dans cette voie mais il ne souhaitait pas bousculer la femme qu'il aimait.

Une chose s'imposait : tous les deux devaient parler. Seul à seule.

Persuadé qu'il allait apprendre des éléments intéressants, le lieutenant était resté immobile derrière sa 4 L le temps de l'altercation entre les deux femmes. Il quitta son abri en voyant Iris Lalande s'affaisser lentement sur le sol. Emilie Dabadie considéra la jeune femme d'un air incrédule avant de faire demi-tour et de retourner vers sa maison comme si de rien n'était. Le militaire se pencha au-dessus d'Iris et lui prit le pouls. Elle ouvrit les yeux, le regarda, sans le reconnaître. Son teint livide, son regard exorbité effrayèrent le lieutenant. Il envoya son adjoint chercher du secours. Moins d'une demi-heure plus tard, Iris était emmenée à Bordeaux.

Il lui fallut plusieurs heures pour reprendre ses esprits et accepter une réalité occultée depuis plus de vingt ans. Désormais, grâce aux révélations d'Emilie, elle se rappelait tout...

Il y avait un peu plus de vingt ans... Chantecler investie par des jeunes gens en chemisette qui portaient un brassard, leurs cris, leurs menaces, Léo qui s'était interposée, en vain. Ils l'avaient traînée dehors, jetée à l'arrière d'une camionnette qui empestait le carburant et où se trouvaient déjà d'autres jeunes femmes aussi effrayées qu'elle. Leurs ravisseurs les bousculaient, enfonçaient les crosses de leur fusil dans leurs côtes en les insultant. Iris tentait de ne pas s'effondrer, tout en cherchant désespérément ce qui avait pu motiver pareil traitement.

Elle avait aperçu Emilie Dabadie debout dans la cour, mains sur les hanches, lorsqu'on l'avait fait sortir de la demeure. La mère de Matthias n'avait pas fait un geste pour lui venir en aide. Sous le choc, Iris avait eu la gorge nouée, les larmes aux yeux. Elle éprouvait un étrange sentiment d'irréalité. Pourquoi cela lui arrivait-il, à elle ? Elle n'avait pas le souvenir d'avoir commis quoi que ce soit de répréhensible. Elle s'était recroquevillée sur le plancher en tôle de la camionnette pour offrir moins de prise aux injures et aux coups.

Sur la place de l'église, ç'avait été pire. Iris et ses compagnes de malheur avaient été entraînées au-dehors, bousculées, de nouveau insultées. Les vêtements déchirés, le visage et les bras meurtris, elles avaient été tondues avec force quolibets. La jeune fille, hagarde, avait subi son humiliation en se répétant qu'il s'agissait d'un cauchemar. Lorsque enfin la haute silhouette de son grand-père s'était matérialisée à ses côtés et qu'il avait posé son veston de tweed sur ses épaules, elle s'était abattue contre lui en sanglotant.

Elle avait entendu sa voix tonitruer : « Infâmes pourceaux ! N'avez-vous pas honte ? Iris est encore une enfant ! », et s'était dit qu'elle était sauvée, enfin.

Avec Joris, elle n'avait plus rien à craindre.

C'était arrivé le 20 août 1944. Depuis, de manière inconsciente, elle avait soigneusement enfoui tous les souvenirs de ce jour funeste. Parce que cela ne devait pas être arrivé. Parce que ce n'était pas arrivé.

# 40

## *Carnets d'Anna*

*1944*

Un brouillard tenace recouvre la lande. Recluse dans une chambre minuscule, j'essaie de tromper mon ennui en noircissant mon carnet. La sage-femme qui m'a auscultée il y a deux semaines prétend que mon enfant ne naîtra pas avant un bon mois. Je n'en suis pas si sûre, mais personne ne veut m'écouter.

Ici, je suis Anna Dorner, réfugiée juive. On me cache, alors que je suis catholique et que je porte l'enfant d'un officier de la Wehrmacht. Si cela se savait, mon sort serait scellé chez ces résistants. A force de mentir, je ne sais plus très bien où j'en suis. Léo m'a procuré de faux papiers, à la condition que je ne dévoile pas mon refuge à Wilfried. Lui en a été blessé mais comment pouvais-je faire autrement ? Sans Léo, j'étais perdue. Je n'aurais jamais pu avouer la vérité à mon père, ni supporter de le décevoir.

Plutôt que de fermer la librairie, j'ai préféré engager une petite vendeuse, Danielle, qui me remplace. Léo joue l'agent de liaison entre elle et moi. Officiellement, je dois soigner une infection pulmonaire. La crainte de la tuberculose est encore assez forte pour qu'on évite de me contacter.

La femme qui me cache se prénomme Lucette. C'est une maîtresse femme, massive, peu loquace. Son époux est prisonnier en Allemagne, ses deux fils ont pris le maquis. Elle ne laisse rien paraître de ses états d'âme. Seul le travail semble compter pour elle. Du petit matin à la tombée de la nuit, elle jardine dans son potager, s'occupe de ses bêtes, cuisine, lave le linge… Des tâches répétitives dont elle s'acquitte en silence. Comme je n'ai pas envie de bavarder ou de m'épancher, cela me convient fort bien. Elle m'apporte mes repas dans ma chambre, nous échangeons alors quelques mots, pas plus. Elle me prête le journal, que je lis en diagonale. La guerre, toujours cette maudite guerre, partout.

J'ai l'impression de me trouver en transit, sur un quai de gare ou ailleurs. J'attends. L'enfant bouge dans mon ventre. Je me surprends à poser la main sur ma peau, à guetter ses mouvements. Je ne parviens pas à le visualiser ni à l'imaginer. Je dis « l'enfant », comme pour bien le distinguer de moi. Je ne peux pas me projeter dans l'avenir.

Serons-nous seulement encore en vie dans un mois, dans une semaine, demain… ? Léo m'a envoyé une grosse enveloppe de papier kraft dans laquelle elle a glissé deux lettres de Wilfried. Il supporte mal cette attente, me recommande de prendre soin de moi, me répète qu'il m'aime… Ces missives me font plaisir, naturellement, même s'il me semble qu'il est à des années-lumière.

Léo a griffonné quelques phrases. *Anna, mon petit, ne perds pas espoir. Ton Wilfried me paraît être un homme bien, même s'il appartient au camp ennemi. Il est venu à Chantecler porter ces lettres, ce qui va faire jaser une nouvelle fois. Ton père m'a jeté un regard blessé, comme si j'étais responsable de la situation. Cependant, il ne m'a posé aucune question. On a mis la poussière sous le tapis… C'est presque une habitude dans la famille Lalande.*

*Je t'embrasse, Anna, et pense bien à toi.*

L'idée que mon père souffre à cause de moi me brise le cœur, tout comme le sentiment de ma propre impuissance me ronge à petit feu. Il est trop tard à présent pour regretter. J'aime Wilfried l'homme, et non l'officier de la Wehrmacht.

Il me faut assumer mon destin.

⋆

Iris referma le carnet en éprouvant une étrange sensation de lassitude. Elle supportait mal les états d'âme d'Anna, parce qu'elle savait à présent qu'elle avait été humiliée, piétinée, à cause de sa tante.

Elle avait signé une décharge à l'hôpital Saint-André où elle avait été amenée et appelé un taxi pour se faire conduire rue Montaigne. Là, dans son appartement refuge, elle s'était accordé une longue douche chaude pour se laver de toute cette boue et, blottie sur le canapé, elle avait repris sa lecture des carnets d'Anna. C'était devenu crucial pour elle : il fallait qu'elle sache ce qui s'était passé vingt et un ans auparavant.

Cependant, au bout de quelques minutes, elle avait senti que son attention diminuait. Elle était si bouleversée qu'elle ne parvenait plus à se concentrer sur le carnet d'Anna. Tout se mettait en place. Elle comprenait pourquoi son grand-père l'avait emmenée à Bordeaux, puis à Paris, pourquoi il l'avait tenue éloignée de Chantecler. Il avait cherché à la protéger après qu'on lui eut infligé ce châtiment abject, qu'elle n'avait en rien mérité. De son côté, Iris avait de manière inconsciente cadenassé sa mémoire, cherché à oublier par tous les moyens ce qui s'était passé en août 44. Un traumatisme particulièrement grave pour une adolescente de quinze ans…

Emilie, Jules, Matthias Dabadie savaient. Elle revoyait le jeune homme dans la pinède, au printemps 44. Il venait de prendre le maquis et était revenu chercher du ravitaillement. Il l'avait embrassée, avait voulu pousser son avantage. Elle l'avait éconduit en riant : « Matthias, voyons ! Tu sais bien que tu es comme mon frère ! »

Elle n'avait pas voulu, alors, attacher de l'importance au regard chargé de haine dont il l'avait enveloppée. Ils avaient tant de souvenirs en commun ! Enfant unique, avec des parents préoccupés par leurs obligations professionnelles, Iris appréciait la compagnie de Matthias, infatigable camarade de jeu. Il n'y avait pas eu d'ambiguïté entre eux jusqu'à ce jour du printemps 44. Elle n'aurait jamais imaginé, cependant, qu'il se vengerait d'une aussi cruelle façon.

Iris soupira, remonta le plaid jusque sous son menton. Il me faudra vivre avec ces souvenirs, désormais, songea-t-elle. Depuis plus de vingt ans, elle avait recherché l'ombre plutôt que le soleil, avait détesté se faire remarquer, au point que Xavier lui reprochait souvent de ne pas se mettre assez en avant. Il ne fallait pas être grand clerc pour deviner les causes de cette attitude.

Deux coups frappés à sa porte l'arrachèrent à ses pensées.

— Qui est là ? s'enquit-elle en se levant.

— C'est moi, Paul.

Confuse, elle s'empressa de lui ouvrir.

— Je vous ai oublié ! Enfin, non, ce n'est pas ce que je voulais dire, mais il s'est passé tant de choses…

— Vous ne boitez presque plus.

— Je ne m'en suis même pas rendu compte ! Ecoutez...

Elle l'entraîna au salon et lui raconta les événements des dernières heures. Elle soutint crânement son regard en évoquant ce jour d'août 44 où tout avait basculé.

Paul serra les poings.

— Comment imaginer qu'on ait pu vous infliger un traitement aussi dégradant ? Avec la complicité d'adultes, de surcroît.

Iris hocha la tête.

— Cela paraît fou, n'est-ce pas ? Mais tant de choses horribles se sont passées à cette époque, souvent avec l'assentiment de la force publique. Il fallait faire des exemples, marquer les esprits après plus de quatre ans d'Occupation. Croyez-le ou non, Paul, je me sens mieux depuis que j'ai reconstitué les événements tels qu'ils se sont déroulés. J'avais cette faille en moi... c'était atroce. Les pièces du puzzle se sont enfin ajustées.

— Avez-vous pu en parler avec Pierre-Loup ?

— Je n'ai pas osé l'appeler dans sa famille. Je pense que son colonel de père doit terriblement m'impressionner. Mais je vais tout lui raconter dès qu'il sera rentré. Au téléphone, c'est un peu compliqué.

— Disons aussi que les événements se sont précipités en l'espace de quelques jours !

Il l'enveloppa d'un regard attentif.

— Vous venez de traverser des moments pénibles. Etes-vous certaine de ne pas avoir quitté l'hôpital trop tôt ?

— Absolument sûre ! Entre nous, j'ai horreur du monde de l'hôpital.

Son regard s'assombrit. Il y avait eu ces espoirs déçus, durant leurs premières années de mariage, et puis ce gynécologue qui lui avait asséné brutalement, alors qu'elle se relevait avec peine de sa fausse couche : « Voyons ! ne dirait-on pas que vous êtes la seule dans ce cas ? Vous êtes encore jeune, vous ferez mieux la prochaine fois ! De plus, dites-vous que des milliers de femmes aimeraient bien perdre leurs espérances, comme on dit pudiquement. Cela leur éviterait de devoir aller se faire charcuter par une quelconque faiseuse d'anges ! »

Sa mercuriale l'avait blessée, choquée, et même scandalisée. Pour qui se prenait-il donc ? Elle avait tenté d'expliquer ce qu'elle éprouvait à Xavier, en vain. Fidèle à lui-même, il lui avait répété qu'il importait de tourner la page. Chez les Veyradier, on ne se plaignait pas, on ne compatissait pas.

Paul avait respecté le silence de la jeune femme. Il s'empara de sa main, l'étreignit avec force.

— Ne songez plus au passé, je vous en prie. Accompagnez-moi au Ferret. Vous avez besoin de repos. Vous serez tranquille là-bas, et je sais que ma grand-mère vous accueillera avec joie.

Revoir Charlotte, la Maison du Cap... vivre un

peu au ralenti, avant de reprendre son travail… cette perspective était séduisante.

Elle ne put cacher son envie.

— Je veux bien, oui. Emmenez-moi au Ferret.

# 41

Le ciel déclinait une gamme de bleus et de gris, d'une douceur presque impalpable. Violette se retourna vers Diego, qui l'observait avec une attention douloureuse.

— Ce belvédère évoque pour moi le destin des femmes de la famille. Charlotte y a guetté le retour de William. Enfant, j'y passais des heures, à espérer l'arrivée de ma mère. J'étais persuadée qu'elle pouvait faire atterrir son avion au pied de la maison. Quelle sotte, n'est-ce pas ! Par la suite, j'y ai attendu de tes nouvelles. Margot, elle, a été la seule à prendre ses distances avec la presqu'île. Ce qui ne l'a pas empêchée de gâcher sa vie, d'ailleurs…

— Tu n'en sais rien. Nous n'en savons rien. Elle voulait être indépendante et habiter la Ville d'Hiver. Elle y est parvenue.

— Si tu le vois ainsi… mais elle n'a jamais été heureuse aux côtés d'un homme.

— Le désirait-elle vraiment ? Tu es trop fleur bleue en lui prêtant tes propres sentiments !

Ils rirent ensemble. Violette rejeta ses cheveux fauves en arrière d'un mouvement d'épaules. Elle est belle, pensa Diego, ému. Le malaise dont Violette avait été victime, la révélation de sa maladie avaient enfin permis au couple d'aborder certains sujets tabous. Diego avait rassuré son épouse. Il la soutiendrait et ils vivraient cette épreuve ensemble. Il le pensait sincèrement et était décidé à se remettre en cause.

« C'est peut-être le moment de lever un peu le pied », avait-il réfléchi à voix haute. Et, comme Violette protestait, il s'était tout de suite ravisé : « Ne va pas m'imaginer en peignoir et pantoufles ! Je dis juste que je ne suis pas obligé de parcourir le monde en permanence. Il y a cet éditeur qui me relance régulièrement. Penses-tu pouvoir m'aider à écrire mes souvenirs ? » Le sourire émerveillé de Violette la dispensait de toute autre réponse. Restait la question de l'endroit où ils pourraient s'installer.

— Dans un premier temps, nous pourrions chercher une maison à Arcachon ou à La Teste, suggéra-t-il.

Elle réussit à ne pas protester. C'était pour elle un moindre mal. A Arcachon, elle pourrait continuer à exercer son métier d'infirmière. Ils se rapprocheraient de Bordeaux, ce qui faciliterait les déplacements de Diego, et Sebastian serait sur place pour ses études. C'était la meilleure solution, même si son cœur se déchirait à l'idée de laisser derrière elle Charlotte et la Maison du Cap.

— Tu as raison, déclara-t-elle.

Diego lui décocha un coup d'œil étonné. De toute évidence, il s'était attendu à ce qu'elle bataille pied à pied. Mais Violette avait un autre point à éclaircir et ne voulait plus retarder ce moment.

— Il ne faut pas oublier Estelle, déclara-t-elle d'une voix mal assurée.

Les époux s'entre-regardèrent. Depuis cinq ans, Linh était là, entre eux, une résurgence du passé de Diego, alors qu'il avait disparu de la vie de Violette. Mais il y avait aussi Estelle, la fille de Linh et de Diego… S'il n'avait pas donné suite à la lettre de Linh, cela ne l'avait pas empêché de garder par-devers lui l'article de journal qui évoquait une exposition d'Estelle dans la galerie d'art bordelaise appartenant à sa mère.

Violette appréhendait l'instant où Diego rencontrerait pour la première fois celle qui était supposée être sa fille, et se posait mille questions à son sujet. Ressemblerait-elle à Linh ? Devait-elle croire Diego lorsqu'il affirmait n'avoir jamais vraiment aimé la belle Indochinoise ? « Elle n'a représenté qu'un moment agréable quand je vivais en Indochine », s'était-il justifié.

Charlotte, consultée à ce sujet, s'était montrée directe, comme à son habitude.

« Ma chérie, tu n'as pas vraiment le choix. Dis-toi bien que cette histoire appartient au passé et qu'il est inutile de te mettre la rate au court-bouillon, comme dirait ma chère Rose-Marie. Si Diego l'avait aimée, il aurait remué ciel et terre pour la retrouver lorsqu'elle a disparu en Indochine. Tu connais sa détermination comme son entêtement… »

Violette avait essayé de s'en persuader, même si, au fond d'elle-même, elle douterait toujours. Si seulement elle avait eu davantage confiance en elle !

Diego entoura de son bras les épaules de Violette et déclara, gravement :

— Je ne suis pas un mari exemplaire, je l'avoue. Trop pris par mon travail, qui constitue ma passion comme ma raison de vivre, peu impliqué dans la vie de famille, père lointain… Tout pour plaire ! Cependant, je vous aime, toi et Sebastian, bien que je ne sache pas l'exprimer.

Ne pleure pas ! s'exhorta Violette, alors que ses yeux s'embuaient. Elle attendait, elle espérait cet aveu depuis si longtemps ! Finalement, se dit-elle avec une pointe de cynisme, il fallait au moins admettre que Séphora, sa maudite sclérose en plaques, les avait rapprochés, Diego et elle. Si c'était le prix à payer…

Elle adressa un large sourire à son époux.

— Il n'est pas trop tard pour nous trois.

Charlotte posa la paume de la main sur la balustrade blanche que Violette et Sebastian repeignaient chaque année. Au fur et à mesure qu'elle avançait en âge, elle avait l'impression que ses souvenirs remontaient par vagues. Elle se revoyait enfant, courant bras écartés vers le Bassin, puis adolescente, installée à la Maison du Cap avec Marie, la sœur aînée de sa mère, et sa fille Céleste. Marthe était venue les rejoindre l'été 1892, parce que Lucien Lesage, son père, ne supportait pas qu'elle jouât mieux du piano que lui. Même si elles s'entendaient plutôt bien, les deux sœurs n'avaient pas les mêmes passions. De plus, Marthe était l'enfant légitime de Margot et Lucien Lesage, alors que Charlotte avait porté toute sa vie le fait d'être « seulement », comme aurait dit sa sœur cadette, la fille naturelle de James Desormeaux, née hors mariage. Une douleur jamais cicatrisée.

Charlotte avait fait front au fil des années. Se tenir droite, toujours. Ne pas chercher à s'excuser de sa naissance illégitime. Par la suite, elle avait eu la chance de devenir proche de sa tante Mathilde, qui lui avait raconté l'histoire de la famille Desormeaux et lui avait légué la demeure de sa mère, située à Bazas. Cependant, certaines phrases lui pesaient toujours sur le cœur.

Lorsque Marthe et elle avaient chacune perdu leur compagnon, Marthe avait eu cette réflexion terrible : « Raymond et moi formions un vrai couple. Nous étions mariés, nous. » Une nouvelle fois, Charlotte avait éprouvé le sentiment d'être en marge. « Une bâtarde », comme disait Lesage avec une satisfaction mauvaise. Oh, comme elle avait pu le détester, celui-là ! Sans Marie et André qui l'avaient élevée sur la presqu'île, elle aurait vécu l'enfer à la villa Sonate. Pourtant, elle avait toujours protégé Marthe, même quand celle-ci s'était éloignée. Lorsqu'elle avait hérité de Mathilde la Maison du Cap, Charlotte en avait fait don à sa mère, afin que Marthe ne soit pas lésée. Un beau geste qui se retournait à présent contre elle.

L'action entreprise par Iris leur permettrait-elle d'obtenir gain de cause ? Charlotte avait hâte d'être fixée, elle supportait de plus en plus mal de dépendre ainsi de la volonté de son petit-neveu. En même temps, elle savait qu'elle n'avait pas le choix.

Elle s'assit sur son fauteuil en osier à haut dossier, installé à une position stratégique, sous la galerie couverte, et laissa filer son regard vers les passes.

Le corps de William n'a jamais été retrouvé, se dit-elle en éprouvant un pincement familier du côté du cœur. Il avait disparu en mer plus de cinquante ans auparavant et il lui manquait encore, même si, par la suite, comme elle l'avait expliqué un jour à Paul, elle avait « choisi la vie ». C'était plus facile pour elle de parler avec Paul car il ne l'avait jamais jugée. Face à ses enfants, Charlotte s'était toujours sentie coupable. Mère absente, « abandonneuse », comme Dorothée le lui avait jeté au visage l'année de ses vingt ans.

Comment se défendre contre la vérité ? A quatre-vingt-treize ans, Charlotte n'avait rien oublié. Et, si elle tenait à rester une vieille dame fantasque et insouciante, au fond d'elle-même, elle savait qu'elle ne pouvait tricher avec ses souvenirs. Parfois, il lui venait le désir fugace de baisser les bras, de cesser de se battre. Pour, l'instant d'après, se redresser de façon perceptible. Parce qu'elle était ainsi faite. Une battante, comme Margot, comme Léonie. La descendante d'une longue lignée de femmes « debout ».

# 42

Charlotte n'avait pas paru étonnée de voir débarquer chez elle Iris accompagnée d'un Paul rayonnant. Elle n'avait pas tout compris des explications plutôt embrouillées de son petit-fils mais une seule chose lui importait : Iris allait rester quelques jours à la Maison du Cap. « Soyez la bienvenue, mon petit », l'accueillit-elle avec chaleur. Avant d'installer la jeune femme dans la chambre à donner, dont les fenêtres ouvraient sur le Bassin.

La pièce, peinte en blanc, offrait une atmosphère douce et raffinée avec son lit recouvert d'un plaid couleur sable et ses meubles – commode, bureau, chaise – en bois de citronnier.

— En passant par le balcon et l'escalier extérieur, vous pouvez aller vous baigner au petit matin comme à minuit, lui indiqua la vieille dame en souriant.

Ou bien aller retrouver Paul ? Iris garda pour elle cette suggestion. Elle n'avait pas menti à l'ostréiculteur : si elle avait traversé des moments particulièrement difficiles, elle se sentait mieux, comme apaisée. Et il lui tardait de savoir ce qu'il advenait d'Anna. Installée sur le lit, face au Bassin, elle reprit sa lecture.

*Carnets d'Anna*

« Il est plus facile de faire la guerre que la paix. »

Je songe sans cesse à cette phrase de Clemenceau dans la Juvaquatre que conduit Jules Etiévent. Il nous a emmenées, Lucette et moi, à Mont-de-Marsan. Il paraît que la situation est grave, que l'ennemi bombarde un peu partout.

Notre position à l'airial n'était plus tenable, le général Blaskowitz a levé une véritable armée pour anéantir les maquis. Je répète ce qu'on m'a expliqué, bien que, je l'avoue, je me sente complètement étrangère à tout cela. Moi, j'attends le retour de Wilfried. A moins qu'il ne réussisse à nous faire entrer en Espagne. Je ne me pose plus de questions quant à mes choix. Il y a Wilfried, l'amour qui nous lie, et l'enfant. Il bouge dans mon ventre, il mène une vraie sarabande ! Cela m'émeut, sans que je parvienne pour autant à l'imaginer. Il reste pour moi une entité un peu étrange. Wilfried a réussi à me faire passer une lettre par l'entremise de Léo. Je l'ai lue et relue, jusqu'à la connaître par cœur. J'ai parfois la naïveté de penser qu'un amour comme le nôtre est exceptionnel. Pourtant, nous ne devons pas être les seuls.

Lucette veille sur moi sans rien laisser paraître de ses états d'âme. Cette femme est un sphinx et, à certains moments, me rappelle ma mère. Seule différence : je ne cherche pas à me faire aimer ni apprécier d'elle. Nous avons cohabité plusieurs semaines sans apprendre à nous connaître.

« Tu représentes pour moi une mission, rien d'autre », m'a-t-elle dit un jour, et je n'en ai même pas été blessée. De mon côté, je ne l'aurais pas choisie comme amie. Les choses sont claires. Nous avons conclu un marché l'une et l'autre.

Cependant, Wilfried et Léo me manquent. Terriblement. Je pose instinctivement la main sur mon ventre, comme pour protéger l'enfant des cahots de la Juvaquatre. D'après mes calculs, je dois approcher du terme. Pourtant, je ne veux pas y penser. Serai-je contrainte à accoucher au bord du chemin ? Cette perspective me glace. Je préfère avoir recours à un fatalisme qui s'apparente à de la lâcheté : « Nous verrons bien quand le moment sera venu. »

Lucette a exhumé d'une commode des maillots, des langes, une couverture brodée, des petits bonnets... le tout dans un état impeccable. Je n'ai rien osé lui demander, me suis contentée de glisser les vêtements dans ma valise. Détachée.

Lancée à grande vitesse, la voiture tressaute sur un énorme nid-de-poule. Je réprime un cri.

— Moins vite, glisse Lucette à notre chauffeur.

Elle me jette un coup d'œil inquiet. Oui, je tiens le choc. Mon père répétait toujours que j'étais une *costaude malgré mon apparence fragile. Jules ralentit un peu. Quarante ans environ, mégot au bec, casquette vissée sur la tête, c'est un taiseux qui n'a pas prononcé un mot depuis qu'il a démarré. Lucette a-t-elle raison de lui faire confiance ? Je l'ignore et j'ai une autre préoccupation : je suis trempée tout à coup. Je réalise que je suis en train de perdre les eaux.*

Iris tourna les pages avec impatience. Anna avait laissé des blancs avant de reprendre :

*J'aurais tant voulu que tout se passe différemment ! Une phrase me revient sans cesse en tête : « Les dieux sont jaloux des hommes. » Wilfried et moi nous sommes-nous trop aimés ?*

*Nous avons pensé que notre amour était plus fort que la guerre et que les conventions.*

*Nous étions aveugles. Nous nous sommes trompés… Lourdement trompés.*

*

Il n'y avait plus rien. Une dizaine de pages blanches, une impression de vide…

Iris, songeuse, déçue, referma le carnet. Qu'était-il donc arrivé en août 44 ? Anna était morte presque vingt et un ans plus tard. Cependant, on ne trouvait trace nulle part de Wilfried ni de l'enfant. Alors, la jeune femme sut qu'elle devait se mettre en quête de la vérité. Etait-ce pour cette raison qu'Anna lui avait fait envoyer ses carnets ? Il fallait qu'elle contacte maître Corbin.

Depuis la navette reliant Arcachon et le Cap Ferret, Jérôme guettait l'instant où il apercevrait le belvédère. Il avait décidé de se rendre à la Maison du Cap sur un coup de tête, après une nouvelle dispute avec Myriam. Sa compagne le harcelait, il devait agir, vite, pour ne pas lasser le promoteur. Or, une intuition indéfinissable le retenait. Ce n'était pas la lettre recommandée qui l'avait tant irrité, non, il y avait autre chose. Et, pour en avoir le cœur net, il désirait s'entretenir avec Charlotte.

La navette accosta à Bélisaire, déversant le flot habituel de vacanciers. Jérôme attendit patiemment que les estivants aient débarqué et descendit à son tour. Le soleil, déjà haut dans le ciel, faisait chanter le blanc des façades, le bleu des volets, le rose soutenu et le rouge des roses trémières et des belles-de-jour. Pour la première fois, il songea que ce devait être agréable de vivre sur la presqu'île. Avant de se ressaisir. Il fallait y être né pour l'apprécier ! Non, il n'avait rien à faire ici. Le cœur lourd, il s'éloigna du débarcadère.

# 43

Violette avait toujours aimé le Grand Théâtre de Bordeaux, d'autant que Diego et elle s'étaient retrouvés sur la place de la Comédie à deux reprises durant la guerre. Elle admirait à chacun de ses passages la beauté de l'édifice, tout comme l'élégance des déesses et des muses qui en couronnaient la balustrade.

Pourtant, ce jour-là, elle leur jeta à peine un coup d'œil. Elle s'efforçait de marcher au même rythme que Diego, qui ne semblait pas avoir conscience de ses difficultés. A moins qu'il ne le fasse exprès pour l'inciter à se dépasser ? Ce qui convenait tout à fait à Violette, qui ne supportait pas qu'on s'apitoie sur son sort.

Après avoir longuement pesé le pour et le contre, tous les deux avaient décidé de rencontrer Linh pour qu'il n'y ait plus aucune ambiguïté. Diego avait tenu à ce que Violette l'accompagne et celle-ci, même si elle était angoissée à cette perspective, avait fini par accepter. A présent, elle avait hâte que tout fût terminé. Ils avaient repéré sur le plan de la ville l'endroit exact où se trouvait la galerie d'art, rue du Parlement-Sainte-Catherine.

Violette pensait connaître Bordeaux, pourtant elle n'était jamais venue à cet endroit. La galerie occupait l'emplacement d'une ancienne fabrique de tablettes de chocolat. On avait abattu des murs mais conservé l'appareillage de poutres blanchies à la chaux. Un toit en verrière apportait une luminosité appréciable.

Une grande affiche attira le regard de Violette. « Rétrospective Horvath », annonçait-elle. Violette lança un coup d'œil indécis à Diego. Il lui pressa la main.

— Qu'est-ce qu'on attend ? On y va !

Une jeune femme blonde les accueillit à l'entrée de la galerie.

— Soyez les bienvenus, fit-elle.

Sa voix avait un accent indéfinissable. S'agissait-il d'Estelle ? Non, elle était trop blonde, et avait le teint trop clair.

— Nous aimerions voir madame Linh Horvath, déclara Diego.

Tout en les invitant à entrer, leur hôtesse répondit.

— Oh ! Je suis désolée. Madame Horvath s'est absentée pour donner une conférence à Saint-Jean-de-Luz. Elle sera demain à la galerie. Dois-je lui laisser un message ?

Diego déclina son offre en souriant.

— Merci. Nous reviendrons demain.

Il se retourna vers elle au moment de franchir le seuil de la galerie.

— Dites-moi... Pouvons-nous admirer les collages de mademoiselle Lenoir ?

Le visage de la jeune femme s'éclaira.

— Bien sûr. Par ici...

Ils étaient accrochés dans une véranda tout en longueur. Ils séduisirent tout de suite Violette malgré ses a priori. L'auteur de ces œuvres était une véritable artiste, à la sensibilité délicate. Violette s'immobilisa devant une toile qui représentait des fleurs de cerisier d'une beauté saisissante.

— Quel talent... murmura-t-elle, admirative.

Un grand « E » barrait le bas de la toile, en brisant quelque peu l'harmonie.

— Dommage, reprit Violette. La signature aurait pu être plus discrète.

Diego lui décocha un coup d'œil en coin. Elle devinait ce qu'il signifiait : « Ne sois pas jalouse. » Elle rougit. Il la connaissait trop bien. Quoique... ce n'était pas vraiment de la jalousie. Plutôt de la déception. Elle aurait été incapable d'en expliquer les raisons.

Ils repartirent après avoir salué l'hôtesse qui tournait les pages d'un catalogue d'un air las.

— Il n'y a pas foule, commenta Diego.

Etait-il déçu comme elle de ne pas avoir rencontré Linh ? Ce n'était que partie remise. Elle se demandait toutefois si elle aurait le courage de revenir le lendemain. Diego suggéra alors :

— Si nous nous accordions ces vingt-quatre heures à venir ? On pourrait descendre à Biarritz.

Ce n'était pas raisonnable. Ils ne roulaient pas sur l'or, Violette était lasse mais elle n'avait pas envie de se montrer raisonnable. Ne reprochait-elle pas souvent à Diego de ne rien partager avec elle ?

Elle lui sourit.

— Ça me plaît !

Charlotte s'avança, main tendue, à la rencontre de son petit-neveu et l'invita à la suivre à l'intérieur de la maison.

— Bonjour, Jérôme ! Sois le bienvenu.

Il se raidit aussitôt.

— Je suis aussi chez moi.

Aïe ! pensa Charlotte. Nous voilà repartis ! Elle avait beau s'efforcer de maîtriser son anxiété, elle ne parvenait pas à contrôler le tremblement de ses mains. Espèce de vieille bête ! se dit-elle, furieuse contre son corps, le traître, en qui elle ne pouvait plus avoir confiance.

Elle lança à Jérôme d'un ton chargé de défi :

— Ami ? Ou ennemi ?

Il répondit en haussant les épaules :

— Je ne sais pas.

Elle avança de deux pas vers lui, en s'appuyant

sur cette maudite canne de Margot qui lui donnait l'impression d'avoir cent ans.

— Je ne t'ai jamais montré le piano de Marthe, déclara-t-elle tout à trac. Il fallait la voir, et surtout l'entendre, les soirs d'été, lorsqu'elle nous jouait des airs entraînants. Joues-tu du piano, Jérôme ?

Il secoua la tête.

— Trop risqué. Je n'ai jamais pu me confronter à la statue du Commandeur, mon propre grand-père.

Cet aveu toucha Charlotte.

— Je te comprends, bien que ce soit dommage de t'être privé.

— Pour être franc, je ne crois pas que cela m'ait réellement manqué.

Elle lut un certain désarroi dans ses yeux et, spontanément, posa sa main tavelée sur celle de son petit-neveu.

— Il n'est pas trop tard pour essayer. Ma tante Mathilde était une bonne pianiste même si sa modestie l'incitait à laisser Marthe dans la lumière. Tu comprends, Marthe avait été rabaissée, humiliée par son propre père et avait besoin d'être rassurée à propos de son talent.

— Personne ne m'a raconté ça.

— Comment veux-tu ? Ta mère ne l'a pas beaucoup connue et il s'agit là de lointains souvenirs. Vois-tu, Marthe doutait toujours de tout. De ses capacités, de l'amour qu'on lui portait… Raymond, qui l'a aimée, était devenu pour elle l'équivalent d'un demi-dieu.

— Ça n'explique pas pourquoi elle a eu le sentiment d'être spoliée après la mort de Margot.

Charlotte soupira.

— C'était tout le paradoxe de Marthe. Quand elle a perdu Raymond, elle a aussi perdu tout sens des réalités. J'ai fait ce que j'ai pu... jusqu'à faire une donation de la Maison du Cap, qui m'avait été léguée par ma tante Mathilde, à notre mère, afin que Marthe ne se sente pas mise à l'écart. Mon père ayant conçu et fait construire la Maison de Cap, juridiquement Marthe n'a aucun droit dessus. Mais je ne pouvais pas la laisser ainsi de côté.

Jérôme se troubla.

— Si je vous suis bien, Charlotte... Vous êtes en train de m'expliquer que les Lesage étaient exclus de la succession ?

— La Maison du Cap est un bien Desormeaux. Ma tante Mathilde et mon père ont dû user d'un tour de passe-passe juridique pour me la léguer car j'étais une enfant naturelle.

Jérôme fronça les sourcils.

— Pourquoi personne ne me l'a jamais dit ?

— Je suppose que c'était le squelette dans le placard. Il paraît que chaque famille en a un, bien caché.

La vieille dame ne précisa pas que cette situation l'avait fait souffrir toute sa vie. Cela la regardait. Elle seule. Elle se demandait déjà, d'ailleurs, pourquoi elle s'était livrée à ce genre de confidence. Elle n'avait jamais été proche de Jérôme. A cause du passé, précisément. Et aussi à cause de cette distance qui s'était établie entre Marthe et elle. Elle effleura les touches du piano ; esquissa une moue.

— J'aime écouter la musique, même si je suis une piètre pianiste.

Soucieux, perdu dans ses pensées, Jérôme laissa s'écouler quelques instants avant de s'enquérir :

— Le dossier de votre architecte, la lettre recommandée, tout ça, c'était du flan, ou bien vous aviez vraiment l'intention d'aller jusqu'au bout ?

Charlotte soutint son regard intrigué. Elle lui jeta un coup d'œil chargé de défi.

— A ton avis ?

A cet instant, Jérôme comprit que, malgré son grand âge, Charlotte n'aurait pas cédé. La Maison du Cap faisait partie d'elle-même. A jamais. Et, presque à son cœur défendant, il se surprit à penser que c'était bien ainsi.

# 44

La chambre, murs crépis de blanc, meubles et parquet blonds, lui était vaguement familière. Iris ferma les yeux, les rouvrit. Elle reconnaissait les lieux. Elle était dans la chambre de Paul, à L'Herbe. Pour être plus précise, elle était dans les bras de Paul. Et s'y trouvait bien. Cela s'était fait tout simplement. Une conversation à bâtons rompus, comme cela leur arrivait de plus en plus souvent, leurs têtes rapprochées, et ce baiser qui avait tout entraîné… Elle effleura de la paume le torse de son amant. Il ouvrit aussitôt les yeux, l'attira contre lui d'un geste à la fois possessif et tendre qui la bouleversa.

— Bonjour, jeune dame.

Il prit ses lèvres, et son baiser lui parut tout à fait naturel, comme allant de soi. Pour la première fois depuis longtemps, Iris envisageait l'avenir avec une certaine sérénité. Elle ne vivait plus dans l'angoisse de rater quelque chose, de ne pas être à la hauteur. Avec Paul, elle se sentait à sa place.

Plus tard, alors qu'ils prenaient le petit déjeuner face au Bassin, elle résuma pour lui le contenu du dernier carnet d'Anna et lui confia son intention de chercher à en savoir plus.

— Ne vaut-il pas mieux en rester là ? Cette quête a déjà provoqué quelques moments difficiles.

Iris secoua la tête.

— Je dois aller jusqu'au bout, Paul. Vous comprenez, j'ai commencé à dérouler la pelote de laine, je ne peux pas m'arrêter. Pas maintenant.

— Je crois que je comprends, oui, acquiesça-t-il avec une pointe de réticence. Même si ça m'inquiète.

— Il ne faut pas. Je vais d'abord appeler maître Corbin. Je peux utiliser votre téléphone ?

Ils échangèrent un regard complice qui amena un sourire sur leurs lèvres.

Paul attira Iris vers lui.

— D'abord, j'aimerais que nous reprenions notre conversation là où nous l'avons laissée ce matin. Ensuite, ce serait bien de se tutoyer, non ?

— Oui aux deux suggestions.

La vie lui paraissait tout à coup délicieuse.

Au téléphone, la voix de maître Corbin était un peu lasse.

— Vous vous doutez bien, madame Lalande, que je n'ai rien conservé par-devers moi.

— Oui, bien sûr, je ne voulais pas dire ça. C'est juste que je me demandais… Anna ne vous a rien dit d'autre ?

— Nous avons communiqué par courrier, madame Lalande. Je sors le dossier et vous rappelle.

Une demi-heure plus tard, il demandait à lui parler.

— Pouvez-vous venir à mon étude ? J'ai un élément nouveau, qui s'apparente à une sorte de jeu de piste.

Iris fronça les sourcils.

— Je crains de ne pas comprendre.

— Passez, vous dis-je ! Je peux vous recevoir demain pendant la pause du déjeuner.

— Entendu.

Elle interrogea du regard Paul après avoir reposé le combiné sur sa fourche.

— Pourquoi diable le notaire a-t-il parlé d'un jeu de piste ? Cela me dépasse !

— Nous verrons ça demain.

— Nous ? Désirerais-tu m'accompagner ?

— J'y compte bien.

Dans son étude encombrée à Biscarrosse, le notaire donnait l'impression d'être particulièrement nerveux. Iris se demanda ce que cela pouvait signifier. Elle n'avait toujours pas accepté de ne pouvoir connaître la fin du récit d'Anna et en aurait presque tenu rigueur à maître Corbin.

Ce dernier esquissa un sourire, exactement comme s'il avait deviné les pensées d'Iris.

— Croyez bien que je ne suis responsable en rien de cette situation, déclara-t-il fermement.

Iris lui sourit à son tour.

— Je sais, maître. Et… qu'en est-il de cet élément nouveau ?

Il ouvrit une chemise à élastique, en sortit une enveloppe.

— Vous savez que madame Lalande m'avait envoyé son testament olographe par courrier. Ma secrétaire a découvert une seconde lettre, qui nous est parvenue après l'annonce de sa mort. Cette missive vous est adressée.

Les mains tremblantes, Iris s'efforça de ne pas montrer son impatience. Maître Corbin lui tendit l'enveloppe d'un air solennel.

— Faites-en bon usage, recommanda-t-il.

Il ne pouvait savoir, cependant, combien Anna lui était devenue proche au cours des derniers jours.

Elle le salua ; se ravisa alors qu'elle allait quitter l'étude.

— Dites-moi… vous avez connu Anna ?

Il opina du chef.

— J'ai même été amoureux d'elle lorsque j'étais en faculté de droit à Bordeaux, répondit-il.

— Je n'ai pas beaucoup de souvenirs de ma tante. Je me rappelle une belle femme.

— Elle avait une classe folle, beaucoup de charisme, mais elle doutait d'elle. Une belle personne, vraiment. D'ailleurs, j'ai de la peine à parler d'Anna au passé. Depuis tout ce temps…

Après avoir remercié le notaire, Paul et Iris s'éclipsèrent très vite. Elle avait hâte de prendre connaissance du courrier. Ce qu'elle fit dès qu'ils eurent regagné la Mini.

Elle ouvrit l'enveloppe après avoir pris une grande inspiration. Elle reconnut aussitôt l'écriture d'Anna, ample et légèrement inclinée vers la droite.

*Si tu es revenue à l'étude de maître Corbin, c'est bien que tu as lu mes carnets et que tu ne t'es pas détournée de moi, Iris.*

*J'aurais aimé te revoir. C'est sûr, pour ce faire, j'aurais dû te contacter auparavant. A présent, mes jours sont comptés. La faute à cette fichue maladie que beaucoup n'osent pas nommer. Cancer. Ma mère en est morte en moins d'un an. Je n'ai pas refusé de me faire soigner mais je réponds mal au traitement. J'essaie de garder le moral, tout en prenant quelques précautions. J'ai su par Léo que tu avais traversé des moments difficiles. Ne compte pas sur moi pour te donner des conseils. La vie m'a enseigné, parfois rudement, qu'on devait aller jusqu'au bout de son destin.*

*Un dernier point, Iris. Crois-le, je suis désolée que tu aies payé pour moi à l'été 44. Si j'avais su, si j'avais pu…*

*Tu as lu mes carnets, je n'y reviendrai pas. Pense à moi de temps à autre.*

Iris, les sourcils froncés, tendit la lettre à Paul.

— Qu'en dis-tu ?

Il parcourut la missive avant de se tourner vers elle.

— Comment veux-tu que je te réponde ? Je ne connais pas l'histoire d'Anna.

Moi non plus, eut-elle envie de préciser. Elle ne le fit pas. Elle venait de réaliser qu'il s'agissait d'une affaire de femmes. Entre Anna et elle.

# 45

— J'ai toujours aimé Biarritz, fit remarquer Violette d'une voix lointaine.

Profite de cette journée, s'exhorta-t-elle. Accordons-nous une pause avant d'être confrontés à Linh. Confrontés… le choix du mot reflétait assez bien son état d'esprit. Elle garda cependant sa pensée pour elle. Diego ne comprendrait pas. Il effectuait de louables efforts depuis plusieurs jours. Mais Violette ne voulait pas que cette attitude soit causée par la découverte de sa maladie. Elle réprima un soupir. La vie pouvait parfois être si compliquée ! Profite ! se répéta-t-elle.

Ils avaient déniché une chambre ouvrant sur le Port-Vieux. La vue portait loin, vers l'horizon. Le ciel offrait un dégradé de bleus. L'Océan, argenté sous le soleil, s'étirait paresseusement, calme en apparence.

— Tu as pris ton maillot ?

— Bien sûr !

Ils descendirent sur la plage, se mêlèrent à la foule des vacanciers. Violette avait drapé un paréo sur son maillot une pièce bleu et blanc à rayures asymétriques. Diego portait un polo noir et un slip de bain noir et blanc. Il attirait toujours les regards féminins, remarqua Violette, avec des sentiments mêlés, fierté et agacement. Son teint hâlé, ses cheveux un peu trop longs grisonnant aux tempes, sa démarche décidée lui conféraient une allure de baroudeur. La plage constituait pour lui un univers un peu trop policé, et cela se voyait.

C'est mon mari, pensa Violette, tout en sachant qu'il détesterait l'entendre parler ainsi. Diego, malgré ses cinquante ans, était resté un révolutionnaire dans l'âme, attaché à défendre les libertés.

— Tu me feras lire les premières pages de ton livre ?

Il pivota vers elle. Dans ses yeux, elle vit passer comme une lueur de panique, s'en inquiéta. Déjà, il répondait :

— Tu le liras en entier... une fois qu'il sera terminé. Je ne supporterais pas de le laisser voir à quiconque avant d'avoir écrit le mot « fin ».

— Bien noté ! fit-elle en souriant.

Déjà son cerveau battait la campagne. Mentionnait-il Linh dans ses Mémoires ? A cette idée, elle croisa les mains dans son dos pour les empêcher de trembler.

Il courut pour entrer dans l'eau, plongea tout de suite, avec le tonus et la soif de vivre qui le caractérisaient. Plus prudente, et aussi plus frileuse, Violette prit son temps, marchant le long du rivage, s'aspergeant. Lorsqu'elle se mit à l'eau, elle rejoignit Diego. Ils nagèrent tous deux un petit moment au même rythme avant que Violette, fatiguée, ne se mette à faire la planche. De son côté, Diego s'éloigna du rivage. Elle ferma les yeux. La sensation du soleil sur sa peau était agréable, elle flottait, entre le ciel et l'Océan et, lentement, savourait cette sensation. Elle avait l'impression que ses problèmes se délitaient au contact de l'eau. Elle eut alors la certitude que, quelle que soit l'issue de cette rencontre redoutée avec Linh, rien ne pourrait lui ôter la sérénité de ce moment. Et éprouva un délicieux bien-être.

— Mon père m'a souvent parlé de Biarritz. Il y avait séjourné quelque temps, au début du siècle. Il en gardait le souvenir d'une certaine joie de vivre. L'Espagne était si corsetée, à l'époque…

Le regard de Diego se perdit, loin, vers le phare.

— Et ça ne s'est pas arrangé ! conclut-il, la bouche amère.

Elle pensait comprendre ce qu'il ressentait. Il n'avait jamais pu retourner dans son pays natal et, d'ailleurs, affirmait haut et fort qu'il n'en avait pas la moindre envie. Cependant, elle le connaissait assez bien pour deviner que la blessure de l'exil était toujours là, comme la douleur fantôme liée à une amputation.

Installés en terrasse, non loin du casino, Diego et Violette faisaient honneur au gâteau basque, le vrai, comme disait Diego, fourré à la confiture de cerises noires.

— Ça me rappelle mon enfance, commenta à son tour Violette. Mes parents m'avaient amenée ici il y a plus de quarante ans. Ils n'avaient pas encore résolu de divorcer, je pensais que nous formions une famille pour la vie.

Diego posa la main sur la sienne. Elle lui sourit tendrement.

— Oh ! je ne cherche pas à t'apitoyer, tu as connu bien pire. J'ai gardé de Biarritz l'image d'une ville sereine, avant que la séparation ne frappe ma famille. Le calme avant la tempête, en quelque sorte. J'aurais voulu que le temps s'arrête, même si avec le recul je réalise que je n'étais déjà pas dupe. Je savais au fond de moi qu'ils allaient se séparer, et je voulais faire comme si je l'ignorais encore. J'étais déjà très forte à ce petit jeu, faire comme si…

A cet instant, il imagina Violette enfant, pressentant que ses parents allaient se séparer et se persuadant qu'avec beaucoup d'amour, elle parviendrait peut-être à l'éviter.

— Rien n'était de ta faute, la réconforta-t-il avec une maladresse touchante.

Elle lui sourit.

— J'ai dépassé ce stade depuis un bon moment, rassure-toi. C'est juste que… Biarritz, ce salon de thé… je viens de me souvenir de quelque chose. Allons ! (Son sourire s'accentua.) Tu m'accompagnes jusque chez Adam ? Je vais rapporter un gâteau basque pour Sebastian et mamée.

Ils se dirigèrent en flânant vers la place Clemenceau. Le nez en l'air, Violette observait les enseignes des commerces, remarquant combien la ville avait changé. De nouvelles boutiques de vêtements avaient ouvert ainsi que des magasins vendant des articles de sport. De jeunes surfeurs fréquentaient la plage de la Côte des Basques.

Alors que son regard s'attardait sur les vitrines et les devantures, elle s'immobilisa tout à coup sur le trottoir.

— Diego ! Regarde ! s'écria-t-elle en désignant le nom d'une galerie d'art.

Il plissa les yeux. Elle songea, attendrie, qu'il devait vraiment avoir besoin de lunettes. Mais, bien entendu, chaque fois qu'elle abordait ce sujet, il protestait haut et fort. Qu'on se le dise, il avait une vue de jeune homme !

— Galerie Horvath, lut-il, étonné.

Il se retourna vers Violette.

— Tu crois qu'il s'agit de la même galerie ?

— Avoue que la coïncidence est troublante !

Ils se regardèrent.

— On y va ? proposa Violette.

La galerie, toute de verre et inox, était d'une simplicité épurée qui favorisait la mise en valeur des œuvres exposées. De son propre aveu, Violette n'y connaissait rien en matière d'art moderne. Son œil de photographe avait donné un tout autre regard à Diego. Il aimait Picasso, comme une évidence, mais également Pierre Soulages, et Kandinsky. Il appréciait beaucoup aussi le mouvement expressionniste du Cavalier bleu et l'explication, comme une évidence, donnée par Kandinsky du choix de ce nom : « Nous aimions tous les deux le bleu, Franz Marc aimait les chevaux, moi les cavaliers. »

Une femme d'une beauté sculpturale, portant une robe trois trous ivoire et des sandales dorées, s'avança à leur rencontre. Violette devina tout de suite, à la façon dont son ventre se nouait, qu'il s'agissait de Linh. D'ailleurs, leur hôtesse tendit la main à Diego sans la moindre hésitation.

— Il y a longtemps, Vargas, déclara-t-elle.

Sa voix était grave, mélodieuse. La peau fine, les yeux en amande d'un noir profond, la bouche pulpeuse… tout, chez elle, était parfait. Violette déglutit avec peine. Linh était plus belle encore que dans ses fantasmes. Pourquoi, oh pourquoi, avait-elle commis l'erreur d'accompagner Diego ?

# 46

C'était une journée idyllique sous le soleil de juillet. Une légère brise gonflait les voiles des bateaux de plaisance. L'air sentait bon les pins et la marée. Lorsque Paul déposa sa bourriche d'huîtres dans la cuisine de la Maison du Cap, il eut la surprise de découvrir Jérôme en grande conversation avec Charlotte. Rose-Marie tournait autour d'eux en « rouscaillant ».

— Pourquoi n'allez-vous pas dehors ? J'ai besoin de laver ma cuisine.

— Rose-Marie !

Charlotte leva les yeux au ciel.

— Vous ne voyez donc pas que nous sommes en pleine conversation ? Rentrez chez vous, vous reviendrez demain si cela ne vous dérange pas.

Soucieux de préserver une bonne entente entre les deux femmes, Paul entraîna une Rose-Marie quelque peu réticente vers la terrasse.

— Je crois qu'ils ont beaucoup de choses à se dire, chuchota-t-il.

— Ça n'arrange pas mes affaires ! J'avais prévu de recevoir mes petits-enfants demain.

— Ne vous faites pas de souci. Violette aidera sa grand-mère, ou moi.

Rose-Marie s'éloigna en bougonnant. Paul esquissa un sourire. Apparemment, les relations entre Charlotte et Jérôme s'étaient grandement améliorées. Grâce à l'initiative d'Iris, se dit-il. Celle-ci, en avertissant Jérôme par lettre recommandée de la demande de classement de la demeure, l'avait incité à venir discuter avec sa grand-tante.

La jeune femme avait pris la route pour Madrid. Seule. « Il faut que j'aille jusqu'au bout de cette histoire, lui avait-elle expliqué. Après, nous pourrons songer à construire. » Le choix du verbe l'avait ému. Iris était architecte dans l'âme. Lui avait décidé de ne plus se poser de questions quant aux chances de leur couple. Ils s'aimaient.

Il y avait une adresse notée au verso de la lettre qu'Anna avait envoyée chez maître Corbin : *Anna Lalande. Calle del León. Madrid.* Forte de cet indice, Iris avait décidé de se rendre en Espagne. Elle avait juste eu le temps de prévenir Pierre-Loup, enfin rentré du Périgord.

Son ami paraissait abattu. C'était pire que ce qu'elle avait redouté. Son père s'était livré avec lui à un véritable chantage aux sentiments, et l'avait accusé de vouloir tuer sa mère. Tout cela parce qu'il refusait de se couler dans le moule et d'épouser la jeune héritière retenue par monsieur Sauvan.

« Ça a été horrible, avait-il raconté à une Iris navrée pour lui et pleine de compassion. Il m'a traité de dégénéré, tu imagines ? et a conclu qu'il préférait me voir mort plutôt que menant une vie de débauche... »

A ce stade de son récit, Pierre-Loup s'était étranglé.

« Il ne m'acceptera jamais tel que je suis, avait-il laissé tomber.

— Généreux, bourré de talent, serviable... en résumé, une belle personne ! C'est sincèrement ce que je pense, mon ami, lui avait répondu Iris, et je ne supporte pas de te voir ainsi. Peut-être devrais-tu t'éloigner quelque temps de ta famille ? Cela permettrait de laisser retomber le soufflé, et ce de part et d'autre. »

Il avait secoué la tête avec lassitude.

« Je ne le ferai pas à cause de ma mère. Elle a le cœur fragile, mon père joue sur du velours. »

A cet instant, l'intransigeance et l'intolérance du père de Pierre-Loup l'avaient révoltée. Pourtant, elle pressentait que rien ne changerait tant que son ami ne parviendrait pas à s'affranchir de la tutelle paternelle. A moins qu'il ne finisse par céder et ne se résigne à un mariage de convenance pour rassurer sa famille. Ce qui constituerait la pire des solutions.

Soucieuse, elle tapota nerveusement sur son volant, baissa un peu plus sa vitre. Une chaleur lourde régnait dans l'habitacle. Paul lui manquait déjà. Elle se répéta l'adresse d'Anna. Calle del León.

Madrid grésillait sous la chaleur de l'été. Iris s'essuya le front, cherchant à s'orienter dans les petites rues du quartier littéraire, là où Lope de Vega et Cervantès avaient vécu. Tout au long de son périple, elle avait apprécié, elle qui avait appris l'espagnol au lycée mais ne connaissait pas vraiment le pays, les paysages grandioses, la cathédrale de Burgos, d'une beauté impressionnante, les étapes gourmandes, le soir autour de tapas ou d'une délicieuse paella. Cependant, elle avait souffert de la chaleur.

Parvenue à l'adresse d'Anna, elle sonna à la porte de l'appartement voisin. Une vieille dame aux cheveux blancs vint lui ouvrir. Iris lui exposa le motif de sa visite.

— Oh ! Anna... (Le visage de son interlocutrice se décomposa.) Une si charmante personne... qui a beaucoup souffert.

Et, comme Iris ne cachait pas sa surprise, la vieille dame qui se présenta comme Sofía Huescar, enchaîna :

— Venez, vous ne me refuserez pas un verre de citronnade.

Elle l'entraîna dans un patio commun abondamment fleuri, l'invita à s'asseoir et revint chargée d'un plateau. La citronnade était délicieuse. Sofia sourit.

— Anna l'aimait beaucoup elle aussi. Nous avions vite sympathisé.

— Elle travaillait ?

— Elle possédait une librairie. On y trouvait des ouvrages de toutes sortes et, surtout, des livres interdits.

— Interdits ? répéta Iris, intriguée.

Le sourire de la vieille dame s'accentua.

— Depuis plusieurs lustres, l'Espagne a pris le pli de vivre sous le boisseau, ma chère petite.

La jeune femme songea alors à Diego Vargas. Son épouse lui avait confié qu'il ne s'était jamais remis de son exil brutal. Iris pria son hôtesse de l'excuser.

— Je crains de ne pas m'être assez intéressée à la situation internationale, avoua-t-elle.

— Je vous attendais, reprit doña Sofia. Ou, plutôt, j'espérais votre venue. C'était important pour Anna.

Et elle se mit à raconter.

— Dites-vous bien, mon enfant, qu'à son arrivée à Madrid, Anna était dans un triste état. Elle avait accouché au bord du chemin du côté de Mont-de-Marsan, son bébé et elle avaient été cachés dans une cabane.

— Une cabane de résinier, glissa Iris.

— Oui, c'est cela. Cependant, sa situation était délicate. Elle-même n'avait jamais agi contre son pays, même si son enfant était la fille d'un officier allemand.

— Une petite fille ?

— En effet. Anna l'avait prénommée Ilka.

Quelque chose dans la voix de doña Sofía alerta Iris.

— Qu'est-elle devenue ? questionna-t-elle tout à trac.

La vieille dame se troubla.

— Elle est morte, quand Anna et Wilfried se sont réfugiés en Espagne en 45. Ils sont passés par les Pyrénées, une véritable expédition, avec les douaniers à leurs trousses. J'ignore ce qui s'est passé exactement, Anna se fermait dès qu'elle y faisait une brève allusion. Toujours est-il que la petite Ilka est morte. Anna n'a plus jamais été la même. Elle a aussi souffert de se retrouver dans ce qui pour elle était une situation fausse. Elle n'était pas allemande, n'avait jamais soutenu le national-socialisme, et côtoyait aussi bien des nazis que des orphelins de l'idéologie pangermaniste. La plupart avaient emprunté la « route des rats », les filières d'exfiltration des nazis.

Iris hocha la tête, le cœur serré. Elle avait l'impression de comprendre ce qu'Anna avait pu éprouver. Elle s'était retrouvée comme prisonnière en

Espagne, dans une situation intenable, en ayant de surcroît perdu son enfant.

Une sueur glacée coula le long du dos de la jeune femme.

— Pourquoi n'est-elle pas rentrée en France ? s'enquit-elle.

Doña Sofía soupira.

— Elle n'a jamais pu s'y résoudre. Je pense qu'elle avait honte. De plus, elle aimait toujours Wilfried, qui, lui, ne voulait pas quitter l'Espagne. Elle s'est résignée. Voilà, c'est le mot juste, la résignation. Cela m'a souvent peinée, c'était une belle jeune femme, qui aurait pu mener une vie agréable alors qu'elle s'est étiolée dans une existence qu'elle n'avait pas choisie. Et puis, Wilfried a décidé de partir pour l'Argentine, où, ce n'est un secret pour personne, les nazis exfiltrés étaient encouragés à s'établir par Perón.

« Cette fois, Anna a refusé de le suivre. Elle avait compris qu'en Argentine elle serait perdue parmi des criminels nostalgiques de l'Ordre noir. C'était pour elle hors de question. La rupture a été atroce, car elle aimait encore Wilfried. Il est parti en 51. Et elle, est restée à Madrid.

Sofía Huescar s'interrompit ; Iris rassembla ses idées puis demanda :

— C'est tout ? Leur histoire s'est terminée comme ça ? Après tous les sacrifices d'Anna ?

Doña Sofía esquissa un sourire sibyllin.

— Ma chère, il s'agit d'une histoire d'amour,

qui a marqué plusieurs vies. Anna supportait mal le fait que vous ayez souffert à cause de ses actes. Elle ne se l'est jamais pardonné.

C'était tragiquement simple. Anna avait vécu sa folle passion jusqu'au moment où elle avait refusé de suivre Wilfried. Le cœur serré, Iris se mordit les lèvres.

— Vous étiez son amie. La fin de sa vie a-t-elle été plus... apaisée ?

La vieille dame hocha la tête.

— Elle s'est beaucoup investie dans des œuvres caritatives. Un orphelinat, une association d'aide aux femmes emprisonnées... Vous savez, au début des années 50, il était encore courant d'arrêter des épouses de prisonniers pour exercer un chantage sur leur mari. Il suffisait aussi qu'elles militent dans des organisations politiques clandestines pour se retrouver incarcérées. « L'Espagne est une vaste prison », a écrit le poète Marcos Ana, qui a passé vingt-trois ans en détention. Il y a eu tant de drames... Anna a tenté d'apporter du réconfort à ces femmes, dans la mesure de ses moyens.

Le regard bleu myosotis de la vieille dame se ternit. Iris pressentit qu'elle avait elle aussi connu des tragédies personnelles mais respecta son silence.

— Anna ne s'est jamais remise de la mort de son enfant, reprit doña Sofía. Ce fut la première cause de fracture entre elle et Wilfried. Lui était plus pragmatique. De plus, bien que n'étant pas pro-nazi, en tant que militaire, il a mal supporté la défaite du Reich.

— Quel gâchis… souffla Iris.

Sa quête était terminée. Il lui restait une démarche à accomplir. Elle se pencha pour déposer un baiser sur la joue poudrée de la vieille dame.

— Merci de vous être occupée d'Anna, de l'avoir soutenue de votre amitié. Merci pour tout, doña Sofía.

# 47

— Vous n'avez pas beaucoup changé, Vargas, déclara Linh.

Elle avait invité Violette et Diego à l'accompagner dans un bureau attenant à la galerie, leur avait proposé à boire. Proposition qu'ils avaient l'un et l'autre déclinée. Violette, raidie, percevait la tension de son mari. Elle se concentra pour apaiser les battements de son cœur et les tremblements de ses mains. C'est juste un mauvais moment à traverser, voulut-elle se convaincre. Elle se jugeait insignifiante comparée à Linh. Elle, la petite infirmière attachée à sa presqu'île…

La voix de Linh la fit sursauter.

— Il a fallu du temps pour que nos chemins se croisent à nouveau, disait-elle. Il y a combien de temps, déjà ?

— Dix-huit ans, répondit froidement Diego.

— Vous n'étiez pas obligé de venir accompagné, reprit Linh.

Violette se raidit. Diego lui jeta un regard inquiet, comme s'il pressentait qu'elle allait exploser. Pourtant, elle était fermement décidée à ne pas se laisser déstabiliser.

— Ma femme et moi avons toujours tout partagé.

Les yeux de Linh s'étrécirent.

— Même Estelle ? questionna-t-elle de son ton le plus suave.

Cette fois, Violette prit la parole la première.

— Surtout Estelle.

Dans la tête de Diego, les souvenirs se télescopaient. Chaleur, humidité… l'atmosphère particulière de cette guerre d'Indochine qui ne voulait pas être nommée ainsi. Il revoyait l'animation régnant dans les rues de Saïgon, contrastant avec les pistes poussiéreuses qui s'enfonçaient dans la jungle. Il fréquentait de nouveau Fournier, le planteur qui l'avait introduit dans « l'Indo coloniale ».

Il n'oublierait jamais les scènes d'horreur côtoyées dans le village dont tous les habitants sauf un avaient été décapités. Il avait d'ailleurs toujours éprouvé des soupçons quant à l'implication de Linh dans cette action de représailles opérée par le Viêt Minh. Il le lui dit, sans qu'elle paraisse le moins du monde affectée.

— Vous ne pouvez imaginer ce que fut mon enfance, déclara-t-elle d'un ton uni. Mon père était un Blanc aisé, il a exercé un véritable droit de cuissage à l'égard de ma mère, c'était à l'époque dans l'ordre des choses. L'homme blanc était tout-puissant. Nous, « les Jaunes », devions le servir en toutes circonstances, avec le sourire, de surcroît.

Cette fois, elle ne cherchait pas à dissimuler son écœurement, comme sa colère. L'un comme l'autre ne peuvent comprendre ce que j'ai ressenti, se dit la jeune femme, observant discrètement Violette et Vargas. Tiraillée entre deux cultures, désireuse de se rapprocher de ses origines vietnamiennes, elle avait laissé grandir en elle un sentiment de haine à l'encontre des Français, ces colons qui exploitaient les terres comme les femmes. Elle avait vu sa mère soumise à Fournier, incapable de la défendre quand le planteur avait jeté son dévolu sur elle. Pour Anh Li, il convenait d'accepter, tête et yeux baissés, ce que le Blanc ordonnait. Il ne fallait pas pleurer, une « congaï » se devant d'être sereine et douce, prête à satisfaire n'importe quel désir. Rapidement, la vie aux Flamboyants était devenue insupportable pour Linh. Désireuse de s'échapper de la plantation, elle avait séduit Deplaix, un Gersois, avant d'apprendre qu'il était fiancé, ce qui avait accentué sa rancœur. Comme il allait de soi, il se marierait avec une Française tandis que Linh n'était bonne qu'à égayer son séjour au Vietnam.

La haine montait en elle, irrépressible. Contactée par des combattants viets, elle avait accepté – tout en sachant qu'elle n'avait pas vraiment le choix –

de leur transmettre les informations glanées aux Flamboyants. C'était pour elle un premier pas sur le chemin de la vengeance.

Sa rencontre avec Vargas avait failli changer la donne. Lui, elle aurait pu l'aimer car elle devinait chez lui des failles proches des siennes. Cependant, sa complicité avec Fournier avait tout gâché. Lui non plus ne s'éterniserait pas au Vietnam. C'était un homme sans bagages, un solitaire qui cherchait à capter l'âme de ses modèles avant de reprendre la route. Il lui avait servi de marchepied pour se rendre à Saïgon. Pour lui, elle avait déployé son charme et sa science érotique. Ils avaient partagé des nuits torrides à Saïgon, sans que Linh oublie son but : rallier le camp du Viêt Minh. Ce n'était pas par idéologie politique mais plutôt pour prendre sa revanche sur les colons blancs.

Une conversation surprise à l'hôtel Continental, rue Catinat, lui avait permis d'informer ses contacts. Elle avait ensuite mis à profit le départ de Vargas pour s'enfuir et rejoindre les Viets. Elle savait être en partie responsable du massacre de tout un village, ce qui ne l'avait pas empêchée de dormir. Elle avait fait sien l'adage selon lequel la fin justifie les moyens.

Fournier s'était-il préoccupé de ce qu'elle éprouvait quand il l'avait mise dans son lit alors qu'elle avait à peine douze ans ? Elle n'avait rien oublié. Elle avait conscience du fait que ses souvenirs empoisonnaient son existence, sans parvenir pour autant à les surmonter. Elle esquissa une moue. Elle assumait ses choix, ne regrettait rien. Jamais. A ce prix seulement elle continuait de vivre.

Un frisson courut le long du dos de Violette. La femme assise en face d'eux n'oublierait jamais, et ne pardonnerait jamais, les humiliations subies.

— Pourquoi être venue en France dans ces conditions ? s'enquit Diego.

Elle soutint froidement son regard.

— J'avais ma revanche à prendre sur les Blancs.

— Vous êtes eurasienne, glissa Violette.

— Pour mon malheur !

Linh avait quasiment craché cette dernière phrase.

— J'ai toujours dû donner des gages à mes compatriotes indochinois. Je voulais m'en sortir, devenir une femme libre, sans avoir de comptes à rendre à quiconque.

Elle toisa Violette.

— Avez-vous une idée de ce que ma mère et moi avons vécu, supporté ? Non, n'est-ce pas, c'est impossible. Alors, ne nous jugez pas.

— Je ne suis pas là pour vous juger, rectifia Violette. J'accompagne mon mari dans sa démarche.

— Nous aimerions rencontrer Estelle, renchérit Diego.

Le sourire de Linh se fit moqueur.

— Pour apaiser vos scrupules ou même vos remords ? persifla-t-elle.

Cette fois, Violette se contint pour ne pas se lever et quitter le bureau.

— On ne peut déplorer ce dont on n'a pas eu connaissance, répliqua Diego d'un ton sec. Vous étiez bien trop pressée de rejoindre vos amis viets pour chercher à me contacter afin de me tenir informé de votre situation.

Les traits de Linh se crispèrent. Elle serra entre ses doigts un délicat coupe-papier, et Violette songea qu'elle aurait certainement aimé le leur planter entre les deux yeux.

— Cela vous arrange, n'est-ce pas ? Vous refusez d'assumer vos responsabilités. Pour ma part, j'ai aimé l'idée de me rappeler à votre bon souvenir dès que je me suis installée à Bordeaux. J'avais eu l'occasion de suivre votre carrière. Vous êtes un photographe réputé, bien que je n'apprécie pas forcément vos œuvres.

Diego sourit.

— Le contraire m'aurait étonné ! Donc, le fait de me savoir toujours en vie vous a donné l'idée d'empoisonner un peu mon existence. Cela vous ressemble assez.

Linh esquissa une moue.

— J'ai été stupide, je le reconnais. Le temps a passé, la vengeance a perdu de sa saveur. D'ailleurs, pourquoi aurais-je cherché à me venger ? Pour avoir disparu de votre vie ? Pour avoir utilisé les informations que je parvenais à vous arracher ? Malgré votre talent, vous n'avez rien compris à l'Asie, Vargas.

Le reporter s'inclina légèrement.

— Je le reconnais bien volontiers. D'ailleurs, je n'ai pas éprouvé la tentation d'y retourner.

Il y avait de la haine dans le regard de Linh, mais aussi autre chose. Comme de la perplexité. Violette se demanda à quoi cela rimait. Subitement, elle n'avait plus aussi peur. Oui, Linh Horvath était une femme d'une beauté impressionnante mais Violette venait de réaliser que Diego avait dit vrai. C'était vers elle, Violette, qu'il était revenu. Elle qu'il avait épousée. Linh n'avait représenté pour lui qu'une passion fugitive.

Cependant, il devait aller jusqu'au bout. Poser la question qui lui brûlait les lèvres.

— Qui est le père d'Estelle ?

Le soir tombait, le ciel se drapait de longues écharpes mauves. Les vagues venaient se briser contre les rochers, laissant derrière elles un sillage d'écume mousseuse. Violette et Diego, enlacés, marchaient vers le phare. Si tous deux songeaient à leur entrevue avec Linh, ils le faisaient avec un certain apaisement. La rencontre avait eu pour mérite de dédramatiser la situation et d'apaiser les angoisses de Violette. De plus, Diego n'avait de toute évidence pas éprouvé d'émotion particulière en revoyant son ancienne maîtresse.

— Linh constituerait un personnage de roman intéressant, déclara Violette d'une voix unie.

Diego fit la moue.

— Tu me permettras de ne pas être d'accord.

Ils échangèrent un regard complice. Ils n'avaient pas besoin de parler. Peu à peu, Violette se sentait comme régénérée. Elle songerait plus tard à Estelle.

A son habitude, Linh s'était montrée sibylline.

— Vous pouvez être son père, Vargas. Comme Fournier et Deplaix.

Il se rappelait à peine Deplaix, mais avait souri rétrospectivement. Ils avaient donc été trois à se partager les faveurs de la belle Eurasienne. Fournier était mort depuis plus de dix ans, Deplaix installé aux Etats-Unis. Restait Diego. Sa démarche était logique, si l'on connaissait quelque peu son caractère pragmatique. Diego Vargas était le père putatif d'Estelle le plus proche, géographiquement parlant.

Il se donnait le temps de réfléchir. Il rencontrerait la jeune fille, en temps et en heure, mais refusait d'être bousculé. Il ne pouvait supporter l'idée d'ignorer celle qui était peut-être sa fille. Une chance sur trois… se disait-il. Certes, ce ne serait pas facile d'expliquer la situation à Sebastian, mais, à mots choisis, il y parviendrait. Ne s'était-il pas sorti de situations autrement plus compliquées ? Il observa Violette à la dérobée. Malgré ses craintes, elle avait supporté sans faiblir la rencontre avec Linh et s'en était sortie haut la main. Il aurait dû le pressentir. Violette avait toujours été une battante, comme Charlotte. Il entoura ses épaules d'un bras protecteur.

— On rentre à la maison ? suggéra-t-il.

# 48

Une pluie fine et persistante diluait les souvenirs d'Iris, mêlant les silhouettes de son grand-père et de Léo. Elle avait surmonté son angoisse pour revenir une dernière fois à Chantecler. « Histoire de tourner la page une fois pour toutes », avait-elle expliqué à Paul, en insistant pour s'y rendre seule. Il s'était conformé à son désir. Elle savait, sans même avoir abordé le sujet avec lui, qu'il ne se montrerait pas intrusif. Tous deux s'aimaient et se respectaient. A son retour de Madrid, elle lui avait relaté l'histoire d'Anna, et il avait exprimé sa compassion. Elle appréciait ce trait de son caractère. Paul ne jouait pas un rôle, il se montrait tel qu'il était, sans fard.

Iris gara la Mini au pied du perron, prit une longue inspiration. L'air sentait la résine et l'humus, les hortensias retrouvaient des couleurs à l'issue d'un été caniculaire. Iris avait gardé quelques souvenirs de la maison. Des photos de famille, le cahier de recettes de Léo, des pieds de pourpier dans leurs jardinières en terre cuite... Les chiffonniers d'Emmaüs étaient venus chercher les meubles, les appareils ménagers, les ustensiles de cuisine comme la vaisselle. Iris savait que cela aurait plu à son grand-père.

Elle aurait voulu refuser de vendre le domaine aux Dabadie, mais s'y était finalement résignée. Quoi qu'il en soit, il lui était impossible de garder Chantecler, « la maison du malheur ». Que Matthias Dabadie se l'approprie était peut-être une juste revanche. A lui de se débrouiller avec les ombres du passé !

Elle esquissa un sourire. Soucieux de ne pas faire de vagues, le député n'avait pas porté plainte. De son côté, Iris avait tenu à signaler au procureur l'agression dont elle avait été victime. La justice trancherait mais elle-même n'aurait pu supporter l'idée de laisser impunis les agissements des Dabadie mère et fils.

A présent, il était temps de tourner la page, de suivre son chemin. Leur chemin, à Paul et elle.

Elle effectua un dernier tour du propriétaire, s'attardant dans le bureau de son grand-père et dans l'immense cuisine. Derrière la porte menant à la cave, elle retrouva les encoches laissées par le grand crayon de Léo, chaque fois que celle-ci la mesurait. « La mauvaise herbe, ça pousse ! » lançait-elle gaiement, et Iris avait alors l'impression de prendre de l'importance, malgré l'indifférence témoignée par sa mère.

Fermer la porte, sur les bons comme les mauvais souvenirs. S'éloigner, pour grandir encore un peu.

A Madrid, elle s'était rendue au cimetière de la Almudena, avenue de Daroca, où Anna avait été enterrée. Elle avait longuement erré dans l'immense nécropole avant de s'adresser au gardien. Grâce à la date du décès de sa tante, il lui avait indiqué l'emplacement de la tombe. C'était un monument simple, recouvert de marbre gris clair.

Iris s'était recueillie, avait déposé sur la tombe une pomme de pin apportée de Chantecler. « Sois en paix, Anna », avait-elle murmuré. Son rôle était achevé.

La pluie tombait toujours, avec une obstination lancinante. Iris actionna les essuie-glaces. C'était une pluie providentielle, on ne voyait pas ses larmes. Elle démarra et remonta l'allée de Chantecler sans un regard en arrière.

Mission accomplie, ma vieille ! pensa Charlotte en se servant une bonne rasade de porto. Assise sur la galerie, elle contemplait le Bassin, argenté sous la lumière rasante du soleil. Il y avait plus de quatre-vingt-dix ans qu'elle habitait la Maison du Cap et elle ne s'était toujours pas lassée du paysage. Elle entendait encore Margot persifler : « Peuh ! La presqu'île était jadis une terre de sauvages ! », et sa mère lui semblait étonnamment proche.

Au terme d'un long entretien, Jérôme avait

accepté de céder sa part à Charlotte, et renoncé à l'offre du promoteur. Charlotte était alors si épuisée qu'elle n'avait pas tout de suite réalisé ce que cela signifiait. « Cette architecte... elle m'a bien bluffé », avait commenté Jérôme. Charlotte lui avait alors expliqué qu'il ne s'agissait pas d'un bluff mais bel et bien de l'application de la loi. La Maison du Cap était une demeure originale. Même s'il avait affiché un sourire légèrement supérieur, Jérôme ne s'était pas moqué. « Il faudra tout me raconter », avait-il suggéré.

Charlotte ferma les yeux. Elle était lasse, comme si le combat mené depuis plusieurs mois avait eu raison de ses dernières forces. Pourtant, elle sentait encore l'élan vital familier l'animer. Elle prit appui sur la balustrade, se redressa. Un vol de sarcelles d'hiver, reconnaissables au « pliip pliip » aigu poussé par les mâles, lui fit songer que l'automne était en chemin. Elle se rappelait sa tante Marie, qui remarquait souvent : « Quelle chance nous avons de vivre ici ! » Dès qu'elle se sentirait un peu reposée, elle demanderait à Sebastian de l'accompagner jusqu'à l'île aux Oiseaux, afin de photographier le passage des oiseaux migrateurs.

L'été vivait ses derniers feux. Elle avait toujours aimé ce vers de Victor Hugo : « L'été qui s'enfuit est un ami qui part[1]. » Même s'il lui avait réservé

1. Dans « L'aube est moins claire », extrait du recueil *Toute la lyre*.

nombre de soucis, cet été 65 s'achevait dans la sérénité.

Diego et Violette étaient revenus de Biarritz avec des étoiles dans les yeux. Ces deux-là semblaient s'être retrouvés. Pour combien de temps ? s'interrogeait Charlotte, toujours lucide. Ce n'était pas son problème.

Paul avait annoncé à sa grand-mère son intention d'épouser Iris. Elle n'en avait pas été surprise, il y avait un petit moment qu'elle remarquait les regards échangés à la dérobée, et les sourires entendus. C'était bien. Dans l'ordre des choses.

De son côté, Iris s'était confiée à la vieille dame. Après ce qu'elle avait vécu, il eût été plus raisonnable de prendre le temps de la réflexion, de ne pas se jeter tête baissée dans une nouvelle histoire d'amour. Mais, précisément, Iris refusait de vivre « entre parenthèses », comme elle l'avait fait au cours des derniers mois. Curieusement, Charlotte était devenue pour elle un modèle. « Croquez la vie, ma belle Iris », lui avait-elle conseillé.

C'était bien son intention. Elle savait qu'il s'agissait d'une seconde chance de bonheur, et ne voulait pas la laisser passer. Paul le lui avait dit, à sa façon directe : « Je n'oublierai jamais Christine et Aurélie. Mais je t'aime, toi, Iris, et j'ai envie que nous construisions notre famille, toi et moi. »

Une famille, un enfant… Iris savait qu'elle devrait vivre avec l'angoisse de perdre un autre bébé. Elle refusait de se laisser paralyser par cette crainte. Elle se voulait libre, désormais.

La Maison du Cap avait besoin de sang neuf et de rires d'enfants. Charlotte songea qu'elle tiendrait la barre tant qu'elle s'en sentirait capable. Ensuite… à Dieu vat ! Elle avait accompli sa part. Elle plissa les yeux. Elle avait souvent l'impression d'apercevoir la voile blanche du *Rob Roy*, le bateau de William. Comme si, quelque part, il lui adressait un signe et lui disait : « Je t'attends. »

Elle laissa aller sa tête contre le haut dossier du fauteuil, savourant la caresse du soleil. Encore un moment, pensa-t-elle. Juste un petit moment. C'était une journée superbe, elle tenait à en profiter. Encore une fois.

*Composition et mise en pages*
*Nord Compo à Villeneuve-d'Ascq*

MIXTE
Papier
FSC FSC® C003309

CET OUVRAGE
A ÉTÉ ACHEVÉ D'IMPRIMER
SUR ROTO-PAGE
PAR L'IMPRIMERIE FLOCH À MAYENNE
EN SEPTEMBRE 2020

N° d'impression : 96767
Dépôt légal : octobre 2020
*Imprimé en France*